KB108154

화두와 여정

-최인훈 문학의 형성 경로

화두와 여정

최인훈 문학의 형성 경로

전소영 지음

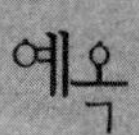

차례

|3| 단절과 혁명 - 최인훈 문학의 또 다른 원형「라울전」(1959)

|4| 현실의 어둠을 투시하는 이성의 빛 -「수」(1961)에서『회색인』(1961)에 이르는 길

|5| 전유와 투쟁하는 전유 - 역사의 동원과 해소를 통해 현실과 길항하는 실천적 여로,『서유기』(1966)

| 들어가며 |

방랑자의 영원

– 최인훈 5주기(2023)와 『화두』 발간 30주년(2024)에 부쳐

WANDERER FROM THE UNKNOWNED LAND

어느 날 문득 꿈속으로 가라앉은 '나'의 발걸음이 눈 덮인 묘지 앞에 다다른다. 그리고 어떤 운명처럼, 위의 글귀가 그의 시선을 정박시킨다. 이것은 누군가의 묘비명으로, '알 수 없는 곳'에서 온 '방랑자'라는 뜻을 내장하고 있다. 말하자면 이 묘비의 주인은 지상의 어느 곳도 '고향' 삼을 수 없는 존재로 자신을 정위한 것이다. 잘 알려진 『화두』(1994)의 일부를 이렇게 옮겼다. 'WANDERER FROM THE UNKNOWNED LAND.' 이것은 작중 '나'나 조명희, 혹은 또 다른 누군가의 것이겠고 나에게는 최인훈 선생님이 생전에 당신을 위해 새겨둔 비명(碑銘)이자 비명(悲鳴)처럼 보이기도 했다.

아버님께서는 타계 직전까지도

'정신적 난민성'에 관한 생각을 놓지 않으셨습니다.

– 2023년 7월 23일에 열린 최인훈 5주기 추모행사 '2023년 들어감: 작가의 세계로_작가 고 최인훈'(고양시 아람누리 도서관 개최)에서 최인훈 선생님의 아드님이신 최윤구 선생님의 강연 내용에서 발췌.

'WANDERER FROM THE UNKNOWNED LAND'라는 명명은 한편 방금 인용한 강연에 명시가 된 '정신적 난민성'을 환기하기도 한다. 그렇다면 왜 최인훈 선생님은 자신을 영원히 '고향이 부재하는[1] '방랑자' 내지 '정신적 난민'의 자리에 두었을까. 그 이유를 넌지시 건네주는 산문의 일부를 다음과 같이 옮긴다.

> 우리는 지난날을 간단히 회고하였다. 그렇다면 한걸음 더 나가서 그들이 돌아온 곳은 과연 어디일까? 인간이 되었다는 것은 무슨 말인가? 라고 우리는 질문하지 않으면 안 된다. 이스라엘의 독립은 '출애굽'이며 '가나안에의 복귀'였다. 인도의 독립은 브라만의 나라로 돌아오는 것이었다. (…) 이 모든 나라들의 경우는 그들의 정치적 각성을 밑받침해줄 정신적 고향을 가지고 있다. 그것이 종교든 종족적 정치 이념이든. 그렇다면 우리들에게 있어서 그러한 정신의 고향은 어디일까? 아는 여기서 눈앞이 캄캄해진다고 고백하지 않을 수 없다. 일제 통치의 최대 죄악은 민족의 기억을 말살해버린 데 있다. 전통은 연속적인 것이어서 그것이 중허리를 잘리면 다시 잇기가 그처럼 어려운 것이 없다.[2]

한국의 근현대사를 되짚으며 한국인에게 '회향'이라는 개념이 어

---

1 정확히는 '회향을 거절하는'이 될 것이다.

2 최인훈, 「세계인」, 『유토피아의 꿈』, 문학과지성사, 1980, 80면.

떠한 의미를 지니는지 탐색하는 이 글에서 최인훈 선생님은 '돌아 갈 곳'이 존재하는 유대인과 달리 "우리들에게 있어서 그러한 정신의 고향"이 상실되어 있다는 점을 지적하였다. 여기에서 '우리'란 일제 강점기와 분단, 전쟁의 역사를 거친 한반도의 구성원 전부를 의미하는 바, 최인훈 선생님이 실향의 문제를 자신에게 국한시키는 대신 민족 전체의 것으로 사유해 냈음을 알려준다.

즉 선생님께 '고향 상실'이란 역사의 타자로 존재해 온 한반도 구성원의 '자기 망실'과 다르지 않은 말이며, 그 '자기 망실'의 원인은 구체적으로 한반도의 주민이 자신들을 점령해 온 이데올로기를 회의 없이 받아들여 온 데서 찾을 수 있다.

> 그러고 보면 이상하기는 하였다. 거기서 그들은 황황히 떠나간 이웃 나라 사람들의 말과 역사를 배웠다. 사람들은 집에서는 여전히 조선말을 쓰고 관청과 학교에서는 일본말을 썼다. 학교에서 조선말을 쓰면 벌로 딱지 한 장씩을 서로 빼앗았다. 기간 안에 많이 모은 학생에게는 상을 주고 잃은 학생은 교정의 풀뽑기, 변소 소제, 교실 청소가 맡겨졌다. 어머니나 할머니하고 함께 하는 말을 쓰면 그렇게 벌을 받는 것이었다. 역사책에서는 하늘에서 내려오는 이웃 나라의 할아버지의 이야기를 배웠다. 그것이 이웃 나라의 역사라는 의식은 없이. 그런 의식은 교사에게도 없었고 아이들에게는 더욱 그러했다.

조선 아이들과 일본 아이들은 정기적으로 돌팔매질로 싸웠다. 일본 아이들은 기회만 닿으면 꼭 곯려주어야 할 상대였다. 그것은 다 알고 있었다. 그러나 그것은 고수레를 하는 것과 같은 것으로 그것의 현실적 뿌리가 무엇인지에 이를 수 있는 자각의 고리는 빠진 굿거리였다. 제국주의 침략자들이 망할 날은 임박해 있었으나 국내의 모든 저항은 진압되고 마지막 기간이기 때문에 그만큼 햇수가 쌓인 질서는 쇠그물처럼 공고하였고, 오래 제공된 아편처럼 조선 사람의 마음의 핏줄과 신경줄 안에서 맹위를 떨치고 있었다. 아이들에게는 더욱 그랬다. 그러나 아편쟁이는 아편에 대해서 충성하고 있는 것이 아니라 아편에 먹히고 있는 것처럼, 교과서의 내용을 받아들이는 마음에 적극적인 의지는 없었다. 마찬가지로 일본 아이들과 하는 돌팔매질에도 신명은 있었지만, 인간이 다른 인간에 대해서 미움이건 사랑이건 모든 관계에서 마지막 뿌리가 되어야 할 이성의 빛은 없었다.

그래서 일본점령자들이 떠나가고 난 다음에 하루아침에 바뀐 국기도 국어도 역사도 학교에서 선생님들이 말씀하시니까 으레 따르면 될 일이었다. 어제까지 제국주의자들의 군가를 부르던 입은 조금도 순결을 잃지 않은 채, 민중의 기/붉은기는 전사의시체를 싼다 사지가 식어서 굳기 전에 /핏물은 깃발을 물들인다/높이 들어라 붉은 깃발을/그 그늘에서 죽기 맹세한/비겁한 자여 갈테면 가라/우리들은 이 깃발을 지킨다 라고 노래할 수 있었다.

성숙한 이성의 개입 없이 받아들인 것은 얼마든지 갈아 끼워도 피도 흐르지 않고 땀도 나지 않았다. 적어도 마음에서는.[3]

"일본점령자들이 떠나가고 난 다음에 하루아침에 바뀐 국기도 국어도 역사도 학교에서 선생님들이 말씀하시니까 으레 따르면 될 일이었다."라고 말하는 『화두』 속 '나'의 회고와 반성은 뼈아프다. 한국의 근현대사란, 수다한 억압적 이데올로기에 인간이 장악되어 온 역사라고 해도 과언이 아닐 것이다. 그렇다면 당대인은 이데올로기가 갈아 끼워질 때마다 그에 어떻게 대응해 왔는가. '자각의 고리' 또는 '성숙한 이성의 개입'을 통해 그것을 검토했을까.

『화두』의 '나'는 이러한 서슬 퍼런 자문을 거쳐, 인간에게 모종의 이데올로기가 박두했을 때 그가 자신의 이성으로 그것을 검토하지 않고 내면화하는 일이 지닌 은밀하고 파국적인 위력에 관해 깨닫는다. 이 '나'의 목소리가 '정신적 난민성'을 강조하는 최인훈 선생님의 음성과 겹쳐짐은 물론이다.

선생님의 문학적 여정을 한 문장으로 요약해야 한다면, 나는 한국의 비극적인 근현대사로부터 기인한 '정신적 난민성'을 숙고해온 과정이라고 단언하고 싶다. 그리고 선생님께서 타계하신 지 다섯 해가 흘렀지만, 아니 오히려 지금-여기에 이르러 이 화두는 한국

---

3 최인훈, 『화두』 1, 민음사, 2009, 28-31면.

사회를 진단하는 중요한 프리즘이 되었다고 생각한다.

계속되는 정치, 경제, 환경의 위기 속에서 기댈 수 있는 진리가 희미해지고 아집만이 만연해진 세계, 나나 내집단의 이익만이 추수되고 타자에 대한 사랑이나 외집단에 대한 인정이 부재하는 시대. 현실이 담보한 이 뿌리 없는 에토스의 문제는 결국 당대인으로서의 우리가 우리 앞에 진열된 (마치 진리인 척 군림하는) 이데올로기들을 '자각의 고리'를 통해 검토하지 못해온 데서 비롯된 것은 아닌가.

나는 2020년대의 이 격랑의 한복판에서, '결국 우리 모두가 정신적 난민이다'라고 되뇌는 최인훈 선생님의 목소리를 새기고 또 새긴다. 나 자신을 바로 세우고 문명의 과거와 현재와 미래를 생각한다.

최인훈 선생님의 5주기 추모 행사에서 상영된 다큐멘터리 「최인훈의 마지막 시간들」 속에는 2018년의 나도 등장한다. 당시 나는 선생님이 부탁하셨던 자료(이 책에 수록된 대학 신문 수록 수필)를 들고 입원 중이신 선생님을 찾아뵈었다. 완연한 병색에 놀란 것도 잠시뿐, 나는 곧 자료를 받아 든 선생님의 눈에서 '주체적 삶'과 '사랑'의 문제에 골몰해 있었던 청년 최인훈의 모습을 발견했다. 선생님의 마지막 모습은 내 뇌리에 그렇게 푸르르게 빛나는 모습으로 각인이 되어 있어, 나는 선생님을 떠올릴 때마다 슬프고 기쁘다.

또 찾아뵙겠다고 한 약속은 지키지 못했지만, 지속성 있는 연구를 통해 선생님을 평생 기억하려 한다. 박사학위논문 발표 이후에 선생님께 찾아드렸던 산문을 대상으로 논문을 썼다. 한국연구재단의 '텍스트 비평 및 역사-비평 편집학: 문학 연구를 위한 기초연구'(한국외국어대학교)팀 소속으로 『광장』 판본의 디지털화 작업에 참여하여 프로그램 개발 및 텍스트 비평에 참여하고 있다. 최인훈 선생님의 목소리가 언제까지고 흩어지지 않을 것을 알기에, 나의 연구도 가없이 이어지리라 믿는다. 이 다짐을 견고히 다지는 차원에서, 박사학위논문을 쓰던 시절로 돌아가 그 서설에 담았던 사유의 일부를 마지막으로 덧댄다.

해방 이후 한국 현대 문학사의 기술 안에는 불가항력적인 결락이 존재한다. '서술될 수 없었던 것들'과 '한정적으로만 서술될 수 있었던 것들'이 가시적, 비가시적 공백으로 남아있는 까닭이다. 이는 냉전 체제가 와해 되었음에도 한반도에 있어서는 오늘날이 분단과 전쟁의 끝나지 않은 '-이후'라는 정황에서 기인한다.

주지하듯 한반도의 역사는 뼈아픈 질곡의 연속이었다. 식민 상태로부터의 해방과 동시에 분단 및 전쟁의 소용돌이에 휩쓸렸으며 이후에도 가혹한 역사적 사건들과 부딪혀 상실과 슬픔을 아로새겨야 했다. 이는 상처와 영광의 시간을 마주하며 명멸해 온 온 수다한 삶의 기록이 곧 우리 문학사라는 이야기도 된다.

그 한복판에 이산이라는 가혹한 경험이 놓여있음은 물론이다. 즉 1945년 이후의 공식 역사 서술에는 세계 유일의 분단 체제인 한반도의 역사적, 지정학적 문제와 그 안팎에서 영향을 받았던 존재들의 삶이 기입되어 있다.

하여 해방 이후부터 현재에 이르기까지의 한국 현대 문학사를 설명하는 가장 연속성 있는 개념 중 하나는 '분단 문학'이다. 한반도 분단 체제의 배경이 된 것은 제 2차 세계대전 이후 미, 소로 양분된 전 지구적 질서, 곧 냉전(cold war)이다.

냉전 체제는 말 그대로 눈에 보이지 않되 지속력 있는 전쟁 상황을 가정하는 방식—상대 진영을 '적'으로 상정하면서 구축되었다. 적대적 공존의 질서가 그 중핵이라 할 수 있는데, 이는 냉전의 행위 주체인 국가가 위기 담론을 형성하고 권력을 배타적으로 행사함으로써 유지될 수 있었다.

문제적인 것은, 냉전이 이른바 '마음의 분단'을 형성하는 특징을 가지고 있었다는 점이다. 아(我)와 피아(彼我)의 구획과 대립, 타자를 통한 주체의 공고화가 냉전의 기본 성분이었던 바 이는 그 같은 체제하에서 분단을 종용받은 민중에게 일종의 트라우마로 남게 된다.[4] 이 같은 측면에서 백낙청에 의해 제기된 분단체제론은 시차

---

4 이기호, 「냉전체제, 분단체제, 전후체제의 복합성과 '한반도 문제'에 대한 재성찰」, 『민주사회와 정책연구』 29권, 2016, 245-246면.

에도 불구하고[5] 다시 환기될 만 하다.

> **'체제'라고 하면 좋든 싫든 그 안에 사는 사람들의 일상생활에 만만찮게 뿌리를 내린 사회 현실을 뜻하게 마련이다. 곧 남북분단이 일정한 체제적 성격을 띠고 있다는 말은 분단이 고착되면서 분단구조가 문자 그대로 남북 주민 모두의 일상생활에 그 나름의 뿌리를 내렸고 그리하여 상당수준의 자기 재생산 능력을 갖추었다는 말이 된다. (…) 분단체제라고 할 때는 그 대립 항을 분단되어 있는 남과 북으로 잡기보다는 남과 북의 수구세력이 극과 극으로 대치하고 있으면서도 어떤 의미에서는 교묘한 공생관계에 있는 그러한 체제와 그 공생관계에서 소외되고 그로부터 고통을 받는 남북한의 다수 민중 둘, 이 둘이 대립을 이루고 있다.[6]**

인용문은 백낙청에 의해 제기된 '분단체제론'의 일부를 옮긴 것이다. 분단체제란 적대적 공존관계를 이루고 있는 정권에 의해 민중이 소외되어야 했던 현상이다. 그 안에서 실질적인 대립 관계를 형성하고 있는 것은 남북의 체제가 아니라 체제를 유지하고 있는

---

5 이 분단체제론은 물론, 논자 자신이 '흔들리는'이라는 수사를 사용해 변용 가능성을 시사했거니와 시대의 변화와 맞물리며 비판, 재생산되는 과정을 거쳐야 했다.

6 백낙청, 『흔들리는 분단체제』, 창작과 비평사, 1998, 18면, 156면.

권력 계층과 민중이라는 것이 이 글의 핵심이다.

분단된 국가의 국민이 '적'으로 간주된 타자들 내지 자기 안의 타자성을 배척함으로써 주체가 될 것을 강요받으며 '마음의 분단' 마저 경험해야 했다는 지적은 오늘날까지도 눈여겨봄직 하다. 이와 같은 언급은 오늘날까지도 유효하다. 동질성의 외부에 놓인 존재들을 소외시켜 정당성을 확보한 집단의 문제가 분단 이후 한반도의 역사 안에서 다양한 형태로 반복되어 왔기 때문이다. 아울러 '분단 문학'의 개념은 추후로도 해방과 전쟁이 만들어낸 물리적, 심적 경계의 의미를 성찰하는 측면에서 끊임없이 되새겨지고 되물어져야만 할 것이다.

그와 같은 맥락에서 간과될 수 없는 존재가 바로 월남(북)민이다. 월남민은 대체로 1945년부터 1953년의 시기에 '정치적 박해나 다른 여러 상황에 의해 한반도 민족 공동체의 북한 지역에서 다른 체제를 가진 남한으로 이주한 존재'를 뜻한다.[7] 이들의 월경은 해방 직후와 1948년 남북한이 단독 정부 수립 전후, 1950년 전쟁 당시 1·4 후에 걸쳐 이루어졌으며[8] 반대 급부에는 월북민이 놓여있다.

분단 체제의 뼈아픈 그림자로 역사에 존재해 온 이들, 월남민들은 해방 직후만 해도 귀환 전재민의 부류에 소속되어 '포용해야 할

---

7 이 논의에서는 집단적인 의미를 부여하기 위해 '월남민'이라 쓰고 작가로서의 정체성을 부각할 때는 '월남 작가'라 명명하기로 한다.

8 양명문, 「월남문인」, 『해방문학 20년』, 한국문인협회, 1996, 86면.

동포'로 인정받았다. 그러다 3.8선이 생겨나고 분단이 가속화 되면서 '재 남조선 이북인'이라는, 내부에 존재하나 영원히 외부자일 수밖에 없는 이름을 부여 받게 된다. 또 전쟁 및 그 이후 반공 체제가 공고화되는 과정 안에서 '빨갱이'라는 호명으로부터 내내 자유로울 수 없었다.

'월남 작가'나, 작가가 지닌 '월남민 의식'에 대한 초기의 연구가 상대적으로 고립된 해석에 갇혀있었던 까닭도 여기에 있다. 축적된 연구의 양이나 질 보다는 방향성의 문제인데 월남 작가의 작품에 관한 평가가 평자가 딛고 선 시대적 맥락과 결부가 되어있었던 까닭에, '텍스트가 반공적인가 아닌가'라는 이분법적 시야각 안에서 먼저 접근되었던 것이다. 이는 이 단순한 도식으로는 이해 불가능한 작가나 텍스트는 발화 대상이 되기 힘들었음을 말해주는 것이기도 하다.[9]

범박하게 말하자면, 북과 남의 체제가 경직되면서 월남 작가의 텍스트 = 반공적, 친정권적 텍스트라는 도식이 강력하게 작동할 수밖에 없었고 따라서 거기 환원되지 않는 개별 작가들의 생애사적 측면과 문학 세계는 긴밀하게 발화될 지평이 마련되기 어려웠다고도 할 수 있다. 분단 이후 한반도의 굴곡진 현대사는 이렇듯 과거와 과거의 흔적을 '객관적으로' 검토하려는 시선의 불가능성을

9 이를테면 월남 작가들이 생산해 낸 텍스트를 '남한 사회의 적법한 국민 되기'라는 단선적 키워드 안에서만 바라보는 연구는 아직도 이어지고 있다.

어떤 운명적 병증처럼 연구자들에게 안겨왔다.

물론 국시나 헤게모니의 재생산이라는 관점에서 텍스트를 다루는 논의가 무소용이라는 뜻은 아니다. 더불어 작가의 행적이 필요에 의해 과장되거나 축소되어야 한다는 이야기도 아니다. 다만 작가와 그의 작품 세계를 보다 '두텁게' 논구하기 위해서는 그것이 시대와 접속했던 방식을 좀 더 섬세하게, 객관적으로 파고들어야 한다는 점을 강조해두고 싶다. 북으로, 남으로 불가피하게 이동해야 했던 사람들의 삶과 그 지반은, 해방과 6.25 이후를 지나온 한국 사회 전반에 대한 반성적 성찰과 함께 이루어져야 한다는 것이다.

이와 관련하여 근래에는 월남 작가 군(群)을 견고하게 옭죄었던 어떤 선입관을 타파하면서 그에 새롭게 접근하는 연구들이 시작되고 있다. 이것은 월남/월북 작가를 개인이 아니라 역사적, 문학사적 단위로 설정하고 그들을 매개 삼아 해방과 전쟁을 겪으며 현재에 이른 한국 사회 전체의 문제를 재인식하려는 노력과 맞물려 있다.

실제로 '월남 작가'에 대한 검토는 해방 직후부터 현대에 이르기까지 우리 문학 세계를 일정한 연속성 안에서 고구하게 하는 이른바 '분단문학' 연구의 첫 머리에 놓인다는 점에서나 '전후 문학'의 유형을 보다 세분화하는 측면에서도 유효하다고 할 수 있다.

다만 그것이 개별 작가에 대한 첨예한 작가론적 접근과 맞물리지 않는다면 균질화 될 수 없는 월남 작가의 목소리를 간과하는 해석의 오류에 빠질 위험이 있다. 따라서 앞으로의 논의는 '월남 작가'라는 집단적 단위의 위상을 제고하는 거시적 차원의 것과 개체적 특성을 파악하려는 미시적 차원의 것이 긴밀히 교직될 때 온당히 이루어질 것이다.

월남의 이력을 지니고 남한에서 살아가는 사람들을 '월남민'이라는 집단적 명칭으로 고찰한 최초의 논의는 사회학 분야에서 이루어졌다. 주로 구술사를 통해 개별적 존재들의 집단적 가능성을 타진하려는 시도를 담고 있다.[10] 국문학 분야에서는 '귀향', '유랑', '탈식민' 등의 키워드로 월남해온 작가들의 작품에 주목한 연구가 2000년대 중반 이후로 등장하였다.[11] 이들 논의는 '월남의 이력을 지닌' 작가들을 집단으로 처음 인식했다는 점에서는 유의미하지만 개별 작가론의 총합 정도에 그치고 있어 아쉬움을 남긴다. 여기에서 대상 작가들을 묶는 근거는 '그들이 해방 이후의 시기에 월남을 해왔다는 점', '작품의 성격이 유사했다는 점'과 같이 다소 추상적인 것이었다.

2010년대에 이르러 이와 같은 전대의 방식을 지양하면서 '월남한 작가들'을 '월남 작가'라는 집단적 이름 안에 적극적으로 아우르고 유형화하려는 연구들이 생산되기 시작했다.[12] 일찍이 바흐친

---

10 김귀옥, 『월남민의 생활 경험과 정체성』, 서울대학교출판부, 1999.

11 대표적인 저술은 다음과 같다.
김효석, 「전후 월남 작가 연구 : 월남민의식과 작품과의 상관관계를 중심으로」, 중앙대학교 박사학위논문, 2006.
류동규, 『전후 월남 작가와 자아정체성 서사』, 역락, 2009.

12 방민호, 「월남 문학의 세 유형 — 선우휘, 이호철, 최인훈의 소설을 중심으로」, 『통

은 공동체의 규명에 있어 구심성과 원심성이 동시에 작동해야 함을 역설한 바 있는데,[13] 이러한 논의는 '월남 문학'이라는 새로운 분류법을 문학사적으로 제안하고 그 범주 안에서 개별 작가의 독자성에 초점을 맞춤으로써 기왕에 제시되었던 논의를 한 단계 발전시키는 성과를 거두었다.

이 연구들의 공통적인 전제는, '월남 작가(문학)'가 생애와 작품의 주제에 따라 세 가지 유형으로 분류될 수 있다는 것이다. 그에 따르면 '월남 작가'들은 '고향 상실'이라는 문제를 공유하면서도 현실에 어떤 태도를 취하느냐에 따라 1) 장소성을 회복하려는 경향 (노스탤지어) 2) 고향으로의 회귀 욕구를 억제하고 현실에 적응하려는 경향[14] 3) 생래적으로 부여된 고향이 아니라 이상적인 고향을 지향하는 경향으로 나뉜다. 이는 '월남 작가(문학)'를 해방 이후 한국 문학사의 새로운 단위로 상정하고 '분단 작가(문학)'에 대한 사유의 지평을 넓히려는 시도라 할 수 있다. 이중, 이 책에서 집중적으로 다룰 최인훈에 대한 기왕의 연구사를 간단히 계열화 하면 다

일과 평화』 7-2, 서울대학교 통일평화연구원, 2015.
정주아, 「'정치적 난민'의 공간 감각, 월남 작가와 월경의 체험」, 『한국근대문학연구』 31, 2015.
서세림, 『월남 작가 소설 연구 : '고향'의 의미를 중심으로』, 서울대학교 박사학위논문, 2016.

13 미하일 바흐친, 『장편소설과 민중언어』, 전승희 역, 창작과 비평사, 1998.

14 이는 다시 두 갈래로 나뉘는데 반공주의나 남한 체제에 대한 옹호 이념과 결합될 수도 있고 적응 시도와 함께 그 과정을 비판적으로 사유하는 경우도 있다. 방민호, 앞의 책, 166면.

음과 같다.

1960년 12월 백철은 『광장』이 "금후 우리 文學을 위한 方向의 道標와 같은 위치를 차지"한다고 평했다.[15] 김현은 "한국 문학사에서 최인훈처럼 꾸준히 논란이 존재한다고 말할 수 있는 작가는 그리 흔하지 않다."[16]고 단언하기도 하였다.

이처럼 최인훈 문학은 당대 비평가들의 상당한 관심을 받았으며 1990년대 이후 꾸준히 학술적 관심의 대상이 되어 왔다. 최인훈의 문학에 주안점을 둔 동시대 비평가들은 그의 세계를 이른바 '사실적 계열의 소설'과 '비사실적 계열의 소설'로 양분하였다. 어느 계열이 최인훈 문학의 정수가 될 것인가 하는 문제는 거듭 논쟁의 대상이 되어왔으며, 주로 사실적 계열의 소설들에 집중했던 초기 비평가들은 비사실적 소설 혹은 관념적 소설을 이른바 "지적 스노비즘"[17]의 발로로 규정하기도 하였다.

그런가 하면 1990년대 이후의 연구는 근대적 사유를 반성하고자 하는 분위기 하에서 비사실적인 계열의 작품을 집중 조명하거나 사실-비사실의 이분법로 환원되지 않는 다양한 계기들을 포착하려는 노력으로 발전해갔다. 그 과정에서 생산된 최인훈 문학의 키워드로는 '지식인', '실향 의식', '정신적 망명', '소외 의식', '반사

---

15 백철, 「1960년도 작단 (하) - 우리 문학의 도표는 세워지다」, 『동아일보』, 1960.12.11.

16 김병익, 김현 편, 『최인훈』, 도서출판 은애, 1979.

17 염무웅, 「망명자의 초상-회색인」, 『최인훈』, 신구문화사, 1968, 519면.

실주의자', '관념의 작가', '모더니스트', '환상성' 등이 있다.[18]

2000년대에는 그간의 비평 및 연구 성과를 바탕으로 최인훈 문학 세계 전체를 조명하여 작가 의식과 서술 양식의 접합점을 이해하려는 노력이 보태졌다. 이 시기에 이르러 최인훈 문학 전반이 그의 정체성과의 유기적인 연결 안에서 고찰되기 시작했으며[19] 이는 환멸과 계몽의 이중적 관계[20], 글쓰기를 통한 주체성 실현 의지[21], 상호텍스트성에 입각한 최인훈 문학의 재질서화[22], 메타적 글쓰기 양상에 대한 분석[23], 유토피아 지향성에 대한 분석[24] 등을 통해 이루어졌다.

이 논의들은 최인훈의 문학을 포괄적으로 조망할 수 있는 시야를 제공해주었다는 점에서 유의미하다. 이와 더불어 최근 활발

---

18 이인숙, 「최인훈 소설의 담론 특성 연구」, 고려대학교 박사학위논문, 1998.
허영주, 「최인훈 소설의 정신분석학적 연구」, 계명대학교 박사학위논문, 1995.
김미영, 「최인훈 소설의 환상성 연구」, 한양대학교 박사학위논문, 2000.

19 서은주, 「최인훈 소설 연구 – 인식 태도와 서술 방식의 상관성을 중심으로」, 연세대학교 박사학위 논문, 2000.
김인호, 『해체와 저항의 서사』, 문학과 지성사, 2004.
정영훈, 『최인훈 소설의 주체성과 글쓰기』, 태학사, 2008.
이연숙, 『흰 겉옷 검은 속살』, 한국학술정보, 2008.
연남경, 「최인훈 소설의 자기 반영적 글쓰기 연구」, 이화여자대학교 박사학위논문, 2009.

20 서은주, 「최인훈 소설 연구」, 연세대학교 박사학위논문, 2000.

21 정영훈, 『최인훈 소설의 주체성과 글쓰기』, 태학사, 2008

22 연남경, 『최인훈 소설의 자기 반영적 글쓰기』, 혜안, 2012

23 배지연, 「최인훈 소설의 메타적 글쓰기 연구」, 경북대학교 박사학위논문, 2016.

24 칸 앞잘 아흐메드, 「최인훈 소설의 유토피아 의식 연구」, 경북대학교 박사학위논문, 2017.

해진 포스트콜로니얼리즘 및 문화론적 연구는 최인훈의 문학 안에 재현된 비서구 제국 식민지민의 경험에 주목하여 식민지 주체(colonial subject)의 정체성, 탈식민적(decolonial) 실천에 대한 관심을 환기시켰다.[25]

최인훈은 1934년 함경북도의 회령에서 출생하였고 해방 직후 소련의 사회주의가 공산 진영 논리로 경화되는 과정에서 원산중학교와 원산고등학교를 다녔다. 당시 학교란 진영 논리를 설파하는 최전선의 기관이었기에 그 안에서 그는 체제의 모순을 체감하고 분단 이데올로기에 환멸을 느끼게 된다. 이러한 경험이 바탕이 되어 최인훈은 남한에 내려와서도 체제에 거리를 둔 채 현실 세계의 엄혹한 문제들과 소설로 투쟁하고 그에 관해 우회적으로 폭로하였다.

이렇듯 한국 현대문학사 안에서 가장 문제적인 체험을 했다고 해도 과언이 아닌 그가 자신의 내적 논리를 작품으로 어떻게 연마했는지, 소설적 전략으로 어떻게 구현했는지를 살펴보는 것이 바

---

25 포스트콜로니얼리즘을 프리즘 삼은 연구는 최근 들어 상당히 많이 생산되었는데 주요 논의로 는 다음과 같은 것들이 있다.
오윤호, 「탈식민 문화의 양상과 근대 시민의식의 형성- 최인훈의 『회색인』」, 『한민족문화연구』 48, 한민족문학학회, 2006.
구재진, 「최인훈 소설에 나타난 '기억하기'와 탈식민성 - 『서유기』를 중심으로」, 『한국현대문학연구』 15, 한국현대문학회, 2004.
서은주, 「'한국적 근대'의 풍속- 최인훈의 「크리스마스 캐럴」연작 연구」, 『상허학보』 19, 상허학회, 2007.
이민영, 「최인훈의 『소설가 구보씨의 일일』연구-구보의 서명과 '후진국민'의 정체성」, 『현대소설연구』 58, 현대소설학회, 2015.
박진영, 「되돌아오는 제국, 되돌아가는 주체- 최인훈의 『태풍』을 중심으로」, 『현대소설연구』 15, 현대소설학회, 2001.

로 이 책의 목적이다. 따라서 이 책에서는 최인훈의 생애를 정밀하게 복원하고 작품을 치밀하게 독해하여 자신을 '고향 없는 방랑자', '정신적 난민'으로 자임한 그의 문학 세계에 나타난 주체의 정립 양상과 현실 대응 전략을 고구하고자 한다. 이것은 '월남 작가'라는 집단의 구심성 안에서 개별 작가들의 원심성을 구체적으로 성찰하려는 시도이기도 하다.

| 1 |

두 체제의 경험이 남긴 것, 또는 '자각의 고리'를 내장하는 삶

– 최인훈과 '원산'

두 체제의 경험이 남긴 것, 또는 '자각의 고리'를 내장하는 삶 - 최인훈과 '원산'

1) 문학사 기술 또는 작가 연구의 한 방법론 – '문제적 개인'의 정립을 위한 '대립적 자아'

문학사라 했을 땐 과학적 용어이기에 앞서 하나의 '유기체'라는 통념에서 비껴가기 어렵다. 유기체인 만큼 생명유지를 기본항으로 하면서도 새로운 창조력을 대전제로 하는 바, 이 창조력 없이는 생명유지가 사실상 타성에 빠져 조만간 불가능해지기 때문이다. 라이벌이라는 개념은 이 창조력에 관여하는 '문제적 개인'이 아닐 수 없다. 그는 창조적인 것에 관여하는 또 다른 대립적 자아인 만큼 위신을 위한 투쟁을 비껴갈 수 없다.[26]

---

26 김윤식, 「다섯 가지의 유형론」, 『문학사의 라이벌 의식 1』, 그린비, 2013, 8-9면.

원산고급중학 3년생인 19세의 이호철과 그 두 학년 밑의 15세의 최인훈이 LST 체험을 공유하여 피난지 부산에 던져졌다는 사실은 단연 문학사적 사건이라 할 것이다. 이 LST 체험이 그들 문학의 출발점이자 극복해야 할 늪이었고 심리적 외상(트라우마)이었다. 그들이 평생을 두고 이 LST 체험을 문제 삼은 마당이라면, 두 사람의 공유된 체험 속에 놓인 차이점에 주목하지 않을 수 없다. (…) 이 두 청소년이 찾은 자기 증명의 길은 글쓰기였는 바 하나는 토착화의 길이었고 다른 하나는 망명화의 길이었다. 서로는 저마다의 길을 걸었을 뿐, 마주하여 아무 말도 걸지 않았는데 그럴 필요도 그럴 틈도 없었던 까닭이라 추측된다. 그러나 한국문학사는 말해야 한다. 두 사람의 길이 한국문학사의 길이 되 우람한 길의 하나였다는 것을.[27]

2010년대에 이르러 김윤식은 문학사 기술 또는 작가 연구의 한 방법론으로 '문학사의 라이벌 의식'을 제시하며 그에 관한 저술을 출판하였다. 상기 인용문은 그로부터 발췌한 것으로, 두 작가의 삶과 문학에 대한 비교가 각각의 유의미성을 정립하는데 필요함을 역설한 글이다.

첫 번째 인용문에서 그는 문학사라는 것이 일종의 유기체로 여

27 김윤식, 「토착화의 문학과 망명화의 문학」, 『문학사의 라이벌 의식 3』, 그린비, 2017, 420-424면.

겨질 수 있다면 이 유기체를 추동해나가는 것은 '문제적 개인'임을 강조한다. 그리고 이 문제적 개인에 대한 정확한 파악은 단독자로 그를 사유하는 대신 대립적 자아로 존재할 수 있는 공시적 타자와 병렬시킴으로써 효과적으로 수행될 수 있다고 부기한다.

두 번째 인용문은 최인훈과 이호철이 그 같은 문제적 개인이 될 수 있으며 이 둘 사이의 공유점인 원산에서의 초기 이북 체제 경험이나 LST 체험 등은 우리 문학사에서 간과할 수 없는 '생애사적 사건'임을 이야기한다. 첨언 하자면 최인훈과 이호철은 원산에서 중고등학교 교육을 받고, 그 초기 이북 체제에서의 경험을 문학의 심부에 두었던 작가이다.

최인훈은 1959년 등단한 후 후기 희곡 창작 및 『화두』를 포함하여 1990년대 중반까지 작품 활동을 지속했다. 이호철 역시 1955년 데뷔 이래 2016년의 작고 직전까지 60여 년 간 창작활동을 지속하였다. 이들은 자전적 경험을 시대를 탐사하고 성찰하기 위한 하나의 '측심추'(測深錘) 삼았다는 점에서 동궤에 놓일 수 있다.

'분단문학을 말할 때 이호철 이전과 이후로 문학사史가달라진다.' 이런 표현을 제가 쓴 적이 있습니다만 그것은 어떤 의미냐 하면 전쟁이 일어나서 남쪽에서 남쪽으로 피난을 갔던 사람들은 전쟁이 끝나면 전부 회복되어 버립니다. 그런데 이북서 내려온 피난민들은 전쟁이 끝나도 회복되질 않아요. 이러한 월남민들의 그 정서나 감정이랄까 하는 것을 문학적인 수준에서 최초로, 그리고 본격적으로 다룬 것이 이호철 문학이다, 이렇게 볼 수가 있습니다. 그래서 이호철 문학은 단순한 전후문학戰後文學에 끝나지 않고, 이것이 오늘날까지도 역사가 가면 갈수록 점점 더 큰 무게로 큰 그림자로 이렇게 부각되어 온다, 이렇게 볼 수가 있어요.[28]

이것은 이호철의 언급이지만, 분단과 월경에 바탕을 둔 자의식을 질료 삼아 쉼 없이 소설을 써낸 두 작가에게 모두 해당하는 이야기일 것이다. 이 같은 문학적 궤적은 분명 한국현대문학사 안에 특기될만 하다. 말년에 이르기까지 '월남의 정체성'을 소설화한 작가가 드물기도 하거니와 그로써 한국 현대사의 현장들을 매순간 성찰하려 했던 시도 또한 흔치 않은 것이기 때문이다.

따라서 이 책은 최인훈의 심연에 잠들어 있는 '원산'에서의 기억을 길어 올리는 데서 출발한다. 그 기억의 한켠에는 이호철이라고 하는 대립적 자아, 공시적 자아가 다음과 같이 존재한다.

---

28 이호철, 『선유리』, 앞의 책, 25-26면.

2) 1949년, 원산고등학교 3학년 이호철과 1학년 최인훈

1949년 원산고등학교 3학년에 재학 중이었던 한 소년은, 문학에 재능이 있다고 잘 알려진 후배를 만나러 같은 학교 1학년 6반 교실로 내려갔다. 그때 흘끗 본 후배의 옆모습을, 그는 오래 잊지 못한다. 몇 년이 흘러 남한의 월계다방에서 둘은 우연히 재회를 했고, 원산 시절의 야기를 반갑게, 또 서글프게 풀어 놓는다. 훗날 한국 현대문학사에 이름을 아로새긴 두 작가, 이호철과 최인훈의 만남이 이러하였다.

그 당시 최인훈은 육군 중위였다. 법과대학을 다니다가 중도에 육군에 입대를 했다. 내가 세종로의 월계다방에서 남정현을 통해 처음 인사를 텄을 때에도 그는 육군 중위 견장을 단 군복 차림이었고 비쩍 마른 청년이었다. 그리고 조금 어눌한 목소리로 뜨염뜨염 지껄이는 그의 이야기를 들으면서 나도 아슴아슴 기억이 되살아나던 것이었다.

실은 최인훈은 북한에서 내가 다녔던 원산고등학교의 2년 후배였다. 본시함경북도 회령 태생인데 48년엔가 원산 송도원 옆으로 솔가해 와서 역시 내가 다녔던 한길중학교에 편입을 했었다고 한다.

그리하여 내가 고3 때 그는 고1이었고, 7개 학급 속의 6반에 속해 있었다. 그리고 고3 때 나는 전교 문학서클의 책임자로 있었는데, 1학년 6반에 매우 자질이 있는 아이가 하나 있다고 해서 어느 날 점심시간이 끝날 무렵에는 그에게 문학서클에 들도록 권고하기 위해 6반까지 찾아가 보기도 했던 터이었다.

그렇게 복도 창문으로 들여다보며 최인훈이라는 아이가 누구냐고 창가에 앉은 한 반 아이에게 물어본즉 둘째 줄 앞에서 두 번째인가 앉았던 최인훈을 가리켜, 그 학급으로 마악 들어서려 할 때 마침 수업시간이 시작되며 선생님이 들어서는 것과 맞부딪쳐 그냥 돌아섰던 것이었다.

그러나 그때 순간적으로 흘낏 보았던 그 소년의 얼굴 생김새는 여직 머리 한구석에 박혀 있었는데, 그로부터 10년이 지난 60년대 초에는 그나 나나, 다 같이 월남을 하여 지금 비쩍 마른 육군 중위 차림의 이런 최인훈과 월계다방에서 마주 안아 있었던 것이었다.

더구나 고1 때의 최인훈 반의 담임은 국어선생 김희진 선생님이었던 것도 기이하다면 기이하였다. 그이는 내가 고1 때 우리 반 담임이었고 그때 내가 조금 긴 시 한 편을 써서 크게 친찬을 들었었고 귀염을 독차지했었는데, 최인훈도 바로 같은 고1 때 역시 담임이었던 김희진 선생님에게 재주가 있다고 귀염을 독차지했다는 것이 아닌가. 이것은 또 웬 인연이었다는 말인가.[29]

29 이호철, 『우리네 문단골 이야기』, 자유문고, 2018, 103-104면.

이호철의 회고에 따르면 그와 최인훈의 만남은, 최인훈의 문단 데뷔 전 두 차례에 걸쳐 이루어졌다. 첫 번째 만남은 원산 고등학교 시절 최인훈의 명성을 들은 이호철이 그를 찾아가면서 반쯤 성사가 되었다. 물론 이때 최인훈은 이호철을 보지 못했지만 이호철은 최인훈의 이름을 뇌리에 각인한다.

제대로 된 만남은 최인훈이 입대한 후 남정현의 도움으로 이루어져 졌다. 이 자리에서 둘은 이북에서의 경험을 돌이키며, 특히 원산 중학교 및 고등학교 시절에 관한 이야기를 오래 나누었다고 한다. 이는 원산에서의 교육과 생활이 양쪽 모두의 삶에 지대한 영향을 남겼음을 방증하는 사실이기도 하다.

최인훈의 문단 진출 이후, 둘은 심사 자리에서 스쳐 지나간 것을 제외하고 따로 만나지는 않았다. 그러나 월계다방에서의 만남과 그 때 나누었던 과거에 대한 기억이 내내 그들을 모종의 동류의식 안에 두었던 것만은 분명해 보인다. 이호철은 산문을 통해 최인훈과의 인연을 직접 밝혔고 최인훈 또한 『소설가 구보씨의 일일』에 이호철을 환기하는 인물을 그려두었기 때문이다.

앞서 살펴보았듯 최인훈과 이호철이 자신의 정체성을 뼈아프게 인식하고 있었던 해방 이후 '월남 작가'의 계보 안에 놓일 수 있다면 해방 및 분단 직후 북과 남의 체제를 유사한 시기에 경험하면서 그들이 가졌던 자의식은 각각의 문학 세계의 형성에 어떤 영향을 미쳤을까. 이에 관한 답은, 그들의 생애사적 공통 분모에서 비롯되는 것이니 만큼 그에 관해 먼저 상술해 볼 필요가 있겠다.

최인훈과 이호철은 각각 1934년, 1932년 생으로 비슷한 시기에 원산중학교와 원산 고등학교에서 수학했다. 최인훈은 1934년 4월 13일 함경북도 회령에서 출생한 것으로 알려져 있다. 원래는 1934년생이나 남한의 호적에 1936년생으로 올라 있었다는 사실이 밝혀지기도 했다.[30] 따라서 세간에 알려져 있는 청소년기 관련 작가 약력 역시 일부 보완될 필요가 있다.

1934년생이라고 전제를 했을 때 최인훈은 기존에 알려진 1943년이 아니라 41년에 회령 읍의 북국민학교에 입학한 것으로 짐작된다. 1945년에 5학년 1학기까지 마친 후 급변한 정세로 인해 학업을 제대로 이어갈 수 없었는데 1947년에는 가족과 함께 함경남도 원산으로 이주하면서 원산중학교(당시 명칭으로는 원산초급중학교)에 들어갔다.

다만 당시 북한의 학제가 가을에 1학기를 시작하는 것으로 개편이 되었기 때문에[31] 1947년 가을 학기에 2학년 1학기 학생으로 들어갔다. 1949년 가을에는 원산고등학교(당시 명칭으로는 원산고급중학교)로 진학을 하였고 고등학교 2학년 1학기(2개월)를 채 마치

---

30 전소영, 최인훈, 「최인훈 연보」, 방민호 편, 『최인훈 오딧세우스의 항해』, 에피파니, 2018 참고.

31 1946년 12월 북한에서는 소련의 사회주의 교육제도를 모방하는 방식으로 학제를 개편하였다. 1년제 유치반 – 인민학교 5년 – 초급중학교 3년 – 고급중학교 3년 – 대학 4~5년의 과정을 설치하였고 가을 학기를 2학기로 채택하였다. 신효숙, 「소련군정기 북한의 교육개혁」, 『현대북한연구』 Vol.2 No.1, 1999.

〈표 1〉 최인훈 생애 관련 사항

	나이	학교	학년		비고
1932					
1933					
1934	1세				
1935	2세				
1936	3세				
1937	4세				
1938	5세				
1939	6세				
1940	7세				
1941	8세	회령북국민학교	1학년		
1942	9세		2학년		
1943	10세		3학년		
1944	11세		4학년		
1945	12세		5학년		
1946	13세		6학년		
1947	14세	원산중학교	1학년	2학년	학제개편
1948	15세		2학년	3학년	
1949	16세	원산고등학교	3학년	1학년	
1950	17세		1학년	2학년	12월 월남
1951	18세	목포고등학교	3학년	3학년	
1952	19세	서울대학교	1학년		

지 못한 채 1950년 12월 LST를 타고 월남하였다. 1951년부터 목포고등학교에서 학업을 이어갔는데, 봄에 1학기를 시작하는 남한의 학제에 맞추어 3학년으로 월반했다. 이듬해 3월 목포고등학교를 졸업하고 4월 서울대학교 법과대학에 입학하였다.[32]

이호철은 1932년 3월 15일 북한의 강원도 원산시 현동 81번지에서 전주 이씨인 아버지 찬용, 어머니 박정화의 2남 3녀중 장남으로 출생했다. 중농 정도의 농가 태생으로 4살에 조부에게서 천자문을 배웠고 6살부터 문중 서당에서 수학했다고 알려져 있다. 1939년에는 갈마국민학교에, 1945년에는 원산중학교에 입학하여 해방을 맞았다. 1947년 가을, 원산고등학교(당시 명칭으로는 원산고급중학교)에 진학하여 1950년 6월까지 다녔다.[33]

같은 해 7월 7일, 고등학교 3학년 학생이었던 그는 인민군에 동원되었다. 당해 8월에는 군대를 따라 동해안 고성에서 울진까지 내려갔다가 9월 26일 국군과 울진에서 일전을 벌였다. 패배 후 북상하던 길에 양양 남대천에서 국군의 포로가 되었는데 흡곡에서 자형을 만나 풀려나왔다. 1950년 12월 단신으로 LST를 타고 부산 제 1부두에 도착해 생계를 위해 부두 노동자가 되었다.

살펴본 바와 같이 두 작가는 북한에서 해방을 맞고 분단의 과정

---

32 학력과 관련된 작가의 이력에는 그러니까 남북한의 학제 차이로 인한 1년의 공백이 존재한다. 중학교 1학년 2학기와 고등학교 2학년 2학기를 건너뛰었다.

33 이호철, 『우리네 문단골 이야기』, 자유문고, 2018, 48면.

을 생생하게 경험하며 자아가 형성되는 청소년기를 보낸다. 또 남한에 내려와서는 '월남민'의 처지와 '월남 작가'라는 위치를 의식하며 창작 활동을 시작하였다. 북과 남을 동시에 경험했다는 것은 구체적으로 두 작가에게 어떤 의미가 있을까.

두 작가의 삶의 이력 안에는 간과할 수 없는 공유점들이 있는데 가장 먼저 눈에 띄는 것은 해방 직후 초기 북한의 체제를 충격 속에 경험하고 그 기억을 작품 속에 남겼다는 사실이다. 아래의 표를 통해 미루어볼 수 있듯 두 작가는 해방 직후부터 전쟁에 이르는 시기에 청소년기를 통과했으며 비슷한 시기에 원산중학교와 고등학교를 다녔다.

이 둘의 인연은 현대문학사 안에서도 찾아보기 힘든 특수한 배경을 지니고 있다. 이호철과 최인훈은 해방과 동시에 북한에 도입된 소련식 사회주의 체제를 '학교' 교육을 통해 직접 체험했으며, 이 4-5년의 기억이 두 작가의 소설과 에세이 속에서 긴 세월 지속적으로 반복, 변주되었던 것이다. 이는 그곳에서의 경험이 두 작가 모두에게 원형적 기억의 장소로 남아있음을 의미한다.

이 학교(원산중학교—인용자 주)**에서 비로소 나는 해방이 우리집에뿐 아니라 나에게도 가져다준 중요한 의미와 만나게 되는데 그러나 처음부터 그랬던 것은 아니게 일은 진행되었다.** (…) **그러다가 어느새 학교 모두가 괴괴해졌을 때 비판회는 시작되었**

〈표 2〉 최인훈과 이호철의 월남 전후 생애사 비교

최인훈					이호철			
학교	학년		나이		나이	학년		학교
				1932	1세			
				1933	2세			
			1세	1934	3세			
			2세	1935	4세			
			3세	1936	5세			
			4세	1937	6세			
			5세	1938	7세			
			6세	1939	8세	1학년		갈마국민학교
			7세	1940	9세	2학년		
회령북국민학교	1학년		8세	1941	10세	3학년		
	2학년		9세	1942	11세	4학년		
	3학년		10세	1943	12세	5학년		
	4학년		11세	1944	13세	6학년		
	5학년		12세	1945	14세	1학년		원산중학교
	6학년		13세	1946	15세	2학년		
원산중학교	1학년	2학년	14세	1947	16세	3학년	1학년	원산고등학교
	2학년	3학년	15세	1948	17세	1학년	2학년	
원산고등학교	3학년	1학년	16세	1949	18세	2학년	3학년	
	1학년	2학년	17세	1950	19세	3학년		인민군 징집
목포고등학교	3학년	3학년	18세	1951	20세			
서울대학교	1학년		19세	1952	21세			

다. 사고의 원인은 벽보에 쓴 글이었다. 전학 수속하러 왔을 때 운동장에 널려 있던 바윗덩어리가 어수선해 보였다는 대목이 문제였다. (…) 말은 말을 물고 꼬리는 꼬리를 물고 전학하게 된 내력이며 H에서의 학교 생활에까지 미쳐가서 마침내 해방 전에는 어떤 학교 생활을 했는가에까지 지금 다다르고 있었다. 떠나온 H 의 범행 장소에 연행되어 온 협의자처럼 그는 수사관들과 함께 와 있었다. 현장검증이 거기서의 모든 세월에 대해 행하여질 모양이었다. 검사는 묻고 있었다. 그 교실에서' 배운 것은 무엇이었습니까. 그러고 보면 이상하기는 하였다. 거기서 그들은 황황히 떠나간 이웃 나라 사람들의 말과 역사를 배웠다. 사람들은 집에서는 여전히 조선말을 쓰고 관청과 학교에서는 일본말을 썼다. (…) 그것의 현실적 뿌리가 무엇인지에 이를 수 있는 〈자각의 고리〉는 빠진 굿거리였다. 제국주의 침략자들이 망할 날은 임박해 있었으나 국내의 모든 저항은 진압되고 마지막 기간이기 때문에 그만큼 햇수가 쌓인 질서는 쇠그물처럼 공고하였고, 오래 제공된 아편처럼 조선 사람의 마음의 핏줄과 신경줄 안에서 맹위를 떨치고 있었다. 아이들에게는 더욱 그랬다. 그러나 아편쟁이는 아편에 대해서 충성하고 있는 것이 아니라 아편에 먹히고 있는 것처럼, 교과서의 내용을 받아들이는 마음에 적극적인 의지는 없었다. 마찬가지로 일본 아이들과 하는 돌팔매질에도 〈신명〉은 있었지만, 인간이 다른 인간에 대해서 미움이건 사랑이건

모든 관계에서 마지막 뿌리가 되어야 할 〈이성〉의 빛은 없었다 그래서 일본점령자들이 떠나가고 난 다음에 하루아침에 바뀐 국기도 국어도 역사도 〈학교〉에서 〈선생님〉들이 말씀하시니까 으레 따르면 될 일이었다.[34]

인용문은 『화두』에서 발췌했는데 이 소설은 잘 알려져 있듯 조명희의 「낙동강」의 도입부와 그것을 읽었던 W시(원산)의 고등학교 교실 풍경으로 시작된다. 거기에서 작가는 이렇게 단언하고 있다. "W시 이외의 어떤 다른 곳도 아니고, W고등학교 1학년 교실 아닌 어떤 다른 장소도 아닌 그 자리."[35]

작가에게는 회령과 원산이 북한에서 머물렀던 두 고향인 셈이지만 양자를 재현하는 방식은 사뭇 다르다. 대체로 고향에서 떠나왔거나 그것을 잃어버린 자에게 고향은 "이데올로기 이전에 장소 상실이자, 장소성(=장소감, sense of place) 회복을 위한 '형언할 수 없는' 욕망을 야기하는 원천적 경험"[36]의 공간으로 남겨진다. 그런데 최인훈에게 있어 회령이 한반도 북방 지역의 먼 역사를 안고 흐르는 '두만강'의 장소감으로 떠올려지는 것과 다르게 원산은 날카로운 외상적 기억으로 소설 속에 몇 번이고 불러들여진다. 그 중심에

34 최인훈, 『화두』 1, 앞의 책, 25-29면.

35 위의 책, 10면.

36 방민호, 「월남문학의 세 유형」, 앞의 책, 167면.

'자아비판회'가 놓여있음은 물론이다.

'자아비판회'는 해방 직후 북조선에 적용된 소련의 규율 유지 장치였다. "〈자아비판회〉라는 이 새 문화는 해방 후에 북조선에 수입된 소련 문화 가운데서 모든 사람들에게 관련된-직장에서, 군대에서, 학교에서, 마을에서-생활양식이었다. 해방 직후에 중국공산당이 점령한 지역에서 귀국한 사람들이 이 풍속에 대한 소식을 널리 전했다. 중국 인민해방군은 이 방식으로 군대 규율을 유지한다는 것이었다. 그런 팔로군은 〈자아비판〉 때문에 그렇게 강하다는 것이었다."[37]

초창기 이북 사회의 '학교'는 이 군대의 규율을 적극 수용하여 실천하는 장소였다. "인민의 모든 생활 영역에서 사법기관이고 수사기관이고 집행기관이고 고해성사실이고 밀고실"[38] 이었는데 작가는 "육체적 폭력도 국유화 된" 북한 체제 안에서 이 자아비판회를 통해 "말"의 형구에 갇혀 "〈자아〉의 해체를 경험하게 하는"[39]폭력을 경험했던 것이다. 그리고 이는, 같은 학교에서 흡사한 교육을 받았던 이호철의 소설에도 남아있다.

박천옥(千玉)은 중2 때 공장 민청 쪽에서 특수 케이스로 전입

---

37 최인훈, 『화두』 1, 앞의 책, 33면.

38 위의 책, 같은 면.

39 위의 책, 35면.

해 들어온 학생이었다. 국졸로 해방 전에 조선소(造船所) 선반공 견습으로 들어갔다가, 해방 뒤 불과 1,2년 동안에 그 공장의 열성 민청원으로 갑자기 부상(浮上), 배우고 싶다는 그의 뜨거운 바람을 받아들인 시(市) 작업 동맹의 협조 요청에 따라, 우리 학급에 전입해 들어왔었다. 1947년 봄이었다. 아래위 검정색으로 염색한 삼베옷을 입고 있었는데, 그나마 부우연 먹물색 물감이 골고루 물들여 있지 않아, 군데군데 얼룩이 져 있었고, 허연 실밥이 더덕더덕 드러나 있었다. 그날 아침에 신문지를 바닥에 깔고 누군가가 바리캉으로 대강 밀어 준 듯, 빡빡 깎은 민대가리에는 까만 때가 더뎅이져 있었으며, 게다가 그 머리꼭지 위로 삐죽 솟아 있어 첫인상부터 여간 고약스럽지가 않았다. 날씬하고 매끄러운 구석이라곤 눈을 씻고 찾아보자 해도 찾아지지가 않았다.
(…)

"우리는 미워하는 법부터 배워야 합니다. 동무들! 계급 적(敵)을 미워하지 못하면, 우리는 아무 일도 할 수가 없습니다. 미워하는 법을 배워야, 혁명사업에 첫발을 들여놓을 수가 있습니다. 이건 천하의 진리입니다. 오늘 처음으로 동무들과 상면하는 이 영광스러운 마당에, 저는 우선 이 한마디를 동무들에게 새삼 일깨우고 싶습니다. 잘 부탁합니다."[40]

---

40 이호철, 『남녘사람 북녘사람』, 민음사, 2002, 12면.

『남녘사람 북녘사람』의 일부분을 옮겼다. 이 소설은 작가가 자전적 사실을 바탕으로 쓴 단편들, 「세 원형의 소묘」(1983), 「남에서 온 사람들」(1984), 「칠흑 어둠 속 질주」(1985), 「변혁 속 사람들」(1987), 「남녘사람 북녘사람」(1996) 이 연작 형태로 엮어 있는 작품이다. 작품에 대한 기존 연구는 거의 전무한 실정인데[41] 기실 『남녘사람 북녘사람』은 이호철이 10여년에 걸쳐 써낸 소설이라는 점에서, 「탈향」 과 등단 완료작 「나상」의 확장, 변주작이라는 점에서 주목을 요한다. 작가 자신의 언급에 따르면 "1955년 24세 때 단편소설 「탈향」을 발표하면서 처음 썼던 작품"[42]이며 "저 북한 체제 속의 사람살이가 어떤 것이었느냐 하는 것을 제가 직접 겪었던 경험에 입각해서 여러분들에게, 독자들에게 보여드려"[43]야 한다는 의지의 발로로 쓰인 것이기도 하다.

인용문은 소설 속 박천옥이라는 인물에 관한 것이지만 또한 1947년 북한에서 작가가 실제로 경험한 상황에 대한 묘사이기도 했다. 그는 "그 무렵 북한에서 그 어떤 공적 모임에서건 공공 행사 자리에서건 이 소리는 북한 사회 구석구석까지 가장 많이 회자되고 있었"으며 "공공교육의 첫 지표가 바로 '사람을 미워하는 법부

---

41 이동근, 「이호철의 자전적 소설 연구 : 『남녘사람 북녘사람』을 중심으로」, 『한국어문연구 (구 계명어문학)』, Vol.19, 2010.

42 이호철, 『우리네 문단골 이야기』, 앞의 책, 58면.

43 이호철, 『선유리』, 앞의 책, 301면.

터 배워야 한다.'는 것"[44]이었다고 썼다.

> 보세요. "우리는 미워하는 법부터 배워야 합니다."라는 말.
>
> 도대체 이 이상 당돌할 수가 없었지만, 실제로 그 무렵 북한에서는 그 어떤 공적 모임에서건 공공 행사 자리에서건 이 소리는 북한 사회 구석구석까지 가장 많이 회자되고 있었다는 말입니다. 사람이 사는 데 있어서 우선 적을 미워하는 법부터 배워야 한다. 북한 체제가 처음 들어섰을 때, 제가 그 나이 열 네 살 때의, 공공교육의 첫 지표가 바로 '사람을 미워하는 법부터 배워야 한다,'는 것이었으니, 도대체 말이나 됩니까요.
>
> 지금의 우리 상식으로는 애당초 말이 안 되죠. 어떻게 사람을 미워하는 법부터 배워야 한다는 것이 교육의 첫 지표가 될 수 있겠어요. 바로 그런 교육 지표로 시작된 이북의 공산주의 체제가 이제는 65년이 지났습니다만, 1945년부터 그런 사회지표로, 교육 지표로 시작된 저 사회의 끝머리가 지금에 와서는 어느 정도 보이는 듯도 합니다.[45]

이는 최인훈이 지도원 동무 앞에서 행했던 '자아비판'의 또 다른 형식이나 다름이 없어 보인다. 내 안의 적(부르주아 근성)이 되었든

---

44 위의 책, 같은 면.

45 위의 책, 302면.

외부의 적(동료)가 되었든 적으로 간주되는 자를 "미워하는 법을 배워야, 혁명사업에 첫발을 들여놓을 수가 있"다는 것. 즉 초기 이북 체제 안에서 강요되었던 당파적 성격의 이념은, '적'을 상정하고 그를 소거하는 방식으로 정당성을 획득해나갔던 것이다. 이호철에 따르면 이것이야말로 해방 직후 북한에 도입되었던 '진영 논리'로서의 사회주의였으며 공공교육에서 가장 중시되었던 '말의 규율' 중 하나였다.[46]

이것은 작가들에게 있어서는 비단 개인 뿐 아니라 가계를 위협하는 것이기도 했다. 가령 최인훈의 부친은 해방 직후 그의 부친은 '조선민주당'에 입당[47]하여 활동하였는데 1947년 중상류층 부르주아지로 분류가 되었다. 최인훈 소설 속의 인물들은 '자아비판회'에서 이 같은 '아버지의 내력'에 관해 추궁을 받는다.

이호철의 가족 역시 유사한 상황에 놓여있었다. 그의 부친은 원산 시내 보광학교 출신의 지식 청년이었다. YMCA 지방청년 대표 활동을 했으며 안도산, 이상재의 영향 및 아나키즘의 세례를 받았다고 알려져 있다. 해방 이후엔 북한 체제에 협조할 것을 종용 받았지만 이를 거절한 후 신민당(중국 연안파, 김두봉 주축)에 가입했다.[48] 이로 인해 그는 결국 공산당과 신민당이 합쳐져 노동당이 된

---

46 이호철, 『남녘사람 북녘사람』, 앞의 책, 14면.

47 최인훈, 『화두』 1, 앞의 책, 17면.

48 이호철, 『선유리』, 앞의 책, 301면.; 당시 조선신민당은 조선공산 당처럼 식민지 잔재 청산, 일제 친일분자 기업 국유화, 토지 몰수와 경자유전 분배 등을 주장했다

뒤, 1948년에는 반동으로 몰려 재산을 몰수, 마을에서도 추방당했다.[49] 이호철은 이 '출신 성분 문제'로, 원산고등학교 3학년 재학 시절 대학 진학과 관련된 곤란을 겪는다.

다만 이들은 그와 같은 경험의 과정에서 '학교'와 '학교의 규율'로 대변되었던 초기 이북 체제의 논리에 의구심을 느끼게 된다. 『화두』의 '나'는 '자아비판회'가 '이상했다'고 직접 발화하기도 했거니와 『남녘사람 북녘사람』의 '나' 역시 학교의 훈육 논리를 아무 의심 없이 체화해버린 박천옥에게서 연민과 염증을 느꼈던 것이다. 이 의구심의 근거가 되어준 것은 다름 아닌, 원산 거주 당시 두 작가가 맞닥뜨렸던 거대한 '책'의 세계였다.

> 팔로군 병사들이 인민의 마당을 쓸고 있는데도, 지도원 선생님이 수첩에 그의 말을 적어 넣는데도 아직도 이렇게 그들이 쓸어버리지도 적어 넣지도 못하는 사람들과 도시와 이상한 왕과 화재와 시장과 옛날의 바다와 그 위의 태양과 바람과 먼지가 이렇게 그들이 지배하는 도시에 버젓이 살고 있는 것이었다. (…)

는 점에서 비슷한 노선을 취하였지만 토지개혁과 관련해 무상몰수 무상분배를 주장하지는 않았다. 이는 조선신민당이 중농과 도시 소시민, 인텔리를 주요 타깃으로 세력 확장을 노렸던 까닭이다. 실제로 조선신민당은 이 목표 타깃의 지지를 확보하며 당세를 확장해나갈 수 있었다. 김학준, 『북한의 역사 2 (미소냉전과 소련군 아래서의 조선민주주의 인민공화국 건국, 1946년 1월 - 1948년 9월)』, 서울대학교출판문화원, 2013.

49 위의 책, 56면.

여기 모아둔 책과 가장 관계가 많은 사람들의 많은 부분이 이 도시를 떠났고-그들이 가지고 있던 책조차 시장 손수레 장수에게 넘겨주고-그래도 남아 있는, 책에 관련이 있는 가장 열심인 사람들은 조소(朝蘇)문화협회도서실이나 도당(黨) 도서실 같은데가 있을법했다. 그들은 이 건물 속에 그들의 도시와는 다른 도시로 가는 비밀의 통로가 수없이 숨어 있는 줄을 몰랐다. 시장이 그대로 허용된 것처럼 이 도서관도 미처 정리하지 못하고—하기는 이 많은 책들을 정작 어쩔 것인가—도서관은 있던 자리에서, 있던 책을 여전히 있는 구독신청자에게 대출하고 〈있는〉 것이었다. (…) 지도원 선생님이 모시고 있는 철학자가 말하기를 〈철학〉이라는 물건은 이미 끝장났다고 말씀하신 지가 벌써 세기의 고갯마루의 저 편 쪽 일인데도 지도원 선생님이 슬기롭게도 적발해낸 이 몹쓸 반동 피고는 이 먼지구덩이에 파묻힌 반동들의 교양무화 기계가 만들어낸 전기닭답게 〈철학〉이란 것이 〈그 무슨〉 엄청난 요술이라도 되는 듯이, 이 세상 슬기의 요술단지라도 되는 듯이 알고 있었기 때문에 철학자가 노예라느니, 노예가 철학자라느니 하는 일이 너무나 어리둥절했다.[50]

『화두』에서 '나'가 경험하는 원산의 세계는 크게 두 축으로 지탱

50 최인훈, 『화두』 1, 앞의 책, 40-43면.

된다. 한 축이 앞서 거론한 '학교'였다면 다른 축에는 '도서관'이 놓여있다. "학교보다 훨씬 위엄이 있어 보"이는 그곳은 "팔로군 병사들이 인민의 마당을 쓸고 있는데도, 지도원 선생님이 수첩에 그의 말을 적어 넣는데도", "그들이 쓸어버리지도 적어 넣지도 못하는 사람들과 도시와 이상한 왕과 화재와 시장과 옛날의 바다"의 세상이었다. 즉 소련 점령 이후에도 몇몇 시장이 미처 정리되지 못한 채 남겨진 것처럼 '책'의 세계가 '학교' 규율이 닿지 않는 곳에 "비밀의 통로"[51]로써 숨겨져 있었던 것이다.

그 책들로부터 '나'는 "지도원 선생님이 모시고 있는 철학자"의 말을 위반하는 '노예 철학자'를 만난다. 이 조우는 상당히 의미심장하다. 당대 정권이 미처 검열하지 못한 '책'이 해방 직후 북한에서 교육을 받은 세대에게 이데올로기의 진실 혹은 본질에 대한 의문을 제공하고 자기 삶을 수립하는 방편을 마련해준 셈이 되었기 때문이다.

기실 최인훈과 이호철의 연보를 살펴보면 문학 세계의 진원지가 상당히 유사하다는 사실을 발견할 수 있다. 최인훈의 독서 편력은 이미 많이 알려져 있거니와 이호철 역시 인민군에 징집되면서 끊어져버린 지식의 자리를 이북에서의 독서 체험이 메워주었음을 공공연하게 언급했다.[52]

---

51 위의 책, 40면과 42면.

52 이호철은 독서 취미가 형성 된 초등학교 3,4학년 때 마로의 「집 없는 아이」와 나

북에서 5년 동안 겪으며 그 쪽 체제의 '볼세비키 당사'며 '레닌주의의 제 문제'며, 「강철은 어떻게 단련 되었는가」 라는 오스토롭스키의 소설이며, 시모노프며, 마야콥스키와 이사콥스키의 시며, 막심 고리키의 소설 등을 노상 읽었던 나 같은 사람이 보기에는 꽤나 유치해 보였다. 나는 돼지족발과 빈대떡을 안주 삼아 막걸리 몇 사발을 마시고는 사회주의라는 거며 공산주의, 특히 사회민주주의의 대표적인 이론가들인 베른슈타인이며 카우츠키며, 그때까지 나 나름대로 심심풀이 삼아 읽어 두었던, 혹은 얻어 들었던 것들을 죄다 인용해가며 열나게 지껄이고 마음껏 털어놓았다.[53]

두 작가가 공개해 둔 독서 목록에는 공통적으로 알렉산드르 푸시킨(Aleksandr Sergeevich Pushkin), 니꼴라이 오스뜨로프스끼(Nikolai Ostrovskii)[54], 안톤 체호프 (Anton Chekhov), 도스토옙스키 (Dostoevskii), 레프 톨스토이 (Leo Tolstoy), 레오니트 안드레예프(Leonid Nikolaevich Andreev), 막심 고리키 (Aleksey Maxim

---

쓰메 소세키의 「마음」으로 문학에 입문하였다. 다른 무엇보다 독서에 열중했던 중학교 시절에는 일본 신조사 판 『세계문학전집』을 섭렵했고 19세기 프랑스 문학이나 러시아 문학(특히 안톤 체홉)에 가장 심취했던 것으로 알려져 있다. 이호철 외, 『이호철 문학앨범』, 웅진출판, 1993, 53면.

53 위의 책, 54면.

54 어린 시절 두 작가가 공통적으로 접했던 동화가 『강철은 어떻게 단련되었는가』였다.

Gorky)의 책이 이름을 올리고 있다. 이것은 『화두』에 적혀있듯 "여기 모아둔 책과 가장 관계가 많은 사람들의 많은 부분이 이 도시를 떠났고-그들이 가지고 있던 책조차 시장 손수레 장수에게 넘겨주고-그래도 남아 있는", 즉 원산에 남겨진 일제 강점기 사회주의 계급투쟁의 유물이었다.[55]

3) 원산, 탈중심적이고 탈경계적인 로컬리티

원산의 '책의 세계'는 원산이 역사적, 지정학적으로 담보하고 있었던 장소성을 표상하는 것이기도 하다. 북한 지역의 공동체를 일컬을 때 자주 쓰이는 '서북'이라는 단어가 있다. 이는 지정학적으로 낭림산맥을 기점으로 구분되는 관서(평안 남북도 및 황해도)[56]와 관북(함경남북도)을 총칭하는 것이다.[57]

---

55 이를테면 이와 같은 진술이 그것을 짐작하게 한다. "여기 모아둔 책과 가장 관계가 많은 사 람들의 많은 부분이 이 도시를 떠났고-그들이 가지고 있던 책조차 시장 손수레 장수에게 넘겨주고-그래도 남아 있는, 책에 관련이 있는 가장 열심인 사람들은 조소(朝蘇)문화협회 도서실이나 도당(黨) 도서실 같은 데 가 있을 법했다." 최인훈, 『화두』 1, 앞의 책, 42면.

56 海西로 일컬어지는 황해도가 서북에 포함될 수 있는지 아닌지에 대해서는 다소 논란이 있다. 다만 이 같은 견해 안에서도 '관서'가 청천강을 기준으로 淸北, 淸南을 포괄하며 '관북'이 마천령을 기준으로 北關과 南關을 아우른다는 점에는 변함이 없다. 北關은 때로 함경도 전체를 말하는 요어로도 쓰였다. 장유승, 「서북 지역 한문학 연구의 현황과 과제」, 『한국고전연구』 24집, 한국고전연구학회, 2011, 75면.

57 관북은 본래 마천령 북쪽 지방을 가리키는데 보통 함경도를 지칭하는 말로 쓰인

그런데 개화기 이후부터는 '서북'이 일찌감치 기독교를 통해 근대화에 성공한 지역이자 동시에 민족주의 운동의 중심지라는 역사적, 담론적 특수성을 지닌 용어로 쓰이게 된다. 여기에서 문제적인 것은 '서북인'이라는 포괄적인 명칭이 점차 "평안도와 함경도 중심의 국경 지대 백성들이라는 본래의 의미에서, 평안도와 황해도 중심의 개혁 사상을 지닌 인사라는 새로운 의미"로 이동해왔다는 점이다.[58]

논자들이 해방 전후의 '서북인'을 주로 '평안도' 지역의 정치문화적인 세력 및 관련 문학인으로 한정지어 서술해 온 이유도 여기에 있을 것이다.[59] 이는, 안정적인 중앙이나 남부 영토에 정주하고 있는 거주민과 대조되는 변방인을 지칭하기 위해 쓰였던 '서북인'의 범주 구획 안에서 조차[60] '관북인'은 주변의 자리에 놓여있음을 짐작하게 한다. 요컨대 '관북'은 본래 '관서'와 대립하는 지역적 명칭이지만, '관북인/관북 문인'이라는 범주화는 '평안도 중심의 서북인'의 대척점에 있는 것이다.[61]

이러한 짐작은 어느 정도 일리가 있다. 서북 문학에 대한 논의가

다. 최재남, 「관서, 관북 지역의 시가 향유 양상」, 『한국고전연구』 24집, 한국고전연구학회, 2011, 32면.

58 정주아, 앞의 책, 12면.

59 위의 책, 같은 면.

60 서북 지역이 경성과 대변되는 '주변'이었다는 점에 대해서는 정주아의 앞의 책 참고.

61 가령 이호철도 이범선을 지칭하며 '평안도 출신 서북 문인'이라 말 한다.

(주로 고전 소설 쪽에서) 활발해진 2000년대 후반, 논자들은 서북 지역 안에서도 특히 함경도가 백안시되어 왔음을 매한가지로 지적한다.[62] 북쪽에서만큼은 평안도가 함경도에 비해 담론과 문화의 중심지로 여겨져 왔기 때문이라는 것이다.[63]

> 철령관 북쪽의 함경도는 8도 중 면적이 가장 넓고 험준한 산악과 무성한 삼림, 추운 기후, 여진족의 내습, 부족한 농토 때문에 일찍부터 인구가 정착하기 어려웠다. 18세기 이후 회령과 경원을 중심으로 활발해진 만주지역과의 무역을 통한 상업의 발달, 금, 은을 비롯한 풍부한 지하자원을 바탕으로 광업, 수공업이 성장하여 국가 경제에서 차지하는 위치가 높아졌다. (…)
>
> 고려 때는 윤관이 이민족을 정벌하여 함경도의 북변 지역을 경략했고, 조선 세종 때는 김종서와 이징옥이 육진을 개척했다. 육진은 종성, 온성, 회령, 경원, 경흥, 부령의 여섯 진이다. 이 지역을 북관(北關) 혹은 북새(北塞)라고 했다. 북한에서는 그것을 새별군, 온성군, 회령군, 온덕군, 선봉군으로 구획했고 최근에는 선봉

62 대표적으로 관서와 관북 지역 문학만을 집중 조명한 학술대회가 열렸고 이때의 성과는 『한국고전연구』 24(한국 고전연구학회, 2011.)에 갈무리 되어있다. 정우봉, 「조선후기 풍속지리 문헌에 나타난 관북 지역과 그 인식의 차이」, 『고전과 해석』, Vol. 19, 2015, 7면.

63 단편적인 예이긴 하지만 관서와 관북을 묘파한 고전 소설만 해도 전자에 비해 후자의 편수가 현격히 적은 것을 볼 수 있다. 탁원정, 「고소설 속 관서, 관북 지역의 형상화와 그 의미」, 『한국고전연구』 24집, 한국고전연구학회, 2011, 154-156면.

군과 나진시를 합쳐 '나진 선봉시'를 직할시로 삼았다.[64]

원산이 속해 있는 낭림산맥 오른편의 함경도는 비교적 늦은 시기에 조선의 국토로 편입되었고 척박한 토지와 잦은 재해로 인해 곧잘 피폐해질 위기에 놓였다. 따라서 중앙 정부로부터 도외시되기 일쑤였는데 이를테면 함경도를 면밀히 조사한 『북정일기』(1712) 등에서 그 일부를 살펴볼 수 있다.

이 글의 필자는 함경도 지역을 순방하며 번화한 도회와 풍족한 생활을 영위하는 백성들의 현실에 놀라워한다.[65] 이는 함경도민들이 지리적, 자연 환경적 불리함의 극복하기 위해 어느 지역민보다 노력했기 때문인데 특히 지식인과 문인은 선명한 지역 정체성을 바탕 삼아 지역의 위상 정립을 위해 힘썼던 것으로 알려져 있다.[66]

그런데 『북정일기』의 이와 같은 언술은, 함경도가 그 실상과 무관하게 모종의 선입관 안에 갇혀있었다는 사실을 증명해준다. 실제로 당시 중앙에서 파견된 조사원들이나 여행자들은 "함경도 지역을 낭만적이고 신비한 세계로 묘사"했으며 그것은 "이들이 함경도 지역의 자연과 풍속에 대한 이질감을 끝내 떨쳐버리지 못하였다

64 심경호, 「관서, 관북 지역의 인문지리학적 의의와 문학」, 『한국고전연구』 24집, 한국고전연구학회, 2011, 95면.

65 위의 글, 183면.

66 장유승, 「조선 후기 변경 지역 인식의 변모 양상」, 『한문학보』 20집, 2009, 174-175면.

는 사실"을 방증하는 것이었다. 함경도와 그 지역민들은 "이른바 '문명화'된 여행자들의 시선" 안에서 "국경 너머의 오랑캐와 다름없는 타자"로 인식되었던 것이다.[67]

이는 관북이 북한 지역 안에서도 지정학적, 사적(史的)으로 가장 변경이며 이질적인 장소였다는 사실에서 비롯된다. 함경도는 고대 숙신국의 땅이었고 옥저에 속했다가 고구려 땅에 편입되었다. 통일 신라가 영흥평야까지 진출한 적도 있지만 7세기경 발해가 흥하면서 신라와 발해가 나누어 제 영토에 귀속시키기도 했다.

고려 예종 때는 여진족을 축출하고 9성을 두었으나 2년 후 반환했고 인종 때는 금나라에, 그 후에는 원나라의 것이 되었는데 공민왕 때 원나라가 장악했던 8개 주를 수복했다. 조선 건국 초기에 태조의 탄생지라는 특수성 때문에 왕실 권위를 선양하는 차원에서 동북면에 대한 관심이 부각되기도 했지만 이는 일시적인 현상이었다. 16세기 국가 체제가 정비된 후에는 오히려 (평안도에 비해서도) 지극한 변경, 유배지, 여행지라는 인식이 강했고 제한적인(군사적인) 시각 안에서만 일컬어졌다.[68]

이 같은 관북 지역의 탈경계적 역사를 여실히 보여주는 것이 그곳을 역사적 공간으로 본격 형상화한 고소설 「이진사전」(작자미

---

67 위의 글, 192면.

68 고승희, 『조선후기 함경도 지역의 상업 연구』, 이화여자대학교 박사학위 논문, 2011, 1-3면.

상, 조선 영조)이다. 중심인물인 이진사는 백두산에서 시작되어 함경북도 회령의 운두산성, 함경남도의 북청, 안변의 석왕사로 이어지는 '함경도 유람'을 떠난다. 그가 거쳐 가는 지역들은 그의 심상지리 안에서 각각 남북국시대 발해의 옛 남경(백두산) - 금에게 패망한 북송 황제의 귀양지(회령) - 조선 건국의 주역인 청해백 통두란의 귀화지(북청) - 이성계와 무학대사의 조우 장소(안변)라는 상상력 안에 놓인다.[69]

관북 지역은 이렇듯 오래전부터 이른바 '국토'의 내부와 외부에 번갈아가며 위치하면서 이방, 월경, 타자에 대한 시야와 사색을 배태했다. 거기 더해 유달리 고립된 기후와 환경, 돌출된 역사 등으로 인해 중앙에서는 그곳을 미지의, 불온한 상상의 거점으로 인지하였고 따라서 "중앙집권적인 정치 질서에 위협을 가하는 공간적 거점 역할을 수행"[70]할 수도 있었다. 해서 함경(남)도민의 기질을 설명하는 별명으로는 유독 거칠고 강한 것들이 많았는데, 이를테면 얄개(함흥), 짜드레기(정평), 덤베(북청) 등은 매한가지로 도전적이고 과단성이 있다는 뜻을 담고 있으며 이는 북한 내부에서도 독특하다고 여겨진다.[71] 분명 평안도와 변별되는 함경도만의 이채라 할 만하다.

---

69 탁원정, 앞의 책, 170~174쪽.

70 김종욱, 「안수길과 관북 지역의 역사」, 『한국 현대문학과 경계의 상상력』, 2012, 220면.

71 전수태, 「지역감정과 별명」, 『한겨레』, 2009.12.14.

그런 맥락을 염두에 두고 일제 강점기 관북 문인에게로 시선을 돌려보자. 『삼천리』에서 1940년 9월에 개최한 「關北, 滿洲出身作家의 '鄕土文化'를 말하는座談會」는 개화기 이후 관북의 로컬리티를 방증하는 하나의 인상적인 지표라 할 수 있다. 해당 잡지는 1940년 5월호부터 9월에 이르기까지 관서, 관북-만주, 기호, 영남-영동 출신 작가들을 대상으로 좌담회를 연다.

권호	지역	참석 문인
1940.5.1. 12권 5호	관서	김억, 노자영, 백철, 이광수, 이석훈, 주요한, 함대훈
1940.6.1. 12권 6호	기호	박영희, 박팔양, 방인근, 윤석중, 채만식, 유진오, 정인택, 안회남
1940.7.1. 12권 7호	영남, 영동	김동리, 엄흥섭, 이태주, 이효석, 장혁주, 정인섭
1940.9.1. 12권 8호	관북, 만주	김기림, 김광섭, 박계수, 이북호, 이용악, 이찬, 이헌구, 최정희, 한설야, 한경준

〈표 3〉 향토문화를 말하는 좌담회

이 기획으로부터 발견할 수 있는 흥미로운 점은 1) 당시에 서북 안에서도 관서와 관북의 문인이 이질성을 지닌 집단으로 변별되고 있다는 것, 2) 관북 문인이 관서보다는 만주 문인과 엮이는 편이 자연스러웠다는 것이다. 이 분류법은, 관북의 지역적 특수성이

거대 산맥으로 구획된 국경 안의 서쪽보다 국경 바깥 만주와 더 닮았다는 가정을 담보한다. 관북 문인들이 '국경' 내지 '월경(越境)'에 대한 기민한 시선을 지니고 있었다는 점, 만주로부터 유입된 아나키즘의 영향을 알게 모르게 받았다는 점[72] 등이 그 논거 삼아졌다.

이 관북-만주 좌담회에 참석한 문인들의 발화에서 공통적으로 찾을 수 있는 '관북'의 특성이라면 다시 1) 자신들의 고향이 조선 중심지인 경성과 지리적으로 멀고 언어의 지방색이 강하다, 2) 문화와 언어가 지역의 형체를 닮아있다—거칠고 투박한 기질적 특성을 가지고 있다, 3) 북방의 지역적 환경과 역사, 북방의 정서가 문화적 정체성으로 자리매김 되었다, 4) 유이민의 현실에 대해 핍진하게 인식, 각성하고 있었다, 5) 관북 출신 문인들이 규모와 위상 면에서 무시하기 어려운 위치에 있다, 정도로 요약 가능하다.[73]

이들은 상기한 관북—함경도의 지리적 역사적 특징, 내부에 위치한 외부, 혹은 외부로 돌출된 내부로서 존재해왔다는 점을 의식하고 있다. 이민족의 영토였다가 국토에 획득되기를 반복했으며 동쪽으로는 동해, 북쪽으로는 중국, 러시아와 접하고 있는 신문물의 통로이면서 동서 영토를 둘러싼 분쟁을 피할 수 없었던 지역.[74] 가

72 이호철은 자서전적 연보에서 자신의 부친이 농촌 지식 청년으로 「개벽」이나 「비판」 등의 잡지를 애독했고 아나키즘의 세례를 받은 바 있다고 술회하기도 했다.

73 김기림 외, 「關北, 滿洲出身作家의 '鄕土文化'를말하는座談會」, 『삼천리』, 1940.9.

74 진선영, 「식민지 시대 '북청'의 지역성과 함경도적 기질성」, 『한국문학이론과 비평』, 2014.12, 265면.

령 최인훈과 이호철의 정신적, 교육적 터전이었던 원산만 해도 함경도 안에서도 가장 바깥으로 열린 지대, 개항장, 무역항을 통해 번영했던 곳이다. 『북정일기』(1712)의 저자가 남긴 원산 관련 기록에 따르면 원산은 17, 18세기부터 함경도와 여타 지역을 연결하는 포구로 급성장하였다. 전국 각지의 상인들이 드나들며 큰 도회가 이루어졌고 시장과 민생은 풍족한 모습이었다. 이는 남관[75]의 원산이나 함흥뿐만 아니라 북관의 회령에도 해당되는 이야기다.[76]

명사십리
해당화야.
꽃진다고
설워마라.

이 민요를 눈이 노랏코 코이 큰 금발 아가씨가 부른다면 좀 놀라운 일이지요. 그런데 명사십리에만 가보면 열칠팔나는 '갓쥬샤' 가튼 서양 아가씨들이 잘 도라가지 안는 혜를 돌려가며 이것을 곳잘 불너요. 아마 서양 사람 사는 곳이 만치만은 원산 명사십리만치 조선 냄새나는 서양사람 별장지대가 업슬 걸요. (…)

명사십리의 서양인 별장촌은 아마 전 조선에 화려하기로 우뜸

75 흔히 마천령 아래를 남관, 위를 북관이라고 지칭한다.

76 장유승, 「조선 후기 변경 지역 인식의 변모 양상」, 앞의 책, 176-180면.

일걸요. 갈마 정거장에다 차를 던지고 한참 거러서 어촌 잇는 곳을 지나가노라면 솔밧이 잇고 그 솔밧 지나면 어느 미국 가서 공부하고 온 사람이 경영한다는 크다란 포도원이 양지쪽에 싹-느러서 잇고, 그리고 한쪽 엽헤 갈메기 둥기둥기 나는 푸른 바다를 끼고 해안선을 한참 가노라면 그제는 키는 그리 크지 안치만 타스러운 바닷솔바치 잇지요. 거기서 자동차를 나리면 파란 단청칠 한 물이 보이는데 그 안으로 드러서면 좌우쪼긍로 세서에서나 보는 것 가튼 아담한 서양집이 세 줄로 쭉 버더 잇지요. (…)

오는 사람은 아메리카 사람이 대부분이고 영국, 아일랜드, 카나다, 스페인, 로서아 등 각국인이 다 잇지요. 직업은 역시 선교사가 대부분이고 그 다음이 학교 교사요. 그러고는 병원 원장 무슨 석유회사 지배인 하는 축이지요.

금년에는 명사십리가 하도 좃탄 말 듯고 멀니 상해, 신갈파, 할빈 등지에서 다 온대요.[77]

옮긴 글은, 이호철의 회고 안에도 빈번히 등장하는 명사십리의 풍경에 관한 것이다. 이에 따르면 그곳은 다양한 인종이 조우하는 경계적 장소였다. 일제 강점기 원산에는 사립학교를 설립한 서양인 선교사나 교사가 자주 거주했으며 조선인들은 이들과 친선 운동

77 해당화, 「외인별장풍경」, 『삼천리』 6권 9호, 1934.9.

경기를 갖는 등 비교적 우호적으로 교류했다고 알려져 있다.[78]

가령 김기림[79]은 시 「바다의 鄕愁」에서 '부두'라는 표상으로 관북의 지역성을 확연하게 드러낸다. 그곳은 모종의 경계이며 이방의 장소, 고향을 등진 사람들이 머무는 곳이다. 뒤섞인 이국의 사람들과 문물로 활기차고 소란스러운 혼종적 틈—관북의 모더니티는 이 같은 방식으로 도착한 것이다. 이 시는 김기림의 코스모폴리탄적 상상력의 기원이 이 같은 관북의 지역성에서 비롯되었음을 추론해보게도 한다.

이 '뒤섞임'은 적어도 함경도에 있어서는 크게 특이한 현상은 아니었는데, 거슬러 올라가면 조선 후기 사민정책으로 삼남 지역 백성이 이곳으로 이주한 전력도 있기 때문이다.[80] 말하자면 과거에는 한반도 여러 지방민이 혼재되었으며 개화기 이후에는 다양한 인종이 어우러진 곳이 바로 관북 지역이었다. 낯선 외지인 유배객을 친척 대하듯이 친근하게 맞아졌을 만큼[81], 그곳은 이방인과 원주민의

78 오미일, 『제국의 관문 – 개항장도시의 식민지 근대』, 선인, 2017, 71-77면.

79 좌담회에서도 적극적으로 발언했던 김기림은 「관북기행단장」(1936년 3월 14일부터 20일까지 『조선일보』에 발표한 기행시 연작) 등을 써냈을 정도로 고향에 애정을 지닌 시인이었다. 기실 관북 문인들의 고향에 대한 이 같은 묘파는 일제 강점기부터 다양한 창작 안에서 발견된다. 이에 부산대학교 한국민족문화연구소에서는 2007년부터 로컬리티 연구의 초석을 구축하는 작업으로써 『한국 근대의 풍경과 지역의 발견』이라는 총서(개화기~일제 강점기에 잡지에 발표된 지역에 관한 글을 발췌해 옮긴 것)를 간행해왔는데 이 글에서는 이 중 '함경도' 편에 수록 된 수필을 주로 참고하였음을 밝혀둔다.

80 고승희, 「조선후기 함경도 內地鎭堡의 변화」, 『한국문화』 36, 2005, 347-354면.

81 정우봉, 「조선후기 풍속지리 문헌에 나타난 關北 지역과 그 인식의 차이」, 『고전과 해석』 19집, 2015, 16면.

뒤섞임이 자연스러웠던 혼종적 공간, 포용과 공존을 미덕 삼은 곳이기도 했다.

근교에 양질의 유연탄광이 있고, 백두산 일대에서 베어낸 목재가 뗏목으로 흘러내려 H에서 집산한다. 제재제지製材製紙 공장도 당연히 있게 마련이다. 조선인 소학교가 넷, 일인 소학교 하나, 상업학교가 하나, 여학교가 하나, 캐나다 선교부, 도립 병원, 유명한 도자기의 산지, 밝고 단단한 벽돌도 구워낸다. 강 건너 만주 쪽과의 정正, 밀密무역이 성해서 물산객주 집과, 거기 붙어사는 프티 암흑가, 주민의 인종별을 보면, 조선인 일인 여진족 중국인 백계白系 러시아인 캐나다인이다. 백계 러시아인은 양복집, 모피상毛皮商, 화장품 가게 같은 걸 한다. 여진족은 화전, 숯구이 따위, 중국인은 야채 재배, 그리고 어디서나 하는 호떡집, 요릿집, 일인은 군 관과 그 가족, 그리고 상인, 지주 나머지가 조선인이다. 기간基幹 주민이니, 위에 든 여러 인종의 직업 전부에 걸쳐 있다. 조 만 소 국경이 위치한 곳이라 특고特高와 헌병, 특무特務의 그물이 거미줄 같다. 한말 이래 의병, 독립군, 빨치산 따위 항일 각파에 의한 대소 사건이 연달아 이곳을 무대로 삼았다.[82]

82 최인훈, 『하늘의 다리/두만강』, 문학과 지성사, 2009, 142-143면.

하여 그들에게 비판의 대상이 되었던 것은 민족이나 계급의 구획을 통해 자신들을 타자화 했던 일본인들과 일부 서양인들이었는데, 이들이 자신들을 "썰밴트(servant)"[83]로 만들면서 더불어 사는 삶의 질서를 어지럽히고 있다고 여겼기 때문이다. 이들은 지정학적, 역사적 (추)체험 덕분에 사위의 존재를 배제하고 소외시킴으로써 자신들의 존립 기반을 다지는 특정 권력층을 기민하게 의식할 수 있었던 것으로 보인다. 그런 까닭에 그 반대 급부에서 이민족 혹은 노동 계급을 폭력적으로 타자화 하는 식민(자본)주의가 득세했을 때 아래로부터 비롯된 강력한 만세 시위(1920)나 노동자의 손으로 감행된 총 파업(1929) 등을 통해 거세게 저항할 수 있었을 것이다.

이곳은 사적(史蹟)지요 또 근대공업(近代工業)의 중심지(中心地)다. 귀깊이 듣는다면 누구나 여기에서 신구교류(新舊交流)의 혈행(血行)을 읽을 수 있을 것이다. 그 호흡(呼吸)과 맥박(脈搏)에는 옥저종족(沃沮宗族)의 부락(部落)으로부터 고구려(高句麗), 발해(渤海), 여진(女眞), 고려 (高麗), 이조(李朝)에 이르기까지의 곡절(曲折) 많은 전통(傳統)과 급격(急激)히 이루어진 근대공업도시(近代工業都市)의 음향(音響)이 있으며 동시(同時)에 그것이 혼효(混淆)하는 교향보(交響譜)의 아룀이 그윽히

83 WA生, 「명사십리에서」, 『조선문단』 12, 1925.10.

들린다.[84]

한설야의 수필에서 언급된 것처럼 함흥을 위시한 함경도 지역은 일제 강점기에 이르러 자본주의 사회의 핵—대공업 지대가 가장 활발하게 건설된 곳이기도 했다. 경성 등의 여타 지역에서 근대화가 자본주의적 생활, 즉 문화의 변화로 가시화 된 것과 달리 함경도 지역에서는 자본주의적 생산 체계와 계급으로 박두한 것이다.[85]

산업화가 이곳에서만 발흥한 것은 아니었지만, 함흥질소비교공장(1927)으로 통칭되는 거대한 공단이 형성된 경우는 흔치 않았다. 이 대규모 공단 안에서 자연스럽게 작지 않은 크기의 노동자 세계가 형성되었는데 그 징후이자 소산이 바로 1929년 원산 노동자 대파업이었다. 유념할 것은, 이를 주도했던 원산노동연합회가 개항장이자 무역항으로 번영했던 원산의 부두노동자들에 의해 20년대 초반 기형성되어 있었다는 점이다.[86] 이는 함경도 노동자의 형성과 주체적 대응이 지역성 안에서 비어져 나온 것임을 보여주는 것이기도 하다. 그런 차원에서 함흥의 과거와 현재의 지역성을 부단히 관련짓는 한설야의 산문에는 의미심장한 측면이 있다.

한국 역사상의 첫 총파업이라 할 수 있는 1929년의 '원산 총파

84 한설야, 「산문도시, 함흥」, 『신동아』, 1936.6.

85 김재영, 「한설야 문학과 함흥」, 『한설야 문학의 재인식』, 소명출판, 2004, 162-163면.

86 위의 글, 164면.

업'이 시사하듯 원산은 일제강점기 아래로부터의 계급 운동과 사회주의, 아나키즘, 공산주의 이데올로기가 만나 분수령을 이룬 지역이었다.[87] 1920년대 원산의 자본가들은 평양이나 서울의 자본가와 달리 일본의 공업 자본에 기반을 두면서 자본 규모와 관계없이 거기 강하게 예속되었다. 이 같은 정황 안에서 원산 노련은 소비조합이나 노동병원을 통해 대중의 열악한 삶을 개선해나가는 방식으로 원산 대중의 큰 신뢰를 얻었고 이에 원산에서 국제적이고도 계급적인 형상을 한 '모범적인' 노동 운동이 점화될 수 있었던 것이다.[88]

> **흔히 우리나라에서 사람이 살기 좋은 고장으로, 첫째 원산(元山), 둘째 전주(全州), 셋째 박천(博川)을 꼽곤 한다. 이것이 언제부터 내려오는 속설인지는 모르겠지만, 이 밖에도 주택가로 가장 좋은 곳으로는 강릉(江陵)과 해주(海州), 그리고 함흥(咸興)을 친다고 한다. 한데 원산은 함경남도의 남쪽 끝이고**(현재의 북한 체제에서는 강원도에 속해 있다), **박천은 평안북도여서**

87 최인훈이 참고한 조명희의 「낙동강」도 이 시대 사회주의, 아나키즘의 세례 하에 놓인 작품이다. 이에 관해서는 김홍식, 「조명희의 문학과 아나키즘 체험」, 『중앙어문학회 어문론집』 26, 1998.12, 참고.

88 상기한 내용은 정태헌, 김경일, 유승렬, 임경석, 양상현, 「1920~30년대 노동운동과 원산총파업」, 『역사와 현실』 2, 1989.12.; 김경일, 「1929년 원산총파업에 대하여 : 60주년에 즈음한 역사적 성격의 재평가」, 『창작과 비평』, 17(1), 1989.3, 301-310면, 참고.

북한 쪽에 있고, 전주만 우리네 남한 쪽이다. 주택가인 경우도 강릉만 남쪽이고, 함흥·박천 두 곳은 북한 쪽에 속해 있다. (…)

요즘은 사정이 달라졌지만, 그 무렵에는 주문진·강릉·삼척 등의 해산물도 양양(襄陽)에서 원산까지 통하던 동해선 기차편을 이용해 일단 원산에 모아졌다. 동해선 기찻길은 1945년 광복 후 1착으로 들어온 소련군이 선로를 죄다 뜯어가서 지금은 아예 없어졌다. (…)

전국 곳곳의 개화 바람에 들떠 있던 사람들이 너도나도 원산으로 몰려들었고, 원산역을 사이에 두고 윗 원산에는 날로 일본인들 거리가 커져가며 신식 은행들이며 3층짜리 빌딩 백화점도 생겨나고, 일본인들 자제의 초등학교며 중학교도 생겨났다. 아랫 원산 쪽에도 기독교계의 루씨 고녀가 문을 열었고, 카톨릭 계의 해성학교라는 것도 생겨났다. (…)

원산은 본시 고조선의 옥저(沃沮)의 일부 지역으로 고구려 때와 신라 시대에는 정천(井泉)군으로도 불렀다가, 고려 시대에는 용주(湧州)로, 조선조 세종 19년에는 덕원군으로 이름이 바뀌었다. 원산항은 본래 덕원부의 해안가 작은 마을이었다. 부산·인천과 함께 개항된 뒤에 일본인들의 거류지였던 지역은 물론이고 명석동(銘石洞)·상동(上洞)의 바닷가와 원산역 일대가 갈대가 무성한 황무지였다. 그런데 경원선·함경선·평원선 등의 철도 개통으로 한반도 내륙은 물론이려니와 압록강·두만강 너머의 중국

이나 러시아 쪽으로의 교통 요충지가 되면서 비약적인 발전을 이루게 되었다.[89]

원산에 남겨져 있었던 책들은 이와 같은 원산의 장소성 및 역사성과 관련이 되어있다. 옮긴 글에서 이호철이 힘주어 언급하기도 했지만 원산은 오래전부터 한반도와 그 외부세계의 접경지대이자 북방 교통 요충지였다. 그런 까닭에 개항 이후 외국인 및 신문물의 출입이 잦았고 근대적인 학교가 최초로 세워지기도 했다. 더욱이 당시 조선과 러시아를 연결하는 통로처럼 여겨졌던[90] 원산진을 통해 사회주의 지식과 문화가 신속하게 수용되면서 다채롭게 유입된 세계 각국의 도서들이 지식인과 민중에게 큰 영향을 주었다.[91]

---

89 이호철, 「내 고향 산책 — 소설사 이호철의 원산」, 『중앙시사매거진』, 2014.3.17.

90 가령 일제는 러시아의 남하를 막기 위해 원산의 교역을 중단시키려고도 하였다. 에른스트 폰 헤세-바르텍, 『조선 1894년 여름』, 정현규 역, 책과 함께, 2012.

91 단적인 예이지만 1923년 동아일보 사회면에는 "함남 원산 부상리에 사는", "김종철이라는 사람"이 "노령에 잇서서 사회주의를 연구하고 또는 그 방면에 관한 서적을 만히 휴대한 까닭에 혹은 무삼계획을 가지고 조선에 오는 것이 안인가하야" 취조를 받았다는 내용이 기사화 되어 있다. 「노령에서 온 김종철은」, 『동아일보』, 1923.12.13. 이외에도 당시 원산에, 러시아로부터 은밀히 들어온 사회주의 서적이나 사회주의를 공부하고 돌아온 사람들이 많으며 이를 경계해야 한다는 기사들이 종종 발견된다.

4) 그 학교 (바깥)에서 배운 것은 무엇이었는가 - 회의하는 자의 삶이 지닌 가능성

'학교'에서 가르쳐주지 않는 것을 가르쳐주는 이 책들을 통해 최인훈과 이호철은 당대 북한의 체제 안에서 왜곡되거나 윤색된 이념[92]에 의문을 제시할 수 있었다. 책의 세계가 보여준 이상적인 이념과 당대 체제의 진영 논리에는 분명한 낙차가 있었기 때문이다. 이 과정은 『화두』에서 '나'의 입을 빌려 이렇게 설명되어 있다. "도서관에서 나는 무엇인가가 되기 위해서 태어나 가고 있었다."[93] '나'에게 책이란 "아기집(胎)"이다. 학교의 바깥에서 대중들에게 유통되는 책을 기반 삼아 '나'는 현실에 대한 무비판적 인식에서 벗어나 회의하는 존재로서 다시 태어났던 것이다.

최인훈과 이호철이 남한에 내려와 자신들에게 억압적인 남한 사회에 저항하는 기제로 '문학'을 선택하게 된 동기라면 여기에서 비롯되었을 확률이 크다. 그들은 원산에서의 체험을 통해, 저잣거리의 '문학'이야말로 학교가 만든 규율과 이념의 외부 내지 여백에 존재하며 거기 균열을 내는 날카로운 도구가 될 수 있음을 오래전 확인할 수 있었다.

따라서 남한에 내려와 최인훈과 이호철은 고민 없이 문학을 택

92 이호철, 「촌단당한 삶의 현장」, 『이호철』, 강진호 엮음, 글누림, 2010 393면.

93 최인훈, 『화두』 1, 앞의 책, 45면.

했고 당대 필화 사건에 관심을 기울였다. 가령 최인훈의 문제작 『회색인』(『세대』 1호~13호, 1963.6~1964.6.)은 소설 속 배경인 1959년에 큰 사회적 이슈가 되었던 '여적' 필화 사건에 주목하고 있다.

1959년 4월 30일 이승만 정권은 『경향신문』의 폐간 조치를 단행하였다. 『경향신문』은 장면을 지지함으로써 자유당 정권을 견제하고 있었고 상위권의 발행 부수를 기록하고 있었다. 폐간의 원인이 된 결정적인 사건으로는 1월 1일자 지면에 수록된 「정부와 여당의 지리멸렬상」과 2월 4일자 「여적」이 지목이 되었다.

전자에서는 "自由黨의 一人者와 二人者가 國民의 애절, 痛忿한 與論을 못 들은 척하고 九重深處에서 名節을 즐기고 있는 동안 그 麾下인 政府閣員들과 自由黨幹部들이 事態收□에 대하여 장수를 잃어버린 卒兵들처럼 갈팡질팡하고 있는 凄涼란 光景은 으레 그럴줄알면서도 나라의 將來를 위하여 가슴 아프게 보지 않을 수 없는 일"[94]이라는 말로 정부와 여당을 비판하였다.

후자의 경우 "選擧가 眞正多數黨決定에 無能力할때는 結論으로는 또한가지 暴力에 依한 眞正多數黨決定이란 것이 있을 수 있는 것이요, 그것을 가리켜 革命이라고 할 것이다. 그렇다면 假裝된 多數라는 것은 早晩間 眞正한 多數로 轉換되는 것이 歷史의 原則일 것이니 오늘날 韓國의 危機의 本質을 大國的으로 把握하는 出發

94 「정부와 여당의 지리멸렬」, 『경향신문』, 1959.1.1.

點이 여기 있지 않을까."[95]라고 지적하며 다수당과 부정선거를 저격하였다. 이에 서울지검에서는 "경향신문사발행인 韓昌愚 사장과 여적집필자 朱耀翰씨에 대해 내란선전 刑法九O條二項 혐의를 적용"[96]한다.

『회색인』에서 최인훈은 데뷔작인 「GREY俱樂部 전말기」(1959.10.)[97]에 암시해 두었던 '1958년 국가보안법 파동'[98]을 직접 드러내면서[99] 유독 이 '여적' 필화 사건을 자세하게 묘사한다.

> (ㄱ) 1959년은 이른바 2·4파동의 떠들썩한 소문을 안고 시작되었다. 크리스마스이브에 한 무리의 무인武人들이 국회에 나타나서 눈부신 활약을 한 이 사건은 분명히 한국의 정치사에 길이 남을 만한 큰일임에는 틀림없었으나 그렇다고 해서 2천만 국민이 모두 다 이 일에 비분강개해서 인심이 흉흉해 있었다고 생각

---

95 「餘滴」, 『경향신문』, 1959.2.4.

96 「本紙「餘滴」事件正式起訴 李起鵬氏 및「스」博士에 對한 名譽毁損도包含」, 『경향신문』, 1959.2.28.

97 이 소설의 제목은 'GREY俱樂部顚末記'이나 이 책에는 'GREY俱樂部 전말기'로 적었다. 구락부를 구태여 한자로 둔 이유는, 이 제목에 일제강점기 말부터 해방 이후의 한반도를 연결하는 최인훈의 의식이 담보되어 있다고 여겼기 때문이다.

98 방민호는 이 소설이 4월 혁명의 전조로서의 2.4 국가보안법 파동을 다루고 있다고 언급하기도 했다. 방민호, 「'데가주망'의 논리」, 『어문논총』 67, 한국문학언어학회, 2016, 173-174면. 소설 첫 머리에서 작가는 김학과 독고준의 언쟁이 1958년 가을에 이루어진 것임을 '명시'해두고 있다.

99 1960년대에 1950년대 이야기를 하는 것이 크게 문제시되지 않았기 때문일 수도 있겠지만, 당시가 작가에게, 역사적으로 상당히 중요하다는 사실을 보여주는 지표이기도 하다.

하는 것은 잘못이고 사실 그렇지도 않았다. (…) 어떤 사람들의 느낌으로 막다른 골목이라고 다그치게 느껴지는 시대가, 그럼에도 불구하고 혁명도 일어날 것 같지 않고 그렇다고 하늘에 태양이 두 개 나타난다거나, 핏빛 눈이 내린다거나 경무대에 밤마다 이상스런 새가 와서 울고 간다거나— 한마디로 말세에 반드시 나타나는 것으로 우리들 한국인이 오랜 경험을 통해 알고 있는 흉조凶兆라 할 만한 것이 하나도 나타나지 않을 뿐 아니라, 겨울에 태극나비가 나타났다느니 또는 한 길이 넘는 산삼이 강원도에서 어느 노인의 손으로 캐지는 등 태평성세의 징조가 신문을 다채롭게 했는데, 확실히 역사란 현묘玄妙한 것이며 역사 속에 사는 자의 슬픔도 기쁨도 또한 여기 있다 할 것이다.

『갇힌 세대』의 동인들의 말을 빌릴 것도 없이, 어느 경우이고 대혁명이란 그저 압제壓制가 있다는 것만으로는 모자라고, 그 압제가 못 견딜 만한 것이라는 느낌이 국민의 대다수에게 부풀어 있어야하는 법인데, 섭섭한(혹은 다행스런) 일이지만 국민이 그런 감정에 이르기에는 아직 때가 익지 못하고 있었다.[100]

(ㄴ) 그는 레지가 가져다놓은 신문을 집어 들었다. 신문에는 아직도 2·4파동의 뒷이야기가 한창이었다. 민주주의의 조종鴨

100 최인훈, 『회색인』, 앞의 책, 175면.

鍾, 독재의 횡포, 다수당 횡포, 빈사瀕死의 국민 주권. 그런 말들이 눈에 들어왔다. 다수당多數黨의횡포. 얼마나 우스운 말인가. 민주주의는 다수의 지배가 아닌가. 다수결로 통과되었으면 그것은 합법인 것이다. 그 다수당을 만들어준 것은 국민이 아닌가. 그런데 그 국민은 다수당을 지긋지긋한 악당들로 보고 있고, 이 순환. 이 순환의 형식면만 본다면 답은 나오지 않는다. 다수당이 만들어진 구체적인 과정에 부정이 있는 것이다. 민주국가에서 다스리는 원천源泉인 투표가 제대로 되지 않기 때문에 나쁜 놈들이 다수당이 되고 마는 현실. 『갇힌 세대』 친구들은 요사이 한창 흥분하고 있겠지. 학이 놈은 경주에서 보낸 편지에서도 나라 걱정을 하고 있었지. 요코하마 포격의 얘기는 그럴싸하더군. 그런데 틀렸어. 왜 못해. 그런 감정의 폭발을 왜 실행하지 못해. 그랬더면. 아무렴. 그럴싸한 얘기고말고. 그 사건은 세계를 뒤흔들었을 게 아닌가. 유례를 찾아볼 수 없는 케이스가 되었을 거야. 그런데……[101]

『회색인』의 중심인물인 독고준은 2.4 파동을 주시한다. 다만 (ㄱ)의 시기에만 해도 그는 2.4 파동을 혁명의 기미로 여기지 않았다. 그 사건으로 세상에 변화가 일어날 만큼 국민의 감정이 무르익

101 위의 책, 180-181면.

지 못했다고 생각했기 때문이다. 그런데 (ㄴ)에 이르러 '신문'에 실린 '저항적 칼럼'을 통해 정치 감각을 익힌 그는 점점 혁명에 대해 생각하게 된다. 이 변화는 독고준의 삶을 180도 바꾸어놓기도 한다. 매부인 자유당 소속 의원 현호성에 기생하여 살아온 자신의 생활을, 그가 비로소 불합리하다고 느끼기 시작했던 까닭이다.

여기에서 무딘 정치 감각을 지니고 있었던 1959년의 독고준을 각성하게 한 계기가 '글 읽기/쓰기'였다는 점은 눈여겨 볼 만 하다. 이때의 글은 물론 냉전의 논리나 통치 이념이 담긴 공적 발화의 외부에 위치하는 것들이다. 『화두』의 '나'가 학교와 대비되는 도서관에서 만난 책들과 유사한 성질을 지녔다고도 할 수 있겠다.

> 이쪽도 저쪽도 전혀 털끝만큼도 적의가 없었고, 같은 고등학생이었다는 공통점으로 비록 당장 입고 있는 군복은 다를망정, 야곰야곰 친밀감이 생겼다. 닷새가 지나도 사방에서 전투는 계속되고, 포성은 그치지 않았다. (…) 그렇게 한나절 열 명이 띄엄띄엄 앉아 먼 하늘을 쳐다보며 무심히 쉬고 있을 때, 누군가 문득 '따오기' 노래를 흥얼거렸다. 그러자 하나 둘씩 따라 부르더니 이윽고 모두들 콧노래로 나지막하게 부르는 바람에, 때 아닌 숲속의 합창으로 변했다. 말하자면 적진 속에서의 남북 합창 코러스가 되었다. (…)
>
> 이런 현실을 앞에 두고서는 문학이라는 건, 따로 설 자리가 없

었다. 현실 자체가, 너무너무 끔찍스러운 문학 이상이었으니까. 그러나 그럼에도 불구하고, 나는 애오라지 문학에만 매달리고 있었다. 죽으나 사나, 문학밖에는 매달릴 데가 달리 없었다.[102]

이호철에게도 문학은 그런 것이었다. 인민군으로 전선에 참가한 그가 이데올로기를 넘어 국군과 인민군을 똑같은 '사람'으로 인식하게 하는 것. 제도와 규율 안에서 발화된 것들과 맞설 수 있는 유일한 힘. 그리하여 이호철 또한 "죽으나 사나, 문학밖에는 매달릴 데가 없었다."

월남한 최인훈과 이호철이 창작을 통해 역사 및 현실과 치밀하게 접속했던 까닭이 여기에 있다. 글로 당대인의 인식 변화를 이끌어 낼 수 있다는 믿음과 거기에서 비롯된 실천적 글쓰기에의 의지. 이것이 두 작가의 초기 문학 세계를 견인해 나갔던 것이다.

102 이호철, 『우리네 문단골 이야기』 1, 자유문고, 2018, 169-170면.

| 2 |

‘자기’의 수립을 위한 배회

– 대학 시절 최인훈의 산문과

데뷔작 「GREY俱樂部 전말기」(1959)에 나타난 실존의 문제

'자기'의 수립을 위한 배회 - 대학 시절 최인훈의 산문과 데뷔작 「Grey俱樂部 전말기」(1959)에 나타난 실존의 문제

1) 그가 그를 만난 자리

1960년대 말엽이었다. 5월 무렵, 한 사람을 태운 버스가 대학교 앞에 멈췄다. 차에서 내린 그는 세월이 위치를 바꾸어놓은 정문을 지나고 법대를 통과해 문리대 구름다리 쪽에 멈춰섰다. 그러고는 문득 예전에 요업 작업장이었던 곳에 눈길을 던졌다. 불현듯 흙이 빚어지는 광경이 떠올랐다. 잔뜩 목을 뺀 채 그것을 들여다보는 한 대학생의 모습도 그려졌다. 그 대학생은 다른 누구도 아닌, 오래전 자기였다.

이렇게 최인훈은 한 산문에 현재의 나와 과거의 나가 환영 속에서 만나는 에피소드를 누벼놓았다. 이 글의 골자는 당시 가열한 화두가 되고 있었던 서울대학교 종합화 계획에 관한 것이었지만 취재 목적으로 방문한 모교의 광경이 뜻밖에 그의 기억의 심연을 헤

집어 놓았던 것이다.

"눈빛에 자신이 없어 보였으나 훨씬 순진해 보"이는 모습의 "옛날의 나"는 대뜸 현재의 나에게 이렇게 항의한다. "당신은 대체 뭐요? 나는 이 자리에서 저 그릇 빚는 것을 10여 년간 이렇게 보아왔소. 당신은 그동안 한 번이나 나를 찾아와준 적이 있소?" 투정이 날을 세우는 그 물음에 현재의 나는 이렇게 답을 한다. "나도 살아야 하잖아? 생각 같아서는 난 자네와 영원히 같이 있고 싶어. (…) 기억이라는 감옥. 잊어서는 안 된다는 옥칙獄則. 잊지 않았다는 다짐—그게 소설인즉 그 점은 안심하게."[103]

이 아련한 삽화는 최인훈이 내내 '기억이라는 감옥'에 자신을 무기한 가두고 '잊어서는 안 된다는 옥칙'을 되뇌었던 수인임을, 그 기억 감옥에서 내내 잊을 수 없었던 옛일 중 하나가 바로 대학 생활이었음을 아프게 환기한다. 실상 길지 않은 기간이었다. 그가 서울대학교 법과대학에 입학한 시기는 1952년 4월이었고 1954년에 (3학년 2학기까지 다닌 후) 학업은 중단되었다. 1955년 4학년 진학을 앞두고 1년 휴학을 신청해 영어공부를 하다가 56년 4월 복학

103 이상 직접 인용문은 최인훈, 「상아탑」, 『최인훈 전집 11 - 유토피아의 꿈』, 문학과 지성사, 2010, 34-36면.

대신 입대를 했던 까닭이다.[104]

전쟁의 그림자가 지척에서 아른거렸던 대학 시절이란, 그에게 "시대적 혼란時代的混亂과 청년기青年期의 혼란混亂이 중복重複된"[105] 시기였다. 최인훈은 이렇게도 말했다. "오랫동안 내 대학 생활은 떠올리기가 싫은 그런 것이었다. 무슨 특별하게 회한한다거나 증오한다거나 그런 격렬한 감정은 아니다. 맥이 풀리고 삶이라는 것의 망막함, 갈피 없음, 엇갈리는 여러 인과계因果系의 비정한 횡행—이런, 삶의 일반적 울림이 처음 엄습한 곳이라는 뜻에서 그렇다."[106] 그리하여 그는 캠퍼스 구석의, 그것도 눈에 띄지 않는 요업 작업장 앞에서나 마음을 내려놓을 수 있었던 지난 시절을 잊고자 했고 그럼에도 끝내 잊을 수 없었다. 그렇다면 내면에 각인된 그 기억이란 무엇인가. 그에 대한 답을 짐작하게 하는 두 개의 글이 있다.[107]

104 그 전까지의 이력을 간단히 언급하자면 다음과 같다. 제국주의자들의 참전 독려 노래가 사회주의자들의 군가로 바뀌고 나서 얼마 지나지 않아, 원산고급중학교(원산고등학교)에서 2학년 1학기를 보내고 있었던 최인훈은 가족과 함께 LST에 몸을 실었다. 월남 후에는 1951년 목포고등학교에 전입해 남은 학업을 마쳤고 이듬해 봄 서울대학교 법과대학에 입학하였다. 최인훈, 「연보」, 『최인훈 – 오디세우스의 항해』, 에피파니, 2018, 19-25면.

105 최인훈, 「상아탑」, 앞의 책, 28면.

106 위의 책, 29면.

107 원문은 부록으로 전문 수록하였다.

2) 「人生의 忠實」과 '자아비판회'의 기억

최인훈에게 대학 시절이 잊고 싶으면서도 잊지 못할 기억으로 남아있다면, 후자 쪽의 이유는 다음의 언급에서 찾아볼 수 있을 것이다. 그는 "대학에 몸담은 기간에 인간과 사회의 본질에 대해서 상식적이 아닌 참신한 태도—뭐랄까, 순진한 지적 허영이라고 할까, 그런 기질이 몸에 배는 것이 중요하고 값지다고 생각"했다. 대학 시절 가지게 된 "지적 허영심이란 것은 다른 허영심에 비하면 타락하기가 비교적 어렵고 인생의 어둠 속에서도 방해받지 않는 위안이 되는 성질을 가지고 있"[108]기 때문이다.

그런 최인훈이 대학 시절 품었던 '인간과 사회의 본질에 대한 참신한 태도'의 편린들을 담고 있는 글이 바로 「人生의 忠實」(『서울대학교 대학신문』, 1954.6.2.)과 「季節, 實存의 位置」(『서울대학교 대학신문』, 1954.10.15.)이다.[109] 1954년에 서울대학교 대학신문[110]에 실

108 이상 직접 인용문은 최인훈, 「대학 신문에게」, 『최인훈 전집 11 – 유토피아의 꿈』, 문학과 지성사, 2010, 229-230면.

109 故 최인훈 선생께서 작고하시기 전 필자에게 서울대학교 대학신문에 실린 글을 찾아 봐줄 것을 부탁하셨다. 이에 이 두 편의 산문을 찾을 수 있었다. 이는 20대 초반의 최인훈이 처음 공개 지면에 남긴 글이라는 점에서 간과될 수 없을 것이다. 최인훈 선생님께 마음 깊이 감사드린다.

110 참고로, 최인훈은 '대학 신문'의 중요성에 대해 설파한 글에서 그것이 "생활 전체가 지적인 호기심에 대해서 최대의 관심과 정당성을 부여하는 환경"에 놓인 대학생에게 유의미한 매체임을 강조하기도 했다. "대학 공동체를 거쳐 간 성원들이 자기들의 긴 생애를 통해서 자기가 젊었을 적에 겪은 이상적 모형에다 생활을 맞춰볼 수 있게 하는 것이 대학 생활이며, 대학신문은 그러한 대학 생활의 길잡이라고 생각한다"는 것이다. 최인훈, 「대학 신문에게」, 『최인훈 전집 11 – 유토피아

린 이 두 편의 수필에는 1955년 휴학을 결행하기 직전 그가 겪었던 '시대적 혼란과 청년기의 혼란'이 고스란히 갈무리되어 있다.

> 어느 時代이고 不安이라는 그것이 없은 때는 없지만 그것이 일반화되고 있다는 점과 또 單純한 文化現상에 그치지 않고 生의 흐름에 直接 深刻히 關係하고있다는 것은 現代의 特徵일 것이다. 理성에 對한 絶代의 信任과 그 追求로 말미암은 神(統一)의 否定의 結果가 이같은 不安을 가져온 것이다.
>
> 오늘 모든 사람은 벌서 어떻한 사상도 겸遜한 마음으로 받아드리지 않는다. (…)
>
> 콤뮤니즘은 이러한 現代情神의 방황에 對한 政治的 解決策이었다고 볼 수 있을 것이다. 卽統一의 實現이다. 그러나 콤뮤니즘은 사람이란 生命體며 論理를 초越한 非合理的 具體的 存在임을 忘却했다. 또 콤뮤니즘이 嚴格한 唯理主義인만큼 그것이한번 理성의 信任을 상失한 境우 아무러한 生存權도 主張치못하는 것이다. 個人이 歷史의 創造的 契因으로서의 資格을 거否당할 때, 그 生活意慾에 對한 壓迫感을 느끼며 또 當然히 그 生活意慾에 支장을 느끼게 된다. 콤뮤니즘的 社會는 不滿과 憂울에 찬 停滯의 곳이다.

의 꿈』, 문학과 지성사, 2010, 229-230면.

知性의 分明한 懷疑와 不信을 無視하고 熱광的 革命的 愛情代身에 權力으로서 그 體制의 唯持를 企圖할 때 그곳에는 恐포가 支配하고 最小限的 抵抗으로서의 輕멸과 非協力이 있게된다.

콤뮤니즘이 現在 어떻한 政治的 現實勢力을 維持하고 있더라도 그 內的面으로선 이러한 段계에 있는 것이다.

그러므로 우리는 우리의 精神的 위機에 對한 光明을 論할 때 콤뮤니즘은 매力이 없다.

지난 時代에는 知識人일수록 콤뮤니즘에 對한 被 誘惑度가 컸으나 지금은 그 逆이다.

그러면 우리는 다시 혼돈 속에서 刹那的으로 살아야 하는가?[111]

「인생의 충실」의 첫 부분이 이와 같다. 최인훈은 '불안'을 현대인의 존재 조건으로 거론하며 글을 열어내고 있다. 그에 따르면 1950년대적 불안은 단순한 문화 현상이 아니라 한 개인의 삶의 흐름을 좌지우지할 만큼 영향력을 지닌 감정이다. 그리고 그것은 신 또는 선험적 본질을 부정하고 개인의 이성을 절대적으로 신임해온 근대문명에서 비롯된 것이라 할 수 있다. '어떠한 사상도 겸손한 마음으로 받아 드리지 않는' 근대인들의 자기 맹신이 전쟁과 파시즘, 홀

111 최인훈, 「人生의 忠實」, 『서울대학교 대학신문』 79호, 1954.6.2., 4면.

로코스트라는 파산 국면으로 근대를 이끌었고 그 결과 이즈음의 모두가 불안에 붙들렸다는 것이다.

최인훈이 근대 비판의 시각 위에서 '콤뮤니즘'에 대한 단상을 펼치고 있다는 점은 특기할 만 하다. 그가 생각하기에 공산주의(communism)란, 본래는 정신적으로 방황하는 이 현대를 정치적으로 결집시키려는 시도였다. 하지만 현실 정치 세력은 그 본래적 성향과 멀어져 "불만과 우울에 찬 정체의" 사회를 만들어내고 있다. 그들에 의해 구현된 공산주의 시스템은 "사람이란 생명체이며 논리를 초월한 비합리적 구체적 존재임을 망각"했고, 그 안에서 개인은 "역사의 창조적 계인(계원)으로서의 자격을 거부당"하였기 때문이다. 그런데 이 같은 단언을 단순히 관념적인 반공 의식에서 비롯된 것이라고는 할 수 없다. 다음과 같은 이유 때문이다.

> 그 교실에서 배운 것은 무엇이었습니까. 그러고 보면 이상하기는 하였다. (…) **인간이 다른 인간에 대해서 미움이건 사랑이건 모든 관계에서 마지막 뿌리가 되어야 할 「이성」의 빛은 없었다**(이하 굵게는인용자). 그래서 일본 점령자들이 떠나가고 난 다음에 하루아침에 바뀐 국기도 국어도 역사도 「학교」에서 「선생님」들이 말씀하시니까 으레 따르면 될 일이었다. (…) 성숙한 이성의 개입 없이 받아들인 것은 얼마든지 갈아끼워도 피도 흐르지

않고 땀도 나지 않았다.[112]

> 지성의 분명한 회의와 불신을 무시하고 열광적 혁명적 애정 대신에 권력으로서 그 체제의 유지를 기도할 때 그곳에는 공포가 지배하고 최소한적 저항으로서의 경멸의 비협력이 있게 된다. (…) 그러므로 우리는 우리의 정신적 위기에 대한 광명을 논할 때 콤뮤니즘은 매력이 없다. 지난 시대에는 지식인일수록 콤뮤니즘에 대한 피 유혹도가 컸으나 지금은 그 역이다.[113]

첫 번째 인용문은 『화두』(1994)에서 발췌한 것이다. 주지하듯 최인훈은 '자아비판회'의 광경을 여러 소설 안에 재현하면서 해방 직후 자신이 맞닥뜨렸던 이념의 실물을 부단히 드러냈다. 그런데 1960년대에 쓰인 『회색인』이나 『서유기』가 자아비판이 독고준에게 가해진 부당한 폭력이었다는 '사실' 위주로 역설하였다면, 자전적 기술인 『화두』에는 자아비판회 안에 놓인 주인공의 '사유와 감정'을 보다 중점적으로 드러낸다. 다시 말해 후자에서는 말년의 최인훈이 자아비판회에 선 소년의 내면에 자신의 내면을 비교적 자유롭게 겹쳐놓고 있다고 할 수 있다.[114]

---

112 최인훈, 『화두』 1, 민음사, 1994, 28-29면.

113 최인훈, 「人生의 忠實」, 앞의 책, 4면.

114 전소영, 「「라울전」, 최인훈 문학의 한 기원」, 『한국현대문학연구』 55집, 한국현대문학회, 2018.8., 288면.

작중 '나'는 중학교 시절 빼어난 글재주로 벽보의 주필 자리를 꿰찬다. 하지만 학교 운동장의 바윗덩어리가 어수선해보인다고 썼다가 "어려운 조국건설의 과정에서 공화국 정부의 배려로 건설의 역군을 더 많이 키우기 위해 지어준 건물"[115]을 비방했다는 이유로 '자아비판회'에 회부된다. 거기서 주재자인 국어 선생은 '나'에게 '그 교실에 배운 것은 무엇이었습니까'라는 추궁 섞인 질문을 던진다. 일제 시기의 기억을 현재에 소환하는 이 물음은 물론 '나'의 가계와 출신 성분을 추적하여 반동성을 확인하기 위한 수단이었다. 하지만 그에 답하기 위해 국민학교 시절 이후의 삶을 되짚던 '나'는 도리어 '이상하다'는 느낌을 받는다.

그 '이상함'은 일제 강점기의 제국주의에서 해방 이후 사회주의로 이어진 이데올로기가 인간에게 매한가지의 '형구'가 되고 있다는 깨달음에서 비롯된 것이었다. 과거에나 현재에나 억압적인 이념에 삶이 잠식당해 있지만, 그것을 이성적으로 회의하지 못하고 수용해버린 인간은 자연스러움을 가장하는 이데올로기의 폭력성조차 제대로 인지할 수가 없다. 말하자면 '이성의 개입 없이 받아들인 것은 얼마든지 갈아끼워도 피도 흐르지 않고 땀도 나지 않아' 손쉽게 내면화되어 버리는 것이다.

이채로운 것은 이와 거의 비슷한 언급이 두 번째 인용문인 「인생

---

115 최인훈, 『화두』 1, 앞의 책, 26면.

의 충실」에도 기술이 되어 있다는 점이다. 인간이 "지성의 분명한 회의와 불신"으로 이데올로기를 검토하지 못하여 그것이 "권력으로서 그 체제의 유지를 기도할 때 그곳에는 공포가 지배"할 뿐이라고 그는 적었다. 이는 대학 시절의 번민 안에서 최인훈을 사로잡았던 문제가 '자아비판회'에서 형성된 내면과 관련되어 있다는 사실을 보여주고 그것이 말년까지도 영향력을 행사했다는 증거가 되어준다.

기실 자아비판회란 해방 이후 북한의 사회주의 체제 성립 과정에서 "권력으로서 그 체제의 유지를 기도"하기 위한 극단적인 수단이었다. "인민의 모든 생활 영역에서 사법기관이고 수사기관이고 집행기관이고 고해성사실이고 밀고실"[116]인 교실, "학교라는 사상교육의 마당에서 혁명을 지키는", "혁명검찰관"[117]에 지나지 않는 지도원 선생. 『화두』의 소년 '나'는 각성의 순간 그것들에 대한 "의식 상의 경멸과 비협력"[118]을 경험하는데, 최인훈에 따르면 그것은 '최소한적 저항'이라 할 수 있을 것이다. 대학 시절 발표한 첫 산문은 이처럼 '자아비판회'의 장면을 상기시키는 논평을 중추에 두고 있다. 그 끝에서 최인훈은 이렇게 말한다. "그러므로 우리는 우리의 정신적 위기에 대한 광명을 논할 때 콤뮤니즘은 매력이 없다. (…) 그러

116 위의 책, 33면.
117 위의 책, 31면.
118 최인훈, 「人生의 忠實」, 앞의 책, 4면.

면 우리는 다시 혼돈 속에서 찰나적으로 살아야 하는가?"

3) 「季節, 實存의 位置」와 실존의 좌표

넉 달 뒤 같은 지면에 게재된 「계절, 실존의 위치」에는 앞선 물음에 대한 모종의 답이 담겨긴다. 이 글은 '불안'에 대한 언급으로 시작된다는 점에서 「인생의 충실」과 연결되지만 최인훈은 여기에 이르러 대학 시절 "생의 흐름에 직접 심각히 관계"했던, 원인 불명의 불안을 탐구할 한 방도로 '실존'이라는 개념 틀을 빌려온다.

무심코 내다본 창밖에 부스럭대며 굴러가는 나뭇잎을 눈으로 보내며 나는 부지중 가을!하고 뇌어 버렸다. 그러면서 季節에 대한 아늑한 觀照만 享樂할 수 없는 사실 漠然한 不安을 지니고 남의 收穫高에 초조하는 나를 도리켜보았다. (…)

實存이란 概念은 分에 넘치는 悲劇的제스츄어를 가져서는 아니된다.

實存이란 휴매니즘을 合理性의 路線에서 追求해온 人間探求의 結果가 드디어 부닥친生의 根源으로서의 不合理性 非合理性이다.

이것은 分明히 重大한 事實임에는 틀림없다. 왜냐하면 그것은 모든 眞을 嘲笑하고 眞摯한 情神의 姿勢를 無意味하게 만드는상 싶기 때문이다.

實存할 때 虛無를 聯想하는것도 이러한 所以일 것이다.

그러나 이것은 오늘의 現實의 不安感이라는 外勢的效果의 援軍은 無意識中에 끌어들인 비哲學的續斷이 아닐 수 없다. 實存그自體는 生의 本質의 全體的象徵으로서 出發的인것이기 때문이다.

그것은 全體的確定乃至 固定이아니라 展開되고 具現되고 充實을 向해 飛躍하는 것이다.

그러나 實存은 그 自體로는 無內容이며 非 對象的인 象徵的 全體 卽絶對無이다.[119]

주지하듯 실존주의는 해방 이후 한국의 지성계에 지속적으로 영향을 미쳤던 이론 중 하나이다. 특히 대학에서는 1950년대 분단체제가 전쟁으로 견고해지면서 교양 철학 교육의 핵심으로 실존주의가 채택되었다.[120] 1950년대 서울대학교의 철학 교양 교육의 좌표를 짐작할 수 있게 하는 『대학교양과정 철학』(1958)에도 실존주의

---

119 최인훈, 「季節-實存의 位置」, 『서울대학교 대학신문』 92호, 1954.10.15., 4면.

120 나종석, 「1950년대 실존주의 수용사 연구」, 『헤겔연구』 27권, 한국헤겔학회, 2010, 248면.

에 관한 소개가 긴 지면에 걸쳐 이루어지고 있다. 여기에는 주로 하이데거와 야스퍼스가 언급되어 있고 최인훈 재학 당시 철학과 교수였던 김준섭과 박종홍 또한, 특히 사르트르에 집중하여 실존주의를 교육했던 것으로 알려져 있다.[121]

상기한 인용문은 최인훈이 이 같은 실존주의의 세례를 받았음을 암시한다. 인간의 본질적인 불안을 실존의 위상과 관련지어 언급하는 것은 실존주의의 기본적 전제로, 그들에 따르면 불안(angoisse)은 인간 실존의 필연적인 담보물이다. 특히 사르트르 등의 무신론적 실존주의에서는 신 또는 선험적 본질을 부정한 인간이 세계 속에 홀로 남겨져 자신의 사유와 행동에 전적으로 책임을 질 수 밖에 없는 존재가 되었고 그러한 실존의 조건 안에서 불가피하게 불안이 배태된다고 설명한다.[122]

이 같은 불안의 정의를 빌려와 글의 첫머리를 연 최인훈은, 실존이란 '생의 본질의 전체적상징으로서 출발적인 것'이며 '그 자체로는 무내용이며 비 대상적인 상징적 전체 즉 절대 무'라고 말하고 있다. '고정이 그런데 아니라 전개되고 구현되고 충실을 향해 비약하는 것'이라고 덧대기도 하였다. 이 언급은 그 자체로 사르트르의 『실존주의는 휴머니즘이다』(1946)[123]에 적힌 명제들을 떠올리게 하

121 위의 글, 250-215면.

122 장 폴 사르트르, 『실존주의는 휴머니즘이다』, 박정태 역, 이학사, 2019, 126-127면.

123 프랑스의 철학자 장 폴 사르트르가 1946년에 출판한 책으로 원제는

는 것이다.[124]

> **"아버님, 저를 부르셨던 않았든, 저는 조금도 상관 없습니다. 저는 여기 이렇게**(나는 손바닥으로 내 무릎을 가볍게 두들겼다) **존재하니깐요. 즉 존재는 본질에……."**[125]

최인훈이 소설 「크리스마스 캐럴 1」의 첫 부분에서 직접적으로 인용하기도 했던 이 구절, '실존이 본질에 앞선다((l'existence précède l'essence.)'는 사르트르가 『실존주의는 휴머니즘이다』에서 언급한 실존주의의 제 1원칙이기도 하다. 이 글에서 사르트르는 실존주의자들이 야스퍼스 등의 기독교적 실존주의자와 하이데거 및 자신이 포함된 무신론적 실존주의자로 분류되지만 양자가 모두 '실존이 본질에 앞선다.'는 전제를 공유하고 있다고 밝혔다. 이 말인 즉 인간은 존재의 이유를 가지고 태어나는 것이 아니며 태

'L'existentialisme est un humanisme'이다. 이 글은 전문 번역되어 『사상계』 13호(1954년 8월, 번역자 林甲)에 게재되기도 하였다. 박지영, 「번역된 냉전, 그리고 혁명」, 『서강인문논총』 31집, 서강대학교 인문과학연구소, 2011.8., 103면.

124 참고로, 최인훈이 실존이라는 개념을 허무로 환원시켜 지나치게 '비극적 제스츄어'를 가질 필요가 없다고 강조하는 부분에서도 사르트르를 주장을 떠올릴 수 있다.

125 최인훈, 「크리스마스 캐럴 1」, 『최인훈 전집 6 – 크리스마스 캐럴/가면고』, 문학과 지성사, 2009, 10면. 김진규는 이 작품의 분석을 통해 실존주의와 기독교가 당시 남한 사회에 '진주한' 서구 문화를 대표하며 최인훈이 이것을 소설 속에서 적극적으로 병치했다고 쓰고 있다. 김진규, 「한국 전후소설에 나타난 자기소외와 극복 모색」, 서울대학교 박사학위논문, 2017, 227면.

어나 존재한 후 '무'의 상태에서 그 쓰임새를 스스로 결정해나가는 존재라는 뜻이다. 바꿔 말하면 인간은 자기 자신을 스스로 만들기 전까지는 아무것도 아니다.[126] 이를 최인훈이 "實存은 그 自體로는 無內容이며 非 對象的인 象徵的 全體 卽絕對無"라는 말로 다시 옮겼던 것이다.

> 아버지가 집안을 일으켜 시골읍의 조촐한 성공자가 된 것은 일본 점령의 마지막 10년 시기였다. (…) 그 질서가 무너지자 우리는 H를 떠나야 했다. 경제적으로 몰락하는 이상의 추궁을 받지 않은 것은, 구질서에서의 안락이 그저 그만한 것으로 서울에 반정(反正)이 일어났대서 시골 아전까지 멸문(滅門)당하는 것은 아니기 때문이었지만, 이런 추궁이란 것은 질서가 바뀌는 대목에서는 얼마든지 균형을 잃을 수도 있었다. (…) 지금 그 아들은 균형의 불리한 힘에 휘말려들고 있었다. (…) 비판회에서 H에서 지낸 일과 아버지에 대해 지도원 선생님은 되풀이해서 물어보았다.[127]

다시 『화두』의 자아비판회 장면으로 돌아가 보면, 실존에 관한 저 명제가 최인훈에게 왜 유독 의미심장하게 가닿았을지 짐작해볼

126 장 폴 사르트르, 『실존주의는 휴머니즘이다』, 앞의 책, 29-30면.
127 최인훈, 『화두』 1, 앞의 책, 30-31면.

수 있다. 전술하였듯이 지도원 선생은 '나'에게 '그 교실에서 배운 것은 무엇이었습니까.'라는 질문을 던진다. 이 질문은 그 심부를 들여다보면 'H에서 지낸 일과 아버지에 대해' 묻는 것, 즉 '나'의 가계의 반동성을 추적하여 '출신 성분'을 확정하려는 시도임을 알 수 있다. 말하자면 '나'는 자아비판회를 통해 자신과 선택과 무관하게 체제로부터 '반동적 본질'을 부여받는 경험을 한 것이고, 인간 존재에 대한 이같은 선험적 규정 방식이 '실존이 본질에 앞선다'는 언명과 정확히 반대 국면에 놓여있음은 물론이다.

이처럼 최인훈은 월남 이후 사실상 처음 공식적인 지면에 발표한 글을 통해 북한에서 경험했던, 존재에 관한 선험적이고 강제적 규정 방식을 지양해 나가려는 의지를 피력했다. 인간 실존이 '무'의 상태로 태어나 본질을 선택할 수 있고 살아가는 과정에서 '전개되고 구현되'어 종내 '충실을 향해 비약'해가는 자유로운 존재임을 역설함으로써 말이다. 그렇다면 여기에서 '충실을 향해 비약해간다'는 것은 어떤 의미로 받아들일 수 있을까.

> 無인 實存이 어찌하여 豐富하고 華麗한 生의 充實을 이룰수있는가?
>
> 『生의 嚴肅感』과 『사랑』이 그것을 可能케하는것이라고 나는 생각한다. (…) 實存에서 虛無와 그 不安을 끌어내는 대신 存在에對한 敬虔과 그 敬虔을 行爲에까지 發展시키는 『사랑』을 發見

하지않으면 아니된다.

生의 具體的 形成은『사랑』의 接觸面에서 일어나는 것이다. 사랑은 또實存의 本質的 性格인 個別感의 굳은 國境을 허물어주는 唯一한힘을가지고 있다. 사랑은 實存의孤獨이 實存自身을救하기위해 낳은어린이로그의 必然的發展體다. 이제까지의 考察이 縱的生活關係를 說明하는 것이 될것이고 따라서사랑의 交際性을말하는 것이다. 그러나 사랑의 視野는 넓은것이아니다. 사랑은 集中性이기 때문이다. 그러므로 純수하고 創造的인 것이다. 交流的이면서도 閉鎖的 普遍的이면서도 個性的인 이사랑의 二律배反성은 個인實存을 唯特하면서 生의 嚴肅感의 必然的要請으로서의 生을 充實하는 使命을지지않으면 안되는그自身의 辨證法的階段性에 依하는 것이다. 나는 實存의意味를以上같이 把握한다. 生이란實存의孤獨 生의 嚴疇感을通해 사랑에依해서救濟되는 科程이아닐까?[128]

사르트르는 실존에 의미를 부여해 주는 요소를 두 가지로 말했다. 하나는 자신의 본질을 '선택'해나가려는 노력이며 하나는 그 과정에서 발생하는 '책임'의 문제이다. 선택에는 왜 책임이 수반되는가. 이를 설명하며 그는 '나는 생각한다, 고로 나는 존재한다.'라

128 최인훈, 「季節-實存의 位置」, 앞의 책, 같은 면.

는 데카르트의 코기토를 재규정한다. 인간은 '나는 생각하는' 과정을 통해 자기를 발견하지만 그것은 '고립된 나'가 아니라 '타인과 마주한 나'라는 것이다. 인간이 모두 예외 없이 세계 속에 놓여있는 까닭이다. 따라서 실존은 존재 이유를 선택하고 그에 따라 행동할 자유를 지니고 있다는 사실과 함께, 자기를 위한 선택이 곧 타자에 대한 선택(타자의 삶의 향방에 영향을 주는 선택)이 된다는 것을 알아야만 한다.[129]

인용된 부분에서 최인훈이 제시한 '사랑'의 개념에는 이와 닮은 '관계의 윤리'[130]가 잠복해있다. 사랑이야말로 개별적 인간들 사이에 놓인 국경을 허물어주는 힘이며, 저마다가 존재에 대한 경건을 깨닫고 그것을 행위로 발전시키는 동력이 된다는 것이다. 글을 닫으며 그는 생이란 고독한 실존이 생의 엄숙감(존재에 대한 경의)을 통과하여 사랑에 의해 구제되는 과정이라고 강하게 덧붙인다.

이렇듯 1954년 대학교 3학년의 최인훈은 실존주의를 뇌리에 적극적으로 각인해두었다. 다만 그것은 지적 시류에 편승하려는 행위도, 스노비즘의 발로도 아니었다. 남하 이전 북한의 자아비판회

129 예컨대 한 인간이 결혼을 해서 자녀를 낳기를 원한다면 이 결혼이 단지 자신의 상황이나 열정, 욕구에 달려있다 하더라도 결혼을 통해 그는 일부일처제의 길 위에서 인류 전체의 일에 참여(Engagée)하게 된다. 장 폴 사르트르, 『실존주의는 휴머니즘이다』, 앞의 책, 32-37면.

130 기실 서울대학교 교수로 재직했던 박종홍은 사르트르가 현실적인 사회에 있어 실존의 '기능'을 더 이론적으로 밝히려 했음을 강조하며, 현대의 실존철학이 고독에서 관계로 관심을 이행해나가고 있다고 쓰기도 했다. 박종홍, 「전환하는 현대 철학」, 『박종홍 전집』 2, 민음사, 1998, 175면.

에서 '자아의 해체를 경험'하고 월남 후에도 정신적 방황을 이어가야 했던 그가, 어둠 속에서 존재의 의미를 찾기 위해 절박하게 집어 들었던 등불이었을 뿐이다.

4) 실존과 사랑의 실험 – 「GREY俱樂部 전말기」

대학 시절 실존주의를 재맥락화 하는데 골몰했던 최인훈이 선택한 참여(Engagée)의 방법은 물론 창작 활동이다. 1955년 1년의 고민을 거친 그는 1956년 입대를 했고 이후 군인 신분으로 초기 문학 세계를 만들기 시작하였다. 사르트르나 실존주의의 영향력은 다채로운 편린들로 그의 문학 세계에 남아있는데[131], 특히 등단작 및 등단 완료작은 최인훈이 문학적 주체의 형상을 정립해나가는 과정에서 실존과 사랑의 문제를 실험적으로 그려내었음을 보여준다. 그에 관한 고찰은 차후에 좀 더 예각적으로 이루어질 필요가 있을 것이며, 이 글에서는 「GREY俱樂部 전말기」(『자유문학』, 1959.10.)의 분석을 통해 물길을 열어보고자 한다.

최인훈의 이름을 당대에 처음으로 각인시킨 「GREY俱樂部 전말

131 이를 고구한 대표적인 논문으로는 정영훈, 「『광장』과 사르트르 철학의 관련성」, 『한국문예비평연구』 21권, 한국현대문예비평학회, 2006.; 방민호, 「"데가주망"의 논리 -최인훈 장편소설 『회색인』-」, 『어문논총』 67권, 한국문학언어학회, 2016.; 김진규, 앞의 논문 등이 있다.

기」에 대한 기왕의 연구는 주로 '창(窓)의 기사'를 표방하며 지식과 행동의 경계에 놓인 소설 속 주인공의 모습에 초점을 두는 방식으로 이루어져 왔다.[132] 하지만 그에 못지않게 중요한 것은 작중에 은밀하게 그림자를 드리우고 있는 1950년대 말엽의 숨 가쁜 정치적 상황이다.

이 소설이 발표된 1959년 10월은 보안법 파동으로 사회 안팎이 소란했던 시기였다. 보안법 파동은 정확히 58년 12월 24일에 있었던 일이며 진보당이 내걸었던 평화 통일론과 자유당의 반공 정치(무력북진통일론)가 길항했던 사건이다. 여당이 야당을 무력으로 해산시키려 하는 과정에서 무장 경찰이 동원되는 불법이 저질러지기도 했다. 결국 그해 8월, 국가보안법 위반이라는 죄목으로 진보당의 조봉암의 사형이 집행되기에 이른다.[133] 그렇다면 최인훈이 이 떠들썩한 1950년대 말을 작품 안에 기입했다는 것은 어떤 의미일까.

8·15, 그것은 물론 1차적으로 정치적 심벌이다. 그러나 우리

---

132 김기우, 「최인훈 단편소설에 나타난 주체의 세 영역」, 『한국문학이론과 비평』 76집, 한국문학이론과비평학회, 2017.
배지연, 「최인훈 초기 소설에 나타난 근대의 양가성」, 『한국현대문학연구』 52집, 한국현대문학회, 2017.

133 이에 관해서는 안서현 연구자가 「최인훈 소설과 보안법」(『한국현대문학연구』 55, 한국현대문학회, 2018.8, 314-344면. 참고.)에서 매우 섬세하게 정리한 바 있다.

가 이 글에서 돌이켜 보려는 입장은 8·15를 단순한 정치 현상으로서가 아니라 보다 깊은 조명 속에서 보자는 것이다. 1945년의 그날 우리는 '해방된' 것이다. 이 위대한 날은 우리들에게 모든 것을 허락했으나, 동시에 아무것도 할 수 없게 만들었다. (…) 미국의 대한 정책은 전후 뚜렷한 대결의 형태로 나타난 대소 관계의 양상이 이루어짐에 따라서 비로소 구체화되었다. '민주화'란 의미는 '반공'과 같은 말이 되었다. 이렇게 해서 이승만의 시대가 시작되었다. 그는 한국의 민주주의는 반공을 뜻한다는 사실을 가장 잘 안 사람이기 때문에 정권을 얻었다. 역사는 역사의 뜻을 아는 사람에게 자리를 준다. 이승만 정권은 민주주의를 위한 정권이기에 앞서 반공을 위한 정권이었으며, 그러므로 빨갱이를 잡기 위해 고등계 형사를 등용하는 모순을 피할 수 없었다.[134]

이미 '제국주의자의 참전 독려와 사회주의자의 군가가 연이어 회의 없이 받아들여진' 북한의 체제를 경험하고[135] 월남한 최인훈은, 남한에서도 그와 유사한 양상이 반복되고 있는 것을 예민하게 감지할 수 밖에 없었을 것이다. '반공법'으로 대표되는 남한 체제의 이념이, 애초에 표방되었던 자유민주주의를 무람없이 대체하고 있었기 때문이다. 최인훈은 훗날 이를 두고 인용문에서처럼 "1945년

134 최인훈, 「세계인」, 『유토피아의 꿈』, 문학과지성사, 1980, 92-94면.
135 최인훈, 『화두』, 앞의 책, 31면.

의 그날 우리는 '해방된' 것이"었으나 "이 위대한 날은 우리들에게 모든 것을 허락했으나, 동시에 아무것도 할 수 없게 만들었다."고 술회하기도 했다.

이와 같은 맥락에서 「GREY 구락부 전말기」를 다시 들여다보자. 전체적인 서사는 주인공 현과 그 동료들의 '클럽(구락부)'이 만들어지고 해산된 경위, 즉 그 '전말'을 추적하는 내용으로 이루어져 있다. 이 구락부는 명목상이나마 남한 사회의 지배 이념에 대항하는 비밀결사의 형태로 운영되고 있었다.[136] 구락부원 M은 '발당선언'에서 "예스라고 하기 싫을 때 노라 하지 않고 그저 입을 다무는 것도 또한 훌륭한 움직임"[137]이라고 말한다. 보안법 파동으로 요동쳤던 당대는 '움직일 수 있는 길이 막혀있었던', 차라리 '움직임의 길이 막혔을 때 움직이지 않는 것'이 반항이라고 여겨질 만한 시대였다. 따라서 모든 것이 회색으로 보이는 전망 부재의 현실 속에서 이들은 침묵 속의 사유와 부동을 저항의 태도와 등가의 것으로 위치시킨다.

---

136 이와 관련하여 작가 자신의 언급을 참고해볼 수 있다. 최인훈은 '구락부'라고 불리는 모임의 특징을 설명하며 "'격식에 매이지 않는다는 점과 단체가 왕왕—이라느니 보다 거의 피할 수 없이 빠지는 법인 일률화의 폐단이 비교적 드물다는 것", "개별적인 주체의식이 최대한도로 보장"되어 있는 집단의 형태이며, 따라서 "개별자로서의 인간과 사회인으로서의 인간 사이에 자리잡은 중간항"이라고 할 수 있다고 언급했다.
최인훈, 「구락부 고(考)」, 장용학 외, 『한국전후문제작품집』, 신구문화사, 1960, 433-434면.

137 최인훈, 「GREY俱樂部 전말기」, 『웃음소리』, 문학과 지성사, 2009, 14-15면.

그러나 상황은 점점 더 악화되고 크리스마스를 전후로 구락부는 붕괴 위기를 맞는다. 소설의 표면에는 구락부원들의 애정 관계가 그 원인으로 제시되어 있지만 보안법과 관련된 엄혹한 상황 역시 그 이유라는 사실은 명백해 보인다. 경찰서에 연행이 되었다가 돌아온 현과 동료들은 키티와 논쟁을 벌인다. 갑작스럽게 구락부 탈퇴를 권유하는 현을 비난하면서, 구락부에서 가장 경계적 존재였던 키티가 부원의 태도를 문제 삼았기 때문이다.

키티가 보기에 이들이 내건 '침묵과 부동의 저항'이란 언제라도 "무능한 소인들의 만화, 호언장담하는 과대망상증 환자의 소굴"[138]로 손쉽게 변질될 수 있는 것이었다. 자신들을 불순세력으로 간주하는 권력 앞에서 구락부의 목적이 알맹이 없는 '잡담과 소일'이라 자평하고, 키티에게 구락부가 진짜 정치 비밀결사의 세포였다고 손쉽게 거짓말을 하는 현의 모습은 이를 얼마간 방증하는 것이기도 했다.

"전혀, 네, 오햅니다. 우린 그저 모여서 철학이나 문학에 대한 잡담을 하고 소일한다는 것뿐, 집이 너르고 하여 같은 집에서 자주 만났다는 데 지나지 않고, 무슨 목적이 있었다던가 한 것이 아닙니다."

138 위의 책, 43면.

이렇게 말하면서 현의 마음에서는 참을 수 없는 굴욕감이 복받쳐 올라왔다. (…)

"키티, 키티는 정말 신천력의 찬미자였나? 행동의 찬미자였나? 들어봐. 그레이 구락부는 기실 무정부주의와 테러리즘을 내세우는 비밀 결사의 세포였어. 놀래? 농담이라구? 키티, 인간이란 복잡한 짐승이야. 크롬웰의 민완 비서가 저 밀턴이었던 일을 키티도 알지. 바이런이 그리스에서 죽은 것은, 하이네가 혁명의 동조자였던 것은 다 무엇일까? 시인은 힘을 찬미해. 시인의 깊은 마음속에는 제왕의 꿈이 숨어 있는 거야. 플라톤이 정치학을 누누이 풀이한 건 무슨 생각에서일까? 사람이란 아주 복잡한 거야."[139]

형사와 키티를 대하며 현이 보이는 태도 사이의 간극에서 구락부의 모순이 비어져 나온다. 물론 그레이 구락부원들은 신이나 그 밖의 무엇에 의지할 곳이 없는 시대에 특정 종교와 학문, 즉 작중에서 책으로 대변되는 세계를 떠나 자신의 존재 방식을 스스로 '선택'하고자 했다. 이것은 실존을 발견하고자 하는 태도로, 인간이 본질 선택의 자유를 가졌으며 적극적으로 자신의 쓰임새를 결정해나가야만 한다는 최인훈 수필의 언급을 상기시키는 것이기도 하다.

---

139 위의 책, 40과 45면.

그러나 문제는 이 태도에 책임이 결여되었다는 점이다. 「계절-실존의 위치」로 돌아가 보자. 최인훈은 이 글에서, 인간은 존재의 이유를 정하고 그에 따라 행동할 자유를 가졌으나 그것이 고립된 행위가 아닐 때 비로소 생에 충실해질 수 있다고 적었다. 다시 말해 현실과 타자에 대한 책임을 염두에 두는 것이 실존주의적 선택이라는 것이다. 그렇다면 키티의 말처럼 "풀포기 하나 현실은 움직일 힘이 없"는, 현실 및 타자와의 길항을 포기한 구락부의 말로는 "현실에 눈을 가린다고 현실이 도망"하지 않는 시대에 이미 정해져 있었다고 보아도 무방하지 않을까.[140]

140 이상 직접인용문은 위의 책, 43면.

| 3 |

단절과 혁명

– 최인훈 문학의 또 다른 원형 「라울전」(1959)

단절과 혁명 - 최인훈 문학의 또 다른 원형「라울전」(1959)

1) 단절은 왜 일어나야 하는가 - 역사적 변곡점의 필요성

그가 종적을 감추었다. 분단과 전쟁의 질곡에 갇힌 한반도에서 포로로 전락한 한 사내. 석방 심사 날 그는 북한으로도 남한으로도 송환되기를 거부하여 중립국으로 향하는 배에 몸을 싣고 있었다. 그러다 거기에서마저 자취를 감추고 말았던 것이다. 갈 수 있는 곳이라고는 하늘과 바다뿐이었다.

찢어진 조국도, 새로운 국가도 끝내 거부해버린 이 인물의 파격적인 실종이 1960년 11월『새벽』지에 소설로 그려졌을 때 당대에는 전무후무한 찬사의 파랑이 일었다. "금후 우리 文學을 위한 方向의 道標와 같"[141]다는 문단과 대중의 호평이 줄을 이었다. 당시 이

141 백철,「1960년도 작단 (하) - 우리 문학의 도표는 세워지다」,『동아일보』, 1960.12.11.

십대였던 신인 최인훈의 이름과 「광장」이라는 제목이 세상에 아로새겨지는 순간이었다.

한국 현대 문학사 안에 전무후무한 것으로 남아있는 「광장」의 저와 같은 결말은, 세상의 그 어느 곳도 종착지로 삼지 못한 이명준이 결국 '죽음'을 선택한 것으로 이해되어 왔다. 다만 이 이명준의 방황을 작가의 그것과 유비시킬 수 있다면 그가 택한 '죽음'은 이 세계에서 떠나는 것을 의미하지는 않았을 것이다. 그보다는 영원한 한반도의 외부자가 되어, 한반도 아닌 어디로도 가지 않은 채, 참혹한 내부를 주시하겠다는 작가의 의지가 거기 담겨 있는 것이다.

그후 최인훈이 남북의 정세 변화를 기민하게 포착해가며 『회색인』, 『서유기』, 『크리스마스 캐럴』 연작, 『태풍』 등으로 인간을 억압하는 체제 논리를 흔들었으니, 「광장」의 의지는 작가의 삶으로 충분히 입증이 된 셈이다.

장 폴 사르트르가 말한 것처럼 한 작가의 문학 세계가 '문제적'이라는 수사로 나아가기 위해서는 최소 하나의 기준을 충족시켜야 한다. 창작된 텍스트란 물론 일차적으로 그 개인의 경험적 산물이며 자아의 투사이지만, 이른바 '문제작'은 그 지평을 넘어 자아의 외부, 즉 세계의 참과 거짓을 폭로하거나 발명하는 데까지 이르러야 하는 것이다.

최인훈의 삶과 문학 세계의 의미가 시간에 닳지 않고 바로 오늘까지도 빛을 이어오고 있는 이유가 여기에 있다. 그는 소설로써 자신의 내부와 고통의 진원지를 탐사하였고 그 과정을 통해 세계가 진면목을 드러내게 하였다. 그 '현시-창작'이야말로 세계가 가장 강렬한 밀도를 보이게 하는 방식임은 물론이다. 평생에 걸쳐 그것을 수행한 최인훈의 '문제적' 삶의 문을, 이제 열어본다.

이 장에서는 최인훈의 문학 세계에 가로놓인 월남민으로서의 문학적 주체 정립 과정을 작가의 생애와 결부시켜 재고해 보고자 한다. 이를 통해 최인훈이 문학 작품 안에서 시대와 이념을 소설적으로 전유해 나간 계기 및 방식을 다른 층위에서 조명해 볼 수 있으리라 기대한다.

첫 번째 절에서는 초기 작품 세계에 대한 자세한 분석을 통해 '월남 작가'로서의 자기 인식이 소설 속 주체 수립 과정에 어떻게 영향을 미치고 있는지를 살펴보고자 한다. 다음 절에서는 4.19 혁명이 최인훈 소설 안에서 재맥락화 되는 방식을 알아보고 작가가 구상한 '혁명 외부의 혁명'의 좌표를 탐구해본다. 마지막 절에서는 역사와 이념을 전유하는 작품들이 '혁명 외부의 혁명'을 예비한 실천으로서의 소설 쓰기였음을 밝히기로 하겠다.

상세하게 들여다 볼 작품은 「GREY俱樂部 전말기」, 「라울전」, 「수」, 『구운몽』, 『열하일기』, 『회색인』, 『크리스마스 캐럴』 연작, 『서유기』이며 『화두』와 작가의 에세이를 참고로 거론하였다.

1950년 12월 한 소년이 가족과 LST 편으로 부산에 도착했다. 서울대학교 법과대학에 신학하였지만 감당하기 어려운 고뇌로 속앓이를 하던 그는 학업을 중단한 채 입대했다. 이 소년 최인훈의 남하 직후의 이야기에 관해서는 알려진 바가 많지 않다.

최인훈의 회고에 따르면 LST가 부산에 도착한 직후 약 한 달 정도를 피난민 수용소에서 생활하였고 이듬해 1월 수용소를 떠나 목포로 이주할 수 있었다. 당시 그의 외가 쪽 친척이 해방 전 월남하여 목포 관청에 재직하고 있었는데 그를 통해 집을 구했다고 한다. 그해 4월부터 목포고등학교에서 다시 학업을 시작하여 52년 3월 그곳을 졸업, 4월에 서울대학교 법과대학에 입학했다.

그는 인터뷰[142]에서 당시 부산 피난지에서의 사정이나 서울대학교를 다닐 때의 사정에 대해 말하는 것을 꺼려하면서, 당시 감당하기 어려운 고뇌로 속앓이를 했다는 사실만을 밝혔다. 그 고통 때문에 남한에 내려온 후 몇 년을 방황 속에 보내야 했고 그 끝에 학업을 포기하고 입대를 택했다고도 하였다.

최인훈이 공적인 지면에 작품을 처음 발표한 시기는 1954년으로 서울대학교 대학 신문에 발표한 「인생의 충실」(1954.6.), 「계절-실존의 위치」(1945.10.)라는 에세이가 그것이다.[143] 두 편의 글을 통

---

142 이 인터뷰는 필자가 최인훈 선생과 함께 연보 작성을 위해 진행했던 것을 의미한다. 연보는 방민호 편, 『최인훈 오딧세우스의 항해』(에피파니, 2018.)에 수록되어 있다.

143 이 책의 2장 참고.

해 최인훈은 개체와 실존, 자기 정립의 문제에 관하여 견해를 밝혀 두었는데 이는 이 시기 그가 자신의 존재론적 위치와 삶의 좌표에 대해 고민했음을 알려준다. 이를 출발점 삼아 그는 입대 후 1957년 시 「수정」을 『새벽』에 발표했고 1959년 추천을 받아 「Grey 구락부 전말기」와 「라울전」을 『자유문학』에 발표하며 초기 문학 세계를 구축해나갔다.

그런 그에게 4.19가 잠시나마 열어젖힌 자유와 민주주의의 가능성은 어떤 떨림으로 다가왔다. 떨림을 동력 삼아 그는 심연에 눌러 담았던 이야기를 썼다. 대전 병기창 인근 하숙집에서 백지에 수기로. 『광장』은 그렇게 쓰이기 시작했다. 마지막 마침표가 종이 위에 찍혔을 때 이명준은 북한도, 남한도, 제 3국도 아닌 바다로 떠나 있었다. 영원한 외부자가 되기 위해 바다로 떠난 이명준. 혹은 최인훈의 일생을 건 항해가 이렇게 시작된 것이다. 1960년 여름의 일이었다.

바꿔 말하자면 1954년부터 1960년 4.19 직전까지 최인훈이 쓴 작품들은 그가 남한에 내려와 방황에 방황을 거듭하며 존재론적 의미에 대해 질문하고 답변하는 과정과 맞물려 있다. 「인생의 충실」에서 시작되어 「Grey 구락부 전말기」(『자유문학』, 1959.10.)와 「라울전」(『자유문학』, 1959.12.)을 거쳐 「9월의 따리아」(『새벽』, 1960.2.), 「우상의 집」(『자유문학』, 1960.2.), 「가면고」(『자유문학』, 1960.7.)에 이르는 최인훈의 초기 작품 세계를 그와 같은 관점에서 이해할 필요가 있는 것이다.

다만 최인훈은 아직까지도 많은 경우 '『광장』의 작가'로 호명되고 있다. 물론 김현이 "1960년은 학생들의 해이었지만 소설사적 측면에서 보자면 그것은 『광장』의 해이었다고 할 수 있다."[144]고 단언했을 정도로 『광장』은 당대 가장 많은 이슈를 낳은 소설이었으며 1990년대 이후로도 꾸준히 학술적 조명의 대상으로 자리매김할 만한 작품이다.

단, 이를 최인훈 문학의 기원으로 상정하는 기존의 방식들에는 재고가 필요해 보인다. 실상 이와 같은 전제로 인해 『광장』이전 발표되었던 소설들에 대한 고찰은 상대적으로 미비한 수준에 머물러 있으며 특히 등단 완료작인 「라울전」의 경우 발표 당시 상당한 반향을 일으켰음에도 불구하고 후대의 논의 속에서 『광장』에 가려져 조명이 덜 된 편이다.

여기에는 당대의 평가도 한 몫 할 것이다. 소설이 발표된 직후 백철은 "최인훈씨가 역시 둘째번 작품 「라울전」(자유문학)을 발표하여 전작 「Grey 구락부 전말기」에 버금가는 작품성과를 보였다"고 쓰면서도 "신앙성으로 먼저 「크리스트」에게 지향한 「라울」에게 진리의 「이메지」가 와야할것인데 그 행운을 「바울」로 돌린 것"에 의문을 품고 이를 소설적 결락으로 비판하였다.[145]

---

144 김현, 「사랑의 재확인」, 『최인훈 전집 1 – 광장』, 1976, 문학과 지성사, 343면.

145 백철, 「59년도소설 베스트텐 (하) 현대문명과 노이로제」, 『동아일보』, 1959.12.29.

그러나 이 작품은 「Grey 구락부 전말기」와 더불어 작가의 문학 세계 형성기에 주체가 정립되는 과정을 보여준다는 점에서 상당히 중요하다. 이와 같은 질문이 가능할 것이다. 최인훈은 왜 「Grey 구락부 전말기」와 「라울전」을 거의 '동시에' 발표하며 세상에 나왔는가.

이를 규명하기에 위해서는 최인훈의 문학 세계 심부에 놓여있는 '자아비판회'의 장면을 다시금 섬세하게 살펴볼 필요가 있어보인다. 최인훈에게는 어린 시절을 보낸 회령과 원산 두 군데가 고향인 셈이다. 특히 소설과 에세이에 자주 불러들여지는 원산 혹은 W시는 향수(nostalgia)의 장소라기 보다는 날카로운 외상적(trauma) 기억의 공간으로 재현된다. 그 중심에 '자아비판회'가 놓여있음은 물론이다.

'자아비판회'는 해방 직후 북조선에 적용된 소련의 규율 유지 장치였다. "「자아비판회〉라는 이 새 문화는 해방 후에 북조선에 수입된 소련 문화 가운데서 모든 사람들에게 관련된-직장에서, 군대에서, 학교에서, 마을에서-생활양식이었다. 해방 직후에 중국공산당이 점령한 지역에서 귀국한 사람들이 이 풍속에 대한 소식을 널리 전했다. 중국 인민해방군은 이 방식으로 군대 규율을 유지한다는 것이었다. 그런 팔로군은 〈자아비판〉 때문에 그렇게 강하다는 것이었다."[146]

---

146 최인훈, 『화두』 1, 앞의 책, 33면.

초창기 이북 사회 안에서 '학교'는 이 군대의 규율을 적극 수용하여 실천하는 장소로 "인민의 모든 생활 영역에서 사법기관이고 수사기관이고 집행기관이고 고해성사실이고 밀고실"[147]이었다. 원산중학교와 원산고등학교를 다니며 최인훈 역시 '자아비판회'에 회부되어 체제가 암암리에 행사하는 폭력과 맞닥뜨려야 했다. 그 때의 트라우마를 최인훈은 『회색인』, 『서유기』, 『화두』와 같은 굵직굵직한 소설 안에서 반복적으로 재현, 변주해왔다.

특히 『화두』에는 '자아비판회'가 '나'의 삶에 트라우마를 남기는 과정이 핍진하게 재현되어 있다. 이것은 작가 자신의 실제 경험이기도 하지만 『화두』 역시 소설이니만큼 작중 '소년'과 최인훈 자신을 온전히 겹쳐놓기에는 무리가 있을 것이다. 단, 작가가 '자아비판회'의 광경을 여러 소설에 재현하면서 그것을 이념 비판의 무기로 활용했다는 사실은 주지의 것이다.

가령 이데올로기에 대한 비판을 지향점 삼았던 『회색인』이나 『서유기』는 '자아비판회'가 독고준에게 가해진 부당한 폭력이었음을 역설해낸다. 반면 자전적 기술에 가까운 『화두』에서는 '자아비판회'를 맞닥뜨린 소년의 내면이 중점적으로 드러난다. 긴 세월이 흐른 후 과거를 보다 원근법적 시선으로 바라보고 그 날이 자신에게 미친 바를 객관적으로 발화하려는 작가의 의지가 담보되어 있다고

147 위의 책, 같은 면.

도 할 수 있겠다.

즉 후자는 '자아비판회'를 경험한 주인공의 마음 안쪽에서 일어난 변화와 의문들에 관해 말 해주고 있는 셈인만큼, 최인훈 문학세계의 시원을 확인하고자 할 때 좀 더 상세히 들여다 볼 가치가 있다.

> 그 교실(일제 강점기 학교의 교실-인용자 주)에서 배운 것은 무엇이었습니까. 그러고 보면 이상하기는 하였다. 거기서 그들은 황황히 떠나간 이웃 나라 사람들의 말과 역사를 배웠다. 사람들은 집에서는 여전히 조선말을 쓰고 관청과 학교에서는 일본말을 썼다. 학교에서 조선말을 쓰면 벌로 딱지 한 장씩을 서로 빼앗았다. 기간 안에 많이 모은 학생에게는 상을 주고 잃은 학생은 교정의 풀뽑기, 변소 소제, 교실 청소가 맡겨졌다. 어머니나 할머니하고 함께 하는 말을 쓰면 그렇게 벌을 받는 것이었다. 역사책에서는 하늘에서 내려오는 이웃 나라의 할아버지의 이야기를 배웠다. 그것이 이웃 나라의 역사라는 의식은 없이. 그런 의식은 교사에게도 없었고 아이들에게는 더욱 그러했다.
>
> 조선 아이들과 일본 아이들은 정기적으로 돌팔매질로 싸웠다. 일본 아이들은 기회만 닿으면 꼭 곯려주어야 할 상대였다. 그것은 다 알고 있었다. 그러나 그것은 고수레를 하는 것과 같은 것으로 그것의 현실적 뿌리가 무엇인지에 이를 수 있는 자각의 고

리는 빠진 굿거리였다. 제국주의 침략자들이 망할 날은 임박해 있었으나 국내의 모든 저항은 진압되고 마지막 기간이기 때문에 그만큼 햇수가 쌓인 질서는 쇠그물처럼 공고하였고, 오래 제공된 아편처럼 조선 사람의 마음의 핏줄과 신경줄 안에서 맹위를 떨치고 있었다. 아이들에게는 더욱 그랬다. 그러나 아편쟁이는 아편에 대해서 충성하고 있는 것이 아니라 아편에 먹히고 있는 것처럼, 교과서의 내용을 받아들이는 마음에 적극적인 의지는 없었다. 마찬가지로 일본 아이들과 하는 돌팔매질에도 신명은 있었지만, 인간이 다른 인간에 대해서 미움이건 사랑이건 모든 관계에서 마지막 뿌리가 되어야 할 이성의 빛은 없었다.

그래서 일본점령자들이 떠나가고 난 다음에 하루아침에 바뀐 국기도 국어도 역사도 학교에서 선생님들이 말씀하시니까 으레 따르면 될 일이었다. 어제까지 제국주의자들의 군가를 부르던 입은 조금도 순결을 잃지 않은 채, 민중의 기/붉은기는 전사의시체를 싼다 사지가 식어서 굳기 전에 /핏물은 깃발을 물들인다/높이 들어라 붉은 깃발을/그 그늘에서 죽기 맹세한/비겁한 자여 갈테면 가라/우리들은 이 깃발을 지킨다 라고 노래할 수 있었다. 성숙한 이성의 개입 없이 받아들인 것은 얼마든지 갈아 끼워도 피도 흐르지 않고 땀도 나지 않았다. 적어도 마음에서는. 더구나 국민학교 아동들의 마음에서는. 지금 피고는 중학생이지만 그것은 2년 전까지는 국민학교 아동이었다는 사실을 쉽게 무르는 방법이었을 뿐이었다. 그 무렵에 배운 일을 지금 지도원 선생은 묻고 있었다. 어떻게 대답하라는 말일까? 그는 이미 대답하지 않았는가? 그런 공부를 하면서 무엇을 느꼈는가를 동무에게 묻고 있는 것입니다. 무엇을 느꼈는가 무엇을 느꼈는가 대답하기 어려운 말이었다.[148]

원산중학교에 진학한 '나'는 특유의 필력 덕분에 학급소년단의 벽보 주필이 되어 신망을 누렸다. 그러나 무심결에 썼던 '학교 운동장의 바윗덩어리가 어수선하게 보인다'는 문장이 문제 삼아지면서 한순간 지도원 선생으로부터 '자아비판'을 요구받는 신세로 전락하게 되었다. '나'는 그 자리에서 지극히 사소한 언행으로도 가계의 '성분'까지 추궁을 당할 수 있다는 사실을 충격 속에 경험한다.

그러나 충격은 때로 각성의 계기가 되기도 하는 법이다. 지도원 선생은 소년을 심문하며 어린 시절 'H읍에서', 즉 일제 강점기 회령의 교실에서 배운 것은 무엇이었냐고 묻는다. 이는 물론 소년의 반동성의 기원을 추적하기 위해 건넨 질문이었지만, 오히려 소년에게 그전까지 그가 생각지도 못했던 삶에 대한 유의미한 회의를 안겨준다.

지도원 선생의 집요한 물음과 맞닥뜨린 그는, 별 탈 없이 보냈다

148 최인훈, 『화두 1』, 앞의 책, 28-31면.

고 여겨온 일제 강점기의 유년 시절을 돌이켜본다. 그러자 새삼 깨닫게 되는 것이 있었다. 인간에게 어떤 지배 이념이 '주어졌을 때' 그가 '자각의 고리'를 통과시키지 않은 채로, 즉 자신의 이성을 통해 검토해보지도 않고서 그것을 내면화하는 일이 은밀하고도 파국적인 위력을 지녔다는 사실이다.

이는 비단 '나' 뿐만이 아니라 한반도 전체의 구성원에게 문제 삼아질 수 있는 성질의 것이기도 했다. 소년이 느끼기에 일제 강점기의 교실과 분단 초기 북한의 교실은 다를 바가 없었다. 학생들에게 교육되는 이념이 달라졌을 뿐, 학생들이 그것을 무비판적으로 수용하고 있다는 점에서 매한가지였기 때문이다.

그리하여 해방 직후 이어진 분단 국면 안에서 '나'를 포함한 학생들은 "일본점령자들이 떠나가고 난 다음에 하루아침에 바뀐 국기도 국어도 역사도 학교에서 선생님들이 말씀하시니까 으레 따르면 될 일이었다." "어제까지 제국주의자들의 군가를 부르던 입은 조금도 순결을 잃지 않은 채", "민중의 기/붉은기"를 노래할 수 있었다.

이와 관련하여 중편 소설 『두만강』(『월간중앙』, 1970.7)의 내용은 주목을 요한다. 이 작품은 1940년대 초반 H읍, 즉 최인훈의 고향인 회령의 풍경을 소환하여 일제가 태평양 전쟁을 치르고 있던 당시를 조선인들의 시선에서 조망해낸다. 다만 식민지의 풍광을 담아낸 여타 소설들과 다르게 평온하기까지 한 당대의 일상을 그렸다는 점에서 독특한 측면이 있다.

소설 속에서 중심 인물로 등장하는 경선이나 동철 등의 조선인들은 일제의 탄압에 고통스러워하지 않는다. 오히려 제국의 지배자들과 식민지의 피지배자들 사이의 위계를 인정하고 전자에 기대어 안전하고 부유한 삶을 도모하는 것을 당연한 일로 여기고 있다. 작중 인물들이 영위하는 이 같은 생활 방식을 묘사한 소설의 대목은, 상기한 『화두』의 인용문과 겹쳐진다.

(ㄱ) "동철 어디 말해봐요."

한다. 동철은 일어서서

"우리 일본을 해치려는 적 베이에이를 무찔러 대동아 공영권을 세우려고 싸웁니다."

하였다.

"옳아요. 여러분들 이제 급장이 말하는 걸 잘 들었어요?"

"네."

하고 모두 대답한다.

"우리는 그와 같은 악독한 적을 무찌르기 위하여 싸우고 있습니다. 그렇기 때문에 총후銃後(후방이라는 말)에 있는 우리도 일선 병정을 돕기 위하여지지 않게 우리의 힘으로 할 수 있는 일을 힘껏 하여야 하겠습니다. 오늘 여러분이 한 작업도 그러한 일 중의 하나입니다. 모두 열심히 잘했습니다. 그런데 창호는 선생님이 보니 대단히 열성이 없었어요. 옆에 있는 사람하고 이야기만

하고 일본이 왜 싸우는지도 모르게 때문에 그런 것입니다. 내일은 오늘 일한 데 대하여 작문을 지어 오세요. 잘 지은 작분은 벽에 붙이겠어요. 알겠어요?"

아이들은 아까와 같이 네 하였다.

창호는 벌로 같은 작문을 세 통 지어오도록 명령 받았다. 그는 자리에 앉을 때 동철을 무섭게 노려보았다. 불같은 눈초리였다. 동철은 가슴이 뜨끔했다. 왜 그럴까, 내가 대답을 잘했다고 그럴까 하고 생각했다.[149]

(ㄴ) 빼앗긴 들에도 봄은 온다는 것은 슬프고 무섭고— 멍하도록 신비한 일이다. 1943년 H읍, 북쪽의 대강大江 두만강변에 있는 소도시다. 육진의 한 고을로 군내에는 여진족도 살고 있다. 일제 '조선군'의 세 연대 가운데 한 연대 고사포대高射砲隊, 야포대野砲隊, 군마보급대 軍馬補給隊, 비행대飛行隊가 집결한 군사도시다. 주민 분포에서 일인日人이 차지한 비율이 이만큼 높은 도시는 조선 안에는 없었을 것이다. (…) 요릿집 '만주각'에서는 이 저녁에도 노랫가락이 흘러나온다.

두만강 푸른 물에 노 젓는 뱃사공

149 최인훈, 『하늘의 다리/두만강』, 문학과 지성사, 2009, 172면.

흘러간 그 옛날에 내 님을 싣고 간
그 배는 어디 갔나 어디로 갔나
그리운 내 님이여, 그리운 내 님이여.[150]

『두만강』의 교실 장면을 옮겨낸 인용문 (ㄱ)은 『화두』에서 자아비판회에 회부된 '나'의 회상과 오버랩된다. 『화두』에서 '나'는 일제 강점기 회령의 그 교실에서 무엇을 배웠느냐'는 지도원 선생의 질문에 "제국주의 침략자들이 망할 날은 임박해 있었으나 국내의 모든 저항은 진압되고 마지막 기간이기 때문에 그만큼 햇수가 쌓인 질서는 쇠그물처럼 공고하였고, 오래 제공된 아편처럼 조선 사람의 마음의 핏줄과 신경줄안에서 맹위를 떨치고 있었다. 아이들에게는 더욱 그랬다. 그러나 아편쟁이는 아편에 대해서 충성하고 있는 것이 아니라 아편에 먹히고 있는 것처럼, 교과서의 내용을 받아들이는 마음에 적극적인 의지는 없었다."고 생각했다. 이 회상의 실물이 (ㄱ)에, 스스럼없이 "우리 일본"이라는 말을 쓰는 조선인 소년 동철의 모습으로 나타나 있는 것이다.

작중에서 동철은 일제 하에서 평화롭고 부유한 삶을 살아가는 집안의 둘째이다. 학급의 급장이기도 한 그에게 같은 반 친구인 창호는 곧잘 시비를 걸어온다. 사실 창호는 일본인들에게 기대어 잇속을

---

150 위의 책, 143-144면.

차리는 동철에게 반감을 가진 인물이지만, 동철이 초점 인물인 탓에 시덥지 않은 일로 친구를 괴롭히는 악당처럼 보이기도 한다.

스스로 동철과 같은 입장에서 일제 강점기를 보냈다고 술회하기도 한 작가는 이 초점 인물들을 일부러 내세워 1940년대 조선의 모습을 매우 섬세하게 스케치한다. 여기에 대동아공영권이라는 '아편에 먹히고' 있었던, 말하자면 일제의 식민지 논리를 뿌리 깊게 내면화 했던 당대인들을 보여주려는 의도가 담겨있음은 물론이다.

『두만강』이 인용문 (ㄴ)의 "빼앗긴 들에도 봄은 온다는 것은 슬프고 무섭고— 멍하도록 신비한 일이다."라는 문장으로 시작되는 이유도 여기에 있을 것이다. 어떤 지배 이념이 인간에게 내면화 될 때, 결코 무탈하지 않은 일상이 무탈해진다는 사실은 슬프고 무섭고 멍하도록 신비하기까지 한 일인 것이다.

현재 통용되고 있는 나의 작품 연보로는 「GREY俱樂部 전말기」(1959)가 데뷔작입니다. 이것은 사실입니다. 그러나 이 작품이 처녀작은 아닙니다. 대학 시절에 소설을 하나 쓰고 있었습니다. 그것이 이 「두만강」입니다. 여러 가지 사정이 겹쳐서 집필이 중단되고, 그 후에 다른 작품을 가지고 문단의 한 사람이 됐습니다. 그 '사정' 같운데서 순전히 문학적인 그리고 가장 주요하기도 한 사정만을 말한다면 이 소설을 써가면서 처음에 내다보지 못한 국면들이 새롭게 나에게 질문해왔기 때문입니다. 글 쓰는 사

람이면 으레 겪는 일입니다. 그것들은 어렵고 갈피를 잡을 수 없이 헝클어진 것들입니다.[151]

『두만강』이 발표될 당시의 머리말을 일부 옮겼다. 이에 따르면 최인훈은 데뷔작을 집필하기 전, 남한에 내려와 방황을 하던 대학생 시절[152]에 이 작품을 쓰기 시작했다. 그러다가 여러 사정 때문에 창작을 중단했는데, 그 중 "문학적인 그리고 가장 주요하기도 한 사정"은 "처음에 내다보지 못한 국면들이 새롭게 나에게 질문해왔기 때문"이었다.

상기하였듯 최인훈은 '자아비판회'가 상징하는 이북 체제의 폭력을 피해 남하하였지만 남한에서의 삶이 그의 고뇌를 해소시켜준 것은 아니었다. 그는 피난지인 부산에서 대학생이 되어서도 존재론적 고민을 거듭했고, 이 고민은 그로 하여금 『두만강』을 쓰게 하거나 중단하게 했으며 1959년 10월 「GREY俱樂部 전말기」로 세상에 나오게 하였다. 성급하게 첨언하자면「GREY俱樂部 전말기」란, 북한에서부터 최인훈이 궁굴려 온 문제 의식이 남한 사회와 맞닿아 빚어진 소설이라 할 수 있다.[153]

---

151 최인훈, 「작가의 말」, 『월간중앙』, 1970.7.

152 정확히는 부산에서 서울대학교를 다닐 때 완월동 집에서 집필했다고 알려져있다. 전소영, 「최인훈 연보」, 방민호 편, 『최인훈, 오딧세우스의 항해』, 에피파니, 2018.

153 이하 부분의 내용은 이 책의 2장 4절과 일부 겹친다. 그러나 이 장의 논의 개진에 필요하다고 여겨 다시 언급하였음을 밝힌다. 이점에 관해 독자들께 양해를 구하는 바이다.

최인훈의 이름을 당대에 처음으로 각인시킨 「GREY俱樂部 전말기」. 이 소설에 대한 당시의 반응은 상당히 좋았다. 가령 당해 12월에 발표된 한 칼럼에서 백철은 안수길의 『북간도』와 이범선의 「오발탄」 등과 함께 이 소설을 언급하며 「금년도작 베스트텐」 중 하나로 고평하기도 하였다.[154]

「GREY俱樂部 전말기」에 대한 기왕의 연구는 주로 '창(窓)의 기사'를 표방하며 지식과 행동의 경계에 놓인 소설 속 주인공의 모습에 초점을 두는 방식으로 이루어져왔다.[155] 하지만 작품을 정밀하게 독해하려 할 때 좀 더 관심을 기울여야하는 첫 번째 지점은 소설 속에 흐릿하게 처리되어 있는 시대적 정황과 그에 대한 주인공의 반응이다. 그것은 이 소설이 1959년 10월에 발표되었다는 사실과도 긴밀하게 접속될 수 있다.

이에 대해 최근 한 논자는 최근의 논문에서 해당 작품이 보안법 파동으로 사회 안팎이 들썩였던 당시의 정황과 관련이 깊다는 사실을 조명하였다. 그에 따르면 1959년은 58년 12월 24일의 보안법 파동은 진보당이 내걸었던 평화 통일론과 자유당의 반공 정치(무력북진통일론)가 길항하였던 사건이다. 여당은 야당을 무력으로

---

154 백철, 「금년도작 베스트텐 (상) - 신문학 이래 수획의 해」, 『동아일보』, 1959.12.26.

155 김기우, 「최인훈 단편소설에 나타난 주체의 세 영역」, 『한국문학이론과 비평』 76, 2017.
배지연, 「최인훈 초기 소설에 나타난 근대의 양가성」, 『한국현대문학연구』 52, 2017.

해산시키려 하였는데 그 과정에서 무장 경찰이 동원되는 불법이 저질러지기도 했다. 결국 그해 8월에는 국가보안법 위반이라는 죄목으로 진보당의 조봉암의 사형이 집행되기에 이른다.[156]

최인훈이 소설을 쓰기 시작했던 1950년대 말, 남한 사회에서 이 보안법 파동이 시사하는 바는 무엇이었을까. 보안법과 그것으로 강력하게 지탱되는 반공주의야말로 남한 체제 수호의 도구였다는 것, 남한에서 내걸었던 자유와 민주주의는 양두구육의 논리였을 뿐이라는 것, 그 허울은 언제라도 공권력의 동원으로 부서져버릴 수 있다는 것을 강력하게 보여준 사건이 아니었을까.

> 8·15, 그것은 물론 1차적으로 정치적 심벌이다. 그러나 우리가 이 글에서 돌이켜 보려는 입장은 8·15를 단순한 정치 현상으로서가 아니라 보다 깊은 조명 속에서 보자는 것이다. 1945년의 그날 우리는 '해방된' 것이다. 이 위대한 날은 우리들에게 모든 것을 허락했으나, 동시에 아무것도 할 수 없게 만들었다. 해외에서 돌아온 '지사'들은 변하지 않은 조국에의 향수는 두둑이 가지고 왔으나, 한 가지 커다란 오해를 하고 있었다. 그들은 사실 해방된 조국에 돌아온 것이었는데도 불구하고 해방시킨 조국에나 돌아온 듯이 잘못 알았다. 그들은 개선한 것이 아

156 안서현, 「최인훈 소설과 보안법」, 『한국현대문학연구』 55, 2018.8, 313-344면 참고.

니요, 다만 귀국했을 뿐이었다. 이 오해가 낳은 혼란은 컸다. 민국 수립까지의 남한의 카오스가 바로 거기에 까닭이 있었던 것이다.

미군정 당국이 애초에 어느 정도의 플랜을 가지고 있었는지는 나로서 이렇다고 확언할 만한 자료도 본 적이 없고 아직 너무 가까운 일이어서 그 진상을 알 수 없지만, 미군정이 현실로 취한 여러 행동으로 미루어볼 때 거의 아무 준비도 없었던 것이 아닌가 추측된다. '민주주의적 정권을 만든다'는 방향만은 가졌을 것이다. 그러나 그 말이 무엇을 의미하는가? 아무 뜻도 없다. 한국의 어느 층과 손을 잡을 것이며 어떤 속도로, 어떤 입장에서 한다는 계획 없이 그저 '민주주의적 정권을 세운다'는 것은 '인간은 행복해야한다'는 말 이상으로 무의미한 말이기 때문이다.

미국의 대한 정책은 전후 뚜렷한 대결의 형태로 나타난 대소 관계의 양상이 이루어짐에 따라서 비로소 구체화되었다. '민주화'란 의미는 '반공'과 같은 말이 되었다. 이렇게 해서 이승만의 시대가 시작되었다. 그는 한국의 민주주의는 반공을 뜻한다는 사실을 가장 잘 안 사람이기 때문에 정권을 얻었다. 역사는 역사의 뜻을 아는 사람에게 자리를 준다. 이승만 정권은 민주주의를 위한 정권이기에 앞서 반공을 위한 정권이었으며, 그러므로 빨갱이를 잡기 위해 고등계 형사를 등용하는 모순을 피할 수 없

었다.[157]

남한에서의 '해방'에 관해 언급한 위의 글에서 최인훈은 1945년 8월 15일이 "우리들에게 모든 것을 허락했으나, 동시에 아무것도 할 수 없게 만"든 날이라고 했다. 그 "위대한 날"이, 이제 막 자유를 얻는 나라가 민주주의의 외피를 쓴 반공주의에 다시금 포획되는 날이 되어버린 까닭이다.

한반도의 구성원들은 그 날이 자신들이 나라를 '해방시킨' 날이 아니라 '해방된' 날임을 간과했다. 미소에 의해 양분된 체제에서는 민주주의가 곧 반공임을 의아해하거나 따져 묻지 않았다. '자각의 고리'를 상실한 채 해방이 해방이라 믿고 민주주의가 민주주의라 믿었던 것이다.

우리가 일본에서는 해방이 됐다 할 수 있으나 참 해방은 조금도 된 것 없다. 도리어 전보다 더 참혹한 것은 전에 상전이 하나였던 대신 지금은 둘 셋이다. 남한은 북한을 쏘련 중공의 꼭두각시라 하고 북한은 남한을 미국의 꼭두각시라 하니 있는 것은 꼭두각시뿐이지 나라가 아니다. 우리는 나라 없는 백성이다. 6.25는 꼭두각시의 노름이었다. 민중의 시대에 민중이 살았어야 할

157 최인훈, 「세계인」, 『유토피아의 꿈』, 문학과지성사, 1980, 92-94면.

터인데 민중이 죽었으니 남의 꼭두각시밖에 될 것 없지 않은가. 잘못이 애당초 전주 이씨에서 시작됐다.[158]

인용한 글은 1958년 8월 함석헌이 『사상계』에 기고한 것이다. 이 글이 발표되고 그는 국가보안법 위반 혐의로 구속되었다. 다만 『사상계』는 이같은 필화 사건으로 대중의 지지를 받으며 1959년까지 판매부수가 급증한다.[159] 이는 함석헌 등의 진보적 지식인과 대중의 열망이 공명하고 있었다는 증거이기도 하다.

진보적 지식인들의 담론과 거기 동조하는 대중, 그들을 탄압하는 정권의 행태를 통해 월남한 최인훈은 해방과 동시에 북한에 출현한 사회주의 체제의 맹점이 남한에서도 민주주의의 외피를 쓴 반공주의로 반복되고 있음을 목도한다. 그 가장 대표적인 예가 보안법 파동이었던 것이다. 남한 사회의 법제에 예민할 수밖에 없었던 월남민이자 법학도 출신의 최인훈은 그 같은 현실에 촉각을 곤두세울 수밖에 없었고[160] 이 사건을 자신의 첫 소설 안에, 암암리에 그려 넣게 된다.

「GREY 구락부 전말기」는 주인공 현과 그 동료들이 만든 '클럽

158 함석헌, 「생각하는 백성이라야 산다: 6.25 싸움이 주는 역사적 교훈」, 『사상계』, 1958.8, 27면.

159 김영철, 「장준하」, 『한겨레』, 1990.8.17.

160 이에 관해서는 2장 1절의 내용 참고.

(구락부)'에 관한 소설이다. 전체적인 서사는 모임이 만들어지고 해산된 경위, 즉 그 '전말'을 추적하는 내용으로 이루어져있다. 이 구락부는 명목상이나마 남한 사회의 지배 이념에 대항하는 비밀결사의 형태로 운영되고 있었다.[161] 그렇다고 해서 이들이 불온하거나 저항적인 행동을 내세워 보여주었던 것은 아니다.

"움직임의 길이 막혔을 때, 움직이지 않음이 나옵니다. 예스라고 하기 싫을 때 노라 하지 않고 그저 입을 다무는 것도 또한 훌륭한 움직임입니다. '손쉬운 도피'란 말을 속물들은 멋대로 지껄입니다. 손쉬운 풀이가 아닙니까? 우리는 이 손쉬움에 대듭니다. 창조는 끝났습니다. 다만 기계적 되풀이만이 남았습니다. 신이 늘 꾀를 내고 사람은 덤으로 찍어낼 따름입니다. 천재가 피리 불면 무리는 장단을 넣습니다. 우리는 역사의 알몸을 보았습니다. 역사란 시간의 아지랑이입니다. 우리는 시간을 믿지 않습니다.

161 이는 다음과 같은 작가 자신의 언급을 통해서도 미루어볼 수 있다. 최인훈은 '구락부'라고 불리는 모임의 특징을 설명하며 "'격식에 매이지 않는다는 점과 단체가 왕왕—이라느니 보다 거의 피할 수 없이 빠지는 법인 일률화의 폐단이 비교적 드물다는 것", "개별적인 주체의식이 최대한도로 보장"되어 있는 집단의 형태이며, 따라서 "개별자로서의 인간과 사회인 으로서의 인간 사이에 자리잡은 중간항"이라고 할 수 있다고 언급했다. 반면 정치상의 주의나 운동에 기반을 둔 집단은 이러한 주체적인 의미를 결여하고 있으며, 점점 쇠퇴하고 있다고 본다. 결국 이 소설은 GREY 구락부를 통하여 "과대망상증 환자와 진부한 온갖 전체주의자들과 스노브들에 대한 청결(淸潔)한 반항"을 보여주고자 했다는 것이다.
최인훈, 「구락부 고(考)」, 장용학 외, 『한국전후문제작품집』, 신구문화사, 1960, 433-434면. 이 자료는 앞서 거론한 안서현의 논문에서 발견하여 다시 참고하였음을 밝혀둔다.

우리는 말짱한 빈손, 이것을 위하여 이 자리에 모였습니다. 우리는 움직임을 저주합니다. 나쁜 미움은 '움직임'에서 비롯합니다. 슬기 있는 이는 역사가 하루의 움직임을 뉘우치며 참회의 계단에 엎드리는 잿빛 노을을 이끕니다. 우리는 잿빛을 사랑하는 자로 나섭니다. 어찌하여 속물들은 '치기'를 그리도 두려워합니까? 우리는 분명한 마음으로 외칩니다. 우리는 움직임을 마다한다고, 잿빛의 저녁놀 속에서만 슬기의 새 '미네르바'의 부엉이는 눈을 뜹니다. 이는 우리의 상징입니다. 우리의 강령은 심령적인 것입니다. '동지 서로 사이에 내적인 유대 감정을 이어가고 순수의 나라에 산다는 느낌을 이어간다.' 이것이 바로 그것입니다. 어떤 사람들에겐 이 같은 젊음의 숫기가, 다만 나이 탓인 한때 돌림으로 그치지 아니하고, 평생 가는 바탕이었던 것을 우리는 압니다. 이 지키기를 어겼을 때, 회원 저마다 스스로 물러가야 하며, 만일 밖에 일을 새게 할 때, 그는 마땅히 정신적인 암살의 대상이 될 것입니다. 정신적인 암살이란 그에게 '속물'이란 딱지를 붙이고 절교를 선언하는 것입니다. 우리 당은 그레이 구락부라고 불릴 것입니다"[162]

구락부를 옹호하는 부원 M의 '발당 선언'에서 옮겼다. "에스라

162 최인훈, 「GREY俱樂部 전말기」, 『웃음소리』, 문학과 지성사, 2009, 14-15면.

고 하기 싫을 때 노라 하지 않고 그저 입을 다무는 것도 또한 훌륭한 움직임"이라는 말을 말로 미루어볼 수 있듯, 당대는 '움직일 수 있는 길이 막혀있었던', 차라리 '움직임의 길이 막혔을 때 움직이지 않는 것'이 반항이라고 여겨질 만한 시대였다. 따라서 모든 것이 회색으로 보이는 황혼 즉 전망 부재의 현실 속에서 이들은 그것을 극복하는 하나의 방법으로서 '사유하기'와 '무위'를 제시하고 있다.

따라서 현과 동료들이 자신들을 '창(窓)의 기사단'이라고 명명했을 때 거기에는 도피나 방관의 자세가 아니라 당시 그들이 할 수 있었던 최소한의 반항이 담겨 있었던 것이다. 이 '부동의 저항'이라는 태도가 1961년 5.16 군사정변 직후 최인훈이 발표한 「수」(『사상계』, 1961.7.)에도 유사하게 등장한다는 점은 의미심장하다.

> 내 생활은 이렇게 즐겁다. 내가 창에 대해서만 얘기하는 데는 까닭이 있다. 방문은 잠겨 있기 때문이다. 내 맘대로 나가지 못한다. 이해하기 힘든 일이지만 할 수 없다. 그저 그렇다는 것뿐이다. 사실 창이 없었으면 나는 조금 쓸쓸할 거다. 내 생각엔 창을 만든 사람은 시인일 게다. 그렇지 않으면 나 같은 사람일 거다. 나는 방문으로 간다. 문도 참나무로 짰다. 이 방 재목은 모두 참나무다. 열쇠 구멍으로 내다본다. 밖은 복도다. 하이얀 벽이 보인다.

그뿐. 아주 단조하다. 더 볼 것이 없다.[163]

인용문을 통해 알 수 있듯, 이 소설에는 이상이 쓴 「날개」의 주인공을 오마주하는 듯한 주인공이 등장하는데 그는 '창의 인간'을 자처한다. 그에게 있어 창은 방문을 통해 밖으로 나갈 수 없는 '나'를 외부세계와 조우하게 하는 유일한 통로이다. 그레이 구락부의 청년들도 "이런 창을 가지지 못한 사람은 창 없는 집과 같다. 그는 좁은 생각과 외로움으로 숨 막히고 끝내 미칠 것이다."[164]라는 말로 '창'의 필요를 강조했고 이는 「날개」의 '나'에게도 마찬가지인 상황이었다.

1930년대의 일제 강점기와 전후의 1950년대, 5.16 직후의 1960년대를 매한가지의 국면으로 위치시키는 이 사유는, 『화두』에서 제국주의의 식민지 조선과 사회주의의 점령지 북한의 상황을 비슷하게 여기게 된 '나'의 생각과 일치하는 것이기도 하다.

다시 「GREY俱樂部 전말기」로 돌아와, 상황은 점점 더 악화되고 크리스마스를 전후로 구락부는 붕괴의 위기를 맞는다. 소설은 표면적으로 그 원인이 키티라는 여성을 둘러싼 애정 문제에 있음을 보여준다. 하지만 진짜 이유는 배경에 흐릿하게 제시된 1958년경 남한의 상황이다.

---

163 최인훈, 「수」, 『웃음소리』, 문학과 지성사, 2009, 118면.

164 최인훈, 「GREY俱樂部 전말기, 앞의 책, 22면.

모임을 마치고 귀가하던 현은 영장도 없이 형사에게 붙잡혀가 심문을 받는다. "어떤 혐의로 우리가 이곳에 오게 됐는지 말해"달라는 현에게 형사는 "매일같이 모여서 불온서적을 읽고 이자들과 연락하여 국가를 전복할 의논들을 한 게 아니냐?"[165]고 되묻는다.

형사의 이 말은 1958년과 59년의 사회를 장악하고 있었던 보안법 파동을 연상시키기에 충분해 보인다. 구락부의 붕괴가 '크리스마스이브'를 기점으로 가속화되었다는 점은 보안법이 1958년 12월 24일에 개정되었다는 것을 상기시키면서 형사가 지적한 '이자들'이 곧 조봉암을 위시한 진보당이라는 추정을 낳는다. 물론 진보당이 국가의 전복을 위해 결성된 당은 아니었지만 당원 보호의 차원에서 비밀스러운 조직을 두었다고 알려져 있다.[166] 그리고 1960년대에 나온 『서유기』에서 최인훈은 이광수의 대척점에 조봉암을 소환하면서 한반도의 역사와 현실에 대한 통찰을 보여주기도 하였다.

이 취조의 과정에서 현은 "혼자가 되는 순간 비로소 무서움을 똑똑히 느꼈"다고 뇌까리는데, 이 말이나 구락부의 해체 역시 12월 26일의 보안법 공포 이후[167] '집단적' 움직임이 사실상 불가능해졌던 당시의 상황을 상기시킨다. 그도 그럴 것이 보안법 파동 이후

165 위의 책, 40면.

166 안서현, 앞의 논문, 322면.

167 당시 기사에 따르면 보안법은 12월 26일에 공포되어 이듬해 1월 15일에 발효되었다. 「보안법등, 26일자로 공포」, 『동아일보』, 1958.12.17.

이적 행위의 범위가 확대되고 비판적 언론이 검열을 당하면서 사람들의 눈과 입, 손과 발이 묶이게 되었기 때문이다.

다만 이 소설은 보안법 파동 전후의 폭력적 상황을 암암리에 드러내는 데 그치지 않는다. 더 중요한 것은 그와 같은 현실 적시 이후 주체가 삶에 있어 모종의 전환을 경험한다는 데 있다. 그것이 소설의 결말부에 길게 묘사된 구락부의 해체 장면에 드러난다.

경찰서에 연행이 되었다가 돌아온 현과 동료들은 키티와 논쟁을 벌인다. 갑작스럽게 구락부 탈퇴를 권유하는 현을 비난하며 키티는 그들이 견지해온 태도에 문제가 있다고 지적한다. 구락부가 내건 '부동의 저항'이란 언제든지 "무능한 소인들의 만화, 호언장담하는 과대망상증 환자의 소굴", "정신의 소아마비", "도도한 정신주의"로 환원될 수밖에 없다는 것이다.

키티의 이 말에 부끄러움을 느낀 현은 항변을 하는 과정에서 돌연 "Grey 구락부는 기실 무정부주의와 테러리즘을 내세우는 비밀결사의 세포"였다고 거짓말을 한다. 하지만 곧 그것이 거짓이었음을 털어놓고, 키티는 구락부의 상징이었던 '박제된 부엉이'를 그에게 던져 상처 입힌다. '박제된 부엉이'를 도구 삼아 현과 키티가 다투는 장면은 다소 직관적이긴 하지만 구락부의 몰락을 가시화한다.

이 작품이 헤겔 철학을 기반 삼고 있다는 것은 쉽게 짐작 가능한 사실이다. 이를테면 '박제된 부엉이'는 '미네르바의 부엉이는 황혼이 깃들 무렵에야 비로소 날기 시작한다'라는 언명으로 잘 알려진 헤겔 『법철학』의 한 구절을 모티프로 한 것처럼 보인다. 원탁과 그 정중앙에 놓인 박제된 부엉이, 그것의 눈을 열어 보관하려는 구락부의 창립선언은, 앞이 보이지 않는 세계에 대한 전망을 회복하고자 하는 이들의 지향점을 보여준다.

하지만 지향점만 무기력하게 되뇌며 어떤 행동으로도 나아가지 않는 구락부원들에게는 아무 힘이 없다. 자신들을 불순세력으로 치부하는 권력 앞에서 스스로의 '부동'이나 '순수'가 알맹이 없는 치기 어린 것이었음을 직접 증명하지 않았던가. 더군다나 현은 키티와의 논쟁에서 자신들이 저항이라고 여겼던 '부동'의 자세가 언제라도 무능한 정신주의로 귀결될 수 있음을 다시금 느낀다. 구락부가 정치 비밀결사의 세포였다고 거짓말을 하거나 '박제된 부엉이'에 맞아 피를 흘리는 현의 모습은, 그가 키티의 말에 뼈아프게 동조하였음을 보여준다. 그들이 신봉했던 부엉이는 그야말로 '박제'에 불과했던것이다.

단, 이 소설이 그와 같은 뼈아픈 알아차림이나 구락부 해체라는 비극적인 결말로 끝나는 것은 아니다. 폭풍이 지나간 밤, 현은 창에 붙어 바깥을 내다보다 "도시는 처음 보는 동네 같"다고 여긴다. 그는 "모든 일이 잘된 것이었다"고 여기면서 "빛나는 아침"을 맞는다.[168] 이와 같은 소설의 결말은 자못 의미심장하다.

168 이상 직접 인용문은 최인훈, 「GREY俱樂部 전말기」, 앞의 책, 47-48면에서 발췌.

> 닭 우는 소리가 들린다. 이 지붕들 위로 눈부신 해가 솟는 것을 현은 그려본다. 그 빛나는 아침을 꼭 보고만 싶었다. 갑자기, 졸음이 덮쳤다. 그는 소파로 돌아와서 조용히 드러누웠다. 마지막 발자국마저 깊은 잠의 진구렁 속에 폭 빠지기 바로 앞서, 그의 눈 속에서, 솟아오르는 햇바퀴의 빛살이 쫙 퍼져나갔다.[169]

현이 닭 우는 소리를 들으며 쏟아지는 아침 햇살에 몸을 맡기는 마지막 모습은 '미네르바의 부엉이는 황혼이 깃들 무렵에야 비로소 날기 시작한다.'는 헤겔의 말을 전유한 마르크스의 문장, '독일 부활의 날은 갈리아의 수탉의 울음소리에 의해 고지될 것이다.'를 상기시킨다.[170]

마르크스는 헤겔을 비판하며 아침에 울어 세상을 깨우는 수탉처럼, 철학자를 비롯한 지식인들은 새벽의 학문을 해야 한다고 말했다. 이 말은 다양한 스펙트럼으로 해석 가능하겠지만, 현실이 지나간 다음에 거기 주석을 다는 노인의 지혜가 아니라 세상에 대한 인식을 선도하려는 젊은 지성이 필요하다는 뜻으로 이해해도 좋을 것이다.

구락부의 청년들의 다음 지향점이 무엇인지 소설은 알려주지 않

---

169 위의 책, 49면.

170 칼맑스,「헤겔 법철학 비판을 위하여 – 서설」,『칼맑스 프리드리히엥겔스 저작선집』1권, 박종철출판사, 1997.

고 끝을 맺어진다. 다만 '움직이지 말 것'을 요구하는 시대에는 '자발적 부동 자세'를 취하는 것만이 저항이라 생각했던 그들의 방식이 그릇되었다는 것, 지성의 투쟁은 현실과 길항하거나 현실을 견인하고자 할 때 더 유의미해진다는 것을 구락부의 '아침'이 말 해주고 있다. 이것은 월남 후 북한과 남한 모두가 강제된 이념의 점령지임을 뼈저리게 알아차린 최인훈의 심경과도 관련이 있을 것이다. 그의 절망이 그레이 구락부원들의 허세와 냉소주의로 발현되었다면, 그의 희망은 소설의 마지막 장면과 뒤이어 발표된 「라울전」에 이어져 있다.

2) 분신이자 지양되어야 할 존재로서의 '라울'

1959년 12월 안수길의 추천으로 발표된 「라울전」은 최인훈이 창조한 문학적 주체의 원형을 담보하고 있다는 점에서 초기작 중에서는 가장 눈여겨 봐야만 하는 소설이다. 이 소설은 최인훈의 문학 세계 안에서 상대적으로 조명이 미비한 작품이지만 작가 스스로가 '자선(自選) 대표작'으로 거론하였을 만큼[171] 문제적이다. 이를테면「라울전」에 등장하는 두 중심 인물, 바울과 라울의 이름은 이

171 김병익, 김현 편, 『최인훈』, 도서출판 은애, 1979.

후 쓰인 여러 소설 안에서도 발견되는 것을 볼 수 있다.

(ㄱ) -가이사랴에 고넬료라 하는 사람이 있으니 이달리아대라 하는 군대의 백부장이라. (사도행전 10장 1 절)", "- 저희가 그리스도의 일꾼이냐, 정신없는 말을 하거니와 나도 더욱 그러하도다. 내가 수고를 넘치도록 하고 옥에 갇히기도 더 많이 하고 . (고린도 후서 11 장 23절)[172]

(ㄴ) 또 선에서 비법을 물려받은 것은 반드시 석학만이 아니었습니다. 역대조歷代祖 가운데는 낫놓고 기역자도 모르는 자조차 있었는데, 이것은 초超교양주의라고나 할까요. 이 또한 기독교에도 있는 현상으로서, 은총을 받고 성자가 된 사람은 반드시 박사가 아니었던 것입니다. 들에 핀 백합을 본받으라는 그리스도의 가르침은, 도대체 사람의 배움에 대한 경멸을 나타내는 것으로 보아 무방할 것입니다.[173]

(ㄷ) 이것이 '라울'의 아픔이었으며 독고준의 아픔이었습니다. 인간의 정신은 무無와 더불어 살 수는 없습니다. 내일 태양이 뜨

---

172 최인훈, 『광장』, 문학과지성사, 2010, 54 55면.

173 최인훈, 열하일기 (『자유문학』, 1962.1), 『최인훈 전집 8-웃음소리 』, 문학과지성사, 1976, 192면.

리라는 것을 예측할 수는 있어도 내일, 혁명이 압제가 안 되리라는 것을 보장할 수는 없습니다. 그들 혁명자들은 이것을 인정하지 않습니다. 그들은 찬성이 아닌 모든 사람들을 적으로 판결하고 그에게 차려진 개체의 시간량을 봉쇄합니다. 이렇게 해서 혁명이 처형한 생명은 회복이 불가능한 선고가 집행되는 것입니다. 독고준은 이러한 혼란 속에서 불가능한 선택을 포기한 희생자였습니다. 그 자신이 비인非人이 됨으로써 인간적 문제에 대한 질문이 되고자 한 것입니다. 광인狂人一. 그렇습니다. 광인은 비인입니다. 광인에게 처벌을 가해야 하겠다는 사람들에게 우리는 분노를 느낍니다. 독고준을 발견한 시민은 그를 보호하고 본원에 연락해주십시오.[174]

(ㄱ)은 『광장』(1960)에서 이명준 성경을 인유한 부분이다. 이 구절은 사도 바울이 쓴 신약의 「사도행전」과 「고린도 후서」의 일절을 작가가 의도적으로 가져온 것이다. (ㄴ)은 『열하일기』(1962)의 일부로 "은총을 받고 성자가 된 사람은 반드시 박사가 아니었던 것입니다."라는 구절이 「라울전」에서 바울에게 패배한 라울을 환기시킨다.

그런가 하면 (ㄷ)의 『서유기』(1967)에서는 좀 더 직접적이고 적

174 최인훈, 『서유기』, 문학과 지성사, 2008, 292면.

극적인 방식으로 라울을 소환한다.[175] 인용문이 보여주듯 작중에서 라울은 독고준을 '같은 아픔을 지닌 인간형'으로 인식한다. 이는 작가의 페르소나에 가까운 독고준이 곧 라울과 공유점을 지닌—사실상 라울이 독고준과 같은 맥락에서 언급될 수 있는 인물이라는 간주도 가능하게 하는데 이에 관해서는 대담을 통해 작가 자신이 어느 정도 답을 내려주기도 했다.[176]

그렇다면, 『서유기』의 독고준이 곧 『회색인』의 독고준과 연작적 인물임을 감안할 때 최인훈은 라울전 이후 성경 밖 허구의 인물이면서 작가의 소산인 '라울'을 뒤따르는 소설들에 지속적으로 등장시켜 그 존재를 확증한 셈이 된다. 다시 말해 『서유기』등에 나타난 '라울' 표상은 라울전에 등장하는 '라울'을 지시하는 기호로써 이를 통해 「라울전」에서 창조된 '라울'의 존재가 증명되는 것이다. 이는 노스롭 프라이가 제시한 구약-신약의 구조 및 관계와 상당히

175 이 밖에 『크리스마스 캐럴』(1963 1966)에도 라울을 연상시키는 부분이 등장한다. 이와 관련하여 정영훈의 언급을 참고해볼 수 있다. 그는 크리스마스 캐럴 1에 나타난 "그것은 쓰인 바 박장대소란 말을 이루기 위함이었다."라는 표현이 신약성서의 표현을 패러디한 것임을 지적하였다. 이것이 '박장대소'라는 말로부터 지시대상을 소거하여 그 의미를 사후적으로 추인함으로써 기호를 의미 부재의 상태로 되돌려 놓는다고 지적하며, 의미가 부재하는 구약의 예언들이 신약의 맥락 안에서 현실화되는 것과 유사하다고 밝혀둔 것이다. 이와 같은 해석은 편린으로 제시되어 있지만 상당히 중요하다고 할 수 있다. 정영훈, 『최인훈 소설의 주체성과 글쓰기』, 태학사, 2008, 183-184면.

176 "김 특히 라울전에서 사울하고 대립되는 인물로 나오는 라울을 들여다보면 개인의 의지와는 관계없는 역사의 움직임이라고 할까, 그런 것에 절망하는 지식인의 모습이 그려져 있어요. 그 지식인을 선생님 자신이라고 보아도 되는 것입니까? 최 네, 그렇게 보아도 된다고 생각합니다." 김현·최인훈 대담, 「변동하는 시대의 예술가의 탐구」, 최인훈, 『길에 관한 명상』, 문학과지성사, 2010, 65-66면.

흡사한 측면이 있다.

프라이에 따르면 성서를 뜻하는 '바이블(Bible)'이라는 말은 원래 '타 비블리아(tabiblia)' '작은 책들'을 뜻한다. 그러므로 '바이블'이라는 실재물(entity)은 사실상 존재하지 않는 것이며, '바이블'이라고 불리워지는 혼란한 텍스트들은 하나의 실재로 읽히게끔 '구축'되어 온 것이라 할 수 있다.[177]

프라이는 이러한 성서 구성의 원리가 '브리꼴라주'를 전유한 것이라고 설명한다. 브리꼴라주는 본래 레비스트로스의 인류학에서 비롯된 용어로 '수중에 들어오는 모든 것을 가지고 조각과 단편을 짜 맞추는 일의 특질"을 지칭한다.[178]

이 정의에 기반을 둘 때 '바이블'이란 상상력에 의해 하나의 '통일체'로 만들어진 조각과 단편들의 집합체라 할 수 있다. 예컨대 신약 성서는 이러한 통일체의 구성을 위해 구약성서와 상호텍스트의 관계에 놓이게 되는데, 즉 신약 성서가 구약 성서의 예언적 진술을 증명하기 위해 사후적으로 그것을 지시하려는 목적 하에서 작성되었기 때문이다. 따라서 후행 소설들에서 지시된 '라울'은, 그가 독고준의 원형이자 작가 자신의 분신—후술되겠지만 온전한 분신이라기보다는 지양해야 할 존재로서의 분신이라는 것을 끊임없이 증

177 프라이는 데리다의 논의를 빌려 성서를 자기 뒤에 숨어있는 역사적 존재를 불러내는 '부재' 명명한다. 노스롭 프라이, 김영철 역, 『성서와 문학』, 숭실대학교 출판부, 1993, 7면.

178 위의 책, 19면.

명해내는 일종의 기호라 하겠다.

그럼에도 기왕의 논의들 안에서 「라울전」 은 다소 한정적으로 다루어져 왔다고 할 수 있다. 「라울전」 을 전면화 한 논문으로는 먼저 기독교적 관점에서 해당 소설을 다룬 이동하의 「'목공 요셉' 과 '라울전'에 대하여」 등이 있다.[179] 이와 더불어 정영훈, 배지연, 김기우, 조경덕 은 '라울'이라는 인간의 성격에 주목하여 「라울전」을 언급했는데[180] 그 견해가 대체로 비슷한 양상을 보인다. '라울'을 신의 절대 주권을 비판하기 위해 작가가 설정 한 자기 투영적 인물이나(정영훈) 상상계로 회귀하려는 욕망에 갇힌 주체(김기우), 인간의 무력함과 가혹한 운명을 비극적으로 보여주며 인간이 지닌 자유의 가능성을 타진하는 존재(조경덕) 등으로 여기는 것이다.

이 같은 논의들은 「라울전」에 관한 해석의 분광을 다채롭게 한다는 점에서 유의미하지만 소설 전반보다는 '라울'의 성격을 여타 인물들 간의 관계 안에서 적극적으로 해명하는데까지는 나아가지

---

179 이동하, 『한국 소설과 기독교』, 국학자료원, 2002.
이수형, 「신과 대면한 인간의 한계와 가능성」, 『인문과학연구논총』 31, 명지대학교 인문과학연구소, 2010.
신익호, 「신학적 신정론의 관점에서 본 문학」, 『국어문학』 53, 국어문학회, 2012.

180 정영훈, 『최인훈 소설의 주체성과 글쓰기』, 태학사, 2008.
배지연, 「최인훈 초기 소설에 나타난 근대의 양가성 - 『Grey 구락부 전말기』와 『라울전』의 기독교적 상상력을 중심으로」, 『한국현대문학연구』 52, 한국현대문학회, 2017.
김기우, 「최인훈 단편소설에 나타난 주체의 세 영역 : 최인훈과 라캉의 주체를 중심으로」, 『한국문학이론과 비평』 21-3, 한국문학이론과 비평학회, 2017.
조경덕, 「운명과 자유 최인훈의 라울전 론」, 『한국문학이론과 비평』 77, 한국문학이론과 비평학회, 2017.

못했다는 점에서 아쉬움을 남긴다. '라울'의 몰락이라는 소설의 중심 서사를 바울이나 시바, 예수와 그가 맺는 관계 안에서 보다 섬세하게 해석할 때 최인훈이 왜 이 소설을 '자선 대표작'으로 꼽았는지, 이 작품이 왜 작가의 문학 세계의 첫머리에 놓이게 되었는지가 분명하게 밝혀질 수 있기 때문이다.

3) '바울'의 유비를 통한 '단절'의 주체 모색

「라울전」의 초점 인물은 '라울'이며 초대 기독교의 인물인 '바울'의 동료로 설정된 허구의 존재이다. 소설은 신약의 사도행전(9:1-31) 등에 기록된 바울의 행적, '기독교 박해-다마스쿠스에서의 기적 체험과 개종-기독교의 전파'[181]를 라울의 시선에서 다시 쓰면서 일종의 패러디[182]의 형식을 취한다. 다만 신약의 내용이 교회의 박해자였던 바울의 회심에 초점을 맞추고 있다면 「라울전」은 바울의 생애를 목격한 라울의 진술을 통해 '라울은 왜 바울이 될 수 없었는가'를 묻는다.

따라서 신약과 일치하는 내용—바울이 길리기아 다소(Tarsus)

---

181 귄터 보른캄, 『바울』, 허혁 역, 이화여대출판부, 2006, 참조.

182 여기서 패러디는 린다 허천의 정의를 따라 '선행텍스트를 모방하면서도 의식적으로 차이를 추구하는 방식'을 의미하는 용어으로 사용한다. 린다 허천, 『패러디 이론』, 김상구·윤여복 역, 문예출판사, 1992, 64면.

사람이라는 것, 가말리엘의 문하생이라는 것, 기독교를 박해했다는 것, 예수를 만나 회개한다는 것 등의 '알려진 사실' 보다는 신약과 「라울전」의 '간극'이 보다 비중 있게 규명될 필요가 있어 보인다.[183]

그 '간극'이 가장 부각되는 부분은 '라울의 기질' 및 '라울과 바울의 관계'이다. 중심인물이자 초점 화자이기도 한 '라울'은 유대교의 랍비로서 사명감 속에서 살아가는 자이다. 강한 소명의식을 지닌 그는 '현인', '솔로몬 왕', '석학' 등의 별명이 설명해 주듯 히브리 경전뿐만 아니라 그리스 철학에도 능통한 존재였다. 히브리 경전과 그리스 철학은, 노예제를 비롯한 당대 사회의 질서를 지탱하고 있는 지배 이념이었다. 라울 가문은 대대로 이것을 '진리'라 여기며 수호해오고 있었고 라울도 선대처럼 이 '절대적 빛'에 감히 도전할 생각을 품지 않는다. 그저 "경전과 철학을 읽는 생활 속에서 번번이 찾아들던 저 황홀경."[184]에 삶을 맡길 뿐이었다.

그러나 그런 라울에게도 치명적인 콤플렉스가 있었다. 유년 시절부터 경쟁자였던 바울을 학문 대결은 물론 가위바위보에서조차 단 한 번도 이기지 못했던 것이다. 결정적으로, 예수에 대해 풍문이 들려왔을 때 먼저 관심을 가진 쪽도 라울이었지만 종내 사도로 선

---

183 「라울전」과 신약의 동일성 및 차이에 관해서는 정영훈도 일정 부분 언급하고 있으나, 상기 한대로 그는 이를 신약성서에 나타난 신학적 관점에 대한 비판으로 독해하고 있다는 점에서 본고와는 방향을 달리한다.

184 위의 책, 80면.

택된 자는 역시 바울이었다. 라울은 깊이 절망한다.

(ㄱ) 책을 들여다보고 앉은 라울 옆에서 바울은, 멍하니 앉아서 열린 창문 사이로 불빛이 흘러나오는 스승의 방 쪽을 바라보고 있었다. 그러다가 그는 불쑥 입을 열었다.

"에이 내일 하루 또 어떻게 땀을 빼담……"

라울은 아무 대꾸도 않았다. 번연히 말을 걸어오는 것인 줄 알면서 못 들은 체하자니 오히려 대꾸해주는 것보다 더 짜증이 치밀었다.

"어떡한담……"

바울은 또 중얼거렸다. 그러자 그는 무슨 생각을 하는지 의자에서 일어서서 마루에 꿇어앉아 기도를 시작했다. 라울은 못 본 체 하면서 줄곧 보고 있었다. 갑자기 웬 기도는……[185]

(ㄴ) 「예수」라는 나사렛 사람의 풍문이 들려오기 시작할 때 그는 경전과 사료를 섭렵하여 치밀한 계보학적인 검토를 하여보았다. 그 결과는 놀랍게도 「바울」의 편지에 적힌 결론에 이르고 만 것이다. 「라울」은 자신이 저질러 놓은 이 일을 수습할 재주가 없었다. 연구하면 연구할수록 나사렛 사람 「예수」는 「다윗」왕의 찬

185 위의 책, 54면.

란한 가계속에 분명한 자리를 차지해 오는 것이었다. 「라울」같은 지성인에게 자기 자신의 손으로 캐어낸 사실이란 절대한 것이었다. 그러나 문제는 그 곳에 있지 않았다. 만일 이 나사렛 사람이 메시아라고 단정이 되었다면 제사장의 옷을 벗고 지상에 군림한 에호바의 아들 을 따라 나서면 그만일 것이지만 그것을 할 수없는 「라울」이었다. 「라울」은 경전을 통해서 그 나사렛 사람에 대한 많은 것을 알고 있었으나 기실 아무것도 모르는 것이었다. 「라울」은 아직 그를 보지 못한 것이다. 그는 몇 번이나 베들레헴으로 내려갈 계획을 세웠으나 그때마다 이 일 저 일로 이루지못했다. 백사 불구하고 내려간다면 못 할 것도 없었으나 총독이 부르는 연회니, 교수장 회의니하는 상식을 깨트리지 못하는 「라울」이었다.[186]

라울은 왜 예수의 사도가 되지 못했을까. 소설은 이 물음에 대한 해답을 바울의 행보를 통해 보여준다. 바울 역시 자신이 발 딛고 살아가야만 하는 로마 사회의 기율—유대교나 그리스의 율법적 전통 하에 놓여있었지만 그것을 절대적이거나 우월한 것으로 여기지 않았다. (ㄱ)에서 짐작해볼 수 있듯, 도리어 그는 그것들을 회의하는 자였고 그 회의 덕분에 예수로부터 사랑의 실천을 배운 후

186 최인훈, 「라울전」, 『웃음소리』, 문학과 지성사, 2009, 56면.

노예를 해방하며 기독교 혁명의 주체가 된다. (ㄴ)에 기술된 것처럼 "아무것도 모르는", "상식을 깨트리지 못하는" 라울과, 바울의 차이가 바로 이것이었다.

예수가 나타났을 때도 상황은 마찬가지였다. 라울은 예수라는 존재를 충실히 검토했고 그 과정에서 예수가 정말 메시아일지 모른다는 가설에 누구보다 먼저 다다른다. 찰나이긴 하지만 자신이 믿고 있는 경전과 율법의 세계에 회의를 품기도 한다. 이를테면 라울은 예수를 모함하라는 랍비 안나스의 권유를 거절하기도 한다. 그러나 이 '거부'가 끝내 유대교나 그리스의 율법 및 경전으로부터 이탈하는 '행동'으로 연결되지는 못한다. 그런데 바울은 정확히 그런 라울의 대척점에 놓여있었다.

4) '자아비판회'의 '나'인 '라울', 그곳을 나선 '나'와 '사도 바울'

이 라울과 바울, 둘의 경쟁 관계는 앞서 살펴본 『화두』의 '자아비판회'와 '나'의 모습을 상기시킨다는 점에서 의미심장하다. '나'가 목격한 '학교' 혹은 '교실'은 인간을 억압하는 왜곡된 사회주의 이데올로기의 수행 장소였다. 학생들은 그것은 '진리'라는 이름에서 교육 받았지만 사실 그것은 사회주의의 본질에서 멀어져버린 채 인간의 모든 부분을 계급에 구속시키는 환원주의로 변모해있었다.

그것을 알아차린 '나'는 한반도의 역사에 대해서도 반성적으로 성찰할 수 있게 된다. 자신이 순순히 받아들여 왔던 제국주의나 사회주의 체제, 그 체제에 비판 없이 속해 있었던 자신은 속절 없이 무너졌다. 인간을 억압하는 이념과 진영 논리, 그 자체에 대한 본질적인 의구심이 생겨나는 순간이었다.

이 소년의 모습이야 말로 최인훈이 평생에 걸쳐 빚어낸 문학적 주체의 원형이라고 해도 과언이 아닐 것이다. 그리고 그가 '라울'에도 투영되어 있었다. 라울 역시 '자각의 고리'를 통과시키지 않고 지배 이념을 맹신하여 좌절을 맛보았기 때문이다. 요컨대 『화두』에서 '자아비판회'를 통해 소년이 얻었던 인식이야말로 최인훈 문학세계의 출발점이며 그 사실을 여실히 보여주는 작품이 바로 「라울전」인 것이다.

「라울전」에서 라울을 속박하고 있었던 히브리적, 유대적 경전과 율법의 세계를 저 '자아비판회'가 자행 된 사회주의의 알레고리로 보아도 좋겠다. 그것은 모두 '출신 성분'에 따라 인간을 구획하고 할례 받은 자와 노예를 소외시키면서 당대 불가침의 이념이 되어 인간을 억압하였으므로.

기실 히브리적, 유대적 교리는 실제 바울 시대 이데올로기로 군림했던 두 개의 전통이기도 했는데 그리스 전통에서 비롯된 부류든 유대교적 전통을 따르는 부류든 이론의 형식이나 발화 방식이 다를지언정 양자는 매우 비슷한 형상을 하고 있었다. 거역할 수 없는 진리로 해당 시대에 군림했다는 것, 즉 '불가침'의 이념이 되어 당대인들을 속박했다는 것. 여기서의 '불가침'이란 그것을 숭배하는 자들—할례 받지 않은 자와 노예가 배제 된—의 특권을 보장해 준다는 의미이기도 했다.

「라울전」에서도 히브리교나 유대교의 경전은 그것을 숭배하는 자들만이 누릴 수 있는 '불가침'의 영역을 형성하고 있다. 지배 집단에게, 할례 받지 않은 자와 노예는 얻을 수 없는 특권을 보장했기 때문이다. 인간을 차별적으로 구획하고 억압하는 구교의 이 교리는 평등을 담보하는 이상적 신앙에서 크게 이탈해있는 것이기도 했다. 그것을 단적으로 드러낸 존재가 바로 '시바'이다.

간음한 여자를 재판하는 권리는 제사장에게 있었을뿐더러, 시바는 라울의 노예였다. 시바는 주인 앞에 꿇어앉았다. 한참 말없이 그녀를 바라보던 라울은 이렇게 심문을 시작했다.

"시바, 너는 어째 배은背恩하였느냐?"

"아니옵니다. 그는 저를 몸값을 치르고 사가서 아내로 삼겠다고 약속하였습니다."

"무어라……"

라울이 전혀 짐작지 못했던 대꾸였다.

"그 사람이 나에게 너의 값을 치르면 그에게로 가겠단 말이냐?"

"나으리에게 여쭈어 그리할 생각이었사옵니다."

"오……"

라울은 눈을 감고 의자에 털썩 주저앉았다. 자기 같은 주인을 버리고 가겠다는 이 노예의 마음은, 라울의 이해를 벗어난 것이었고, 또 그것은 자기를 이해하여주지 못하는 시바의 무지에 대한 노여움으로 바뀌었다.

"오냐, 네가 나의 곁이 싫다면 멀리 보내주겠다. 멀리. 먼 페르시아로."

"네? 나으리, 페르시아! 오 신과 같으신 나으리, 제발 저를 그런 먼 곳으로 보내지 말아주십시오. 제발!"

"나단, 이 계집을 끌어내라. 노예장수가 올 때까지 가두어둬라."

나단은 울부짖는 노예를 긴 머리채를 감아쥐고 끌고 나갔다.[187]

시바는 본래 라울의 노예였으나 종내에는 라울이 믿는 지식과 율법에 균열을 내는 인물로 자리매김하게 된다. 신분 질서에 얽매여있던 그녀가 자유민인 무관(武官)과 사랑에 빠졌기 때문이다. 무관도 그녀를 진심으로 대하며 노예 신분에서 해방시켜 아내로 삼

187 최인훈, 「라울전」, 앞의 책, 73면.

고자 하였다. 그러나 라울은 그 둘을 이해하지도 사랑을 용인하려 들지도 않았다. 스스로가 '신의 예언자'라고 믿으면서도 시바를 신 앞에서 평등한 인간으로 여기는 대신 히브리 철학과 유대교 율법이 보호하는 로마의 노예로 본 것이다.

그러나 바울은 달랐다. 바울도 처음엔 라울처럼 이단인 기독교를 맹렬히 박해하는 바리새파 유대인이었다. 그러나 라울과 달리 그는 당대 절대적이며 우월한 것으로 여겨졌던 로마 사회의 기율들, 유대교나 그리스의 율법적 전통에 회의를 품었다. 결국 바울은 다마스쿠스로 가던 중 부활한 예수를 만나 평등과 사랑의 진리를 수용하고 기독교 혁명의 주체가 되었다. 그로 인해 시바는 노예 상태에서 해방될 수 있었음은 물론이다.

시바라는 이 여자 노예의 하소연을 우연히 듣게 되어 그의 원대로 그리스를 거쳐 로마로 데리고 가는 것을 용서하오. 주께서는 남녀간 사랑을 축복하셨다고 들었소. 그는 나로 하여 주의 어린 양이 되었소. 주의 사랑과 로마에 가 있다는 그의 지아비의 사랑을 누리게 하려 하오. 또 한 가지, 랍비 라울의 종 나단이 시바와 내가 이야기하고 있는 방에 칼을 들고 들어와 나를 해치려 하므로, 그가 어떤 점을 잘못 알았는지는 모르나 주께서 말씀하신 '사랑'의 이치를 타일러 내보냈소. 그를 탓하지 말기를. 랍비 라

울이 주의 품에서 일하는 일꾼이 되기를 비오.[188]

그런데 이 '바울-시바-무관'의 이야기는 작가가 어린 시절 탐독한 것으로 알려져 있는 『쿠오바디스』의 서사와 겹쳐진다는 점에서 매우 흥미롭다. 상술하자면「라울전」의 중후반 서사를 이끌어가는 시바와 무관의 사랑이, 『화두』 속 '나'가 W시의 도서관에서 읽었던 『쿠오바디스』의 비니키우스(로마 무관)와 리기아(노예이자 기독교인)의 사랑을 환기시키는 것이다.

『화두』에서 '나'는 학교와 대조적인 장소인 도서관에 갔다가 『쿠오바디스』에 처음으로 매료당한다. 그 책은 '나'에게 있어서 이북 체제와 지배 이념의 모순을 최초로 깨닫게 한 작품이기도 했다.

이 도서관에서 처음 무렵에 읽은 책 가운데 하나가 『쿠오 바디스』였다. 먼 옛날의 먼 곳의 먼 이야기가 생생하게 지금 막 다시 그때처럼 거기 있고, 즉 나는 그때 그자리에 와 있는 것이었다. 로마의 거리의 먼지가 코끝에 와서 매캐했고 와글대는 저잣거리에서 떠드는 사람들은 어쩌면 그리도 많은 다른 말을 쓰는 것일까. 지중해 변두리에서 온 온갖 인종의 사람들이 저마다 바쁘게 살고 있는 이 거대한 도시. 거대하다는 것은 사람이 많고, 그 사

188 위의 책, 77면.

람들이 저마다 다른 말을 쓰고, 저마다 다른 살갗을 가졌다는 뜻이다, 하는 생각을 가지게 한다. 노래 부르면서 시를 짓기 위해서 자기 서울에 불을 지르다니. 그들의 조상이 이 땅을 향해 떠나올 때 적의 손에 떨어져 불타던 그 기억의 도시를 떠올리기 위해 건설한 그 성을 불태우다니. 그것도 그 나라의 왕이. 그러나 도시는 타고 있었다. 지하의 굴무덤에서 기도를 드리는 사람들. 한 시대의 수많은 사람들이 무리를 지어 함께 꾸는 꿈이 내비치는 현기증을 일으키는 분위기. 무엇 때문인지 딱히 알기도 전에 엄청나게 엄숙한 일이 벌어지고 있다는 실감. 팔로군 병사들이 인민의 마당을 쓸고 있는데도, 지도원 선생님이 수첩에 그의 말을 적어넣는데도 아직도 이렇게 그들이 쓸어버리지도 적어넣지도 못하는 사람들과 도시와 이상한 왕과 화재와 시장과 옛날의 바다와 그 위의 태양과 바람과 먼지가 이렇게 그들이 지배하는 도시에 버젓이 살고 있는 것이었다. (…)

어쨌거나 기독교인들은 원형 경기장에서 당하고 있었다. 거인은 황소의 목을 비틀어서 부러뜨리고 있었다. 공주는 죽음을 면하였다. 거인은 왜 한 사람밖에는 태어나지 않았는지. 그런데 노예철학자가 있다. 철학자 노예다. 이것은 대체 어찌 된 일인가. 신분이 노예인데 직업은 철학자다. 철학자가 신분은 노예라고. 『쿠오 바디스』에는 이런 노예이자 철학자인 인물이 나온다. 노예철학자, 철학자 노예, 엎어치고 둘러쳐 봐도 사태는 조금도 달라지지 않고 머릿속의 혼선이 바로잡히지 않는다. 지도원 선생님이 모시고 있는 철학자가 말하기를 철학이라는 물건은 이미 끝상났다고 말씀하신 지가 벌써 세기의 고갯마루의 저편쪽 일인데도 지도원 선생님이 슬기롭게도 적발해 낸 이 몹쓸 반동 피고는 이 먼지구덩이에 파묻힌 반동들의 교양 무화 기계가 만들어낸 전기닭 답게 철학 이란 것이 그 무슨 엄청난 요술이라도 되는 듯이, 이 세상 슬기의 요술단지라도 되는 듯이 알고 있었기 때문에 철학자가 노예라느니, 노예가 철학자라느니 하는 일이 너무나 어리둥절했다.[189]

인용문에서 알 수 있듯 '나'는 '학교'에서 배운 가르침에 위배되는 것들을 도서관과 『쿠오바디스』를 통해 마주한다. 그것은 자신이 속한 체제와 지도원 선생의 말이 틀린 것일지도 모른다는 의심에서 비롯된 당혹감과 안도를 '나'에게 선사한다.

'나'가 작중에 길게 옮겨둔 이 『쿠오바디스』는 1896년 폴란드의 작가 헨리크 시엔키에비치가 써낸 소설이다. 제명은 '(주여) 어디로 가시나이까'(라틴어)의 뜻을 가지고 있다. 『화두』에서 옮긴 위의 인용문에도 간단히 기술되어있지만 기원 1세기의 60년대, 즉 로마 네로 통치 시대 말엽의 기독교 박해, 로마에서의 고대적 세계관과 그

189 최인훈, 『화두 1』, 앞의 책, 41면, 43면.

리스도교 신앙의 투쟁을 배경으로 하는 작품이다. 시엔키에비츠는 당시 제정 러시아의 식민 통치를 받던 폴란드 사람들을 위해 이 소설을 썼다. 말하자면 소설 속 박해받는 그리스도인들과 리기의 우르수스는 당대의 폴란드인들을 상징한다.[190]

폭정을 일삼던 네로는 급기야 로마에 대화재를 일으키고 기독교인들을 범인으로 내세워 원형 경기장에서 학살한다. 신자들은 물소에게 살해 위협을 당하고 리기아도 죽을 위기에 놓인다. 이때 충복 우르수스가 나타나 괴력으로 물소를 죽이고 감동한 시민들의 판결로 리기아는 겨우 목숨을 구한다. 결국 네로는 스스로 목을 찔러 자결한다.

이 소설 속에도 비중은 작지만 사도 바울이 등장한다. 그는 베드로와 더불어 기독교에 적대적이었던 인물들의 회심을 돕고 로마에서의 기독교 혁명을 이끈다.[191] 「라울전」의 바울과 유사한 위치를 점하고 있는 것이다. 특히 그는 작중에서 비니키우스에게 큰 영향을 미침으로써 리기아와 비니키우스의 탈 계급적 사랑을 가능케 하는데 '바울-비니키우스-리기아'의 관계가 「라울전」의 '바울-시바-무관'의 관계에 정확히 겹쳐진다.

---

190 상징의 해석은 최성은, 「쿠오 바디스에 나타난 애국적 알레고리 연구」, 『동유럽발칸학』 7-2, 한국동유럽발칸학회, 2005, 125, 158면.

191 최인훈이 이 소설을 통해 바울과 베드로에 관심을 기울였다면 바울을 더 눈여겨보았을 가능 성이 크다. 바울은 베드로와 다르게 이방인 사도였기 때문이다.

(ㄱ) "이곳(군대-인용자)에 근무하는 동안에 나는 「Grey 클럽 이야기」와 「라울의 생애」라는 두 편의 단편소설을 써서 그것을 가지고 신인으로서의 등단 과정을 치렀다. 앞의 것은 입대 전 문학 친구들과 어울리던 시절을 바탕으로 썼고, 뒤의 이야기는 기독교의 초기 시절에서 취재한 이야기였다."[192]

(ㄴ) 서양 문명에서 기독교가 차지하는 의의에 대해서 계몽적인 설명을 가할 생각은 없다. 다만 기독교가 그들에게는 알파와 오메가라는 것만 말하면 그만이다. 서양 문명은 기독교 신학의 다양한 변주곡에 다름 아니다, 라고 나는 생각한다. 절박한 위기의식 속에 방황하는 그들이 기독교로 돌아가려는 움직임을 보인다면 그것은 너무도 당연한 일이다.[193]

(ㄴ) 기독교적 비전의 품속에 있다가 그것이 깨져버려 방황하는 정신의 초상들을 『실락원』이나 『파우스트』같은 데서 찾아볼 수 있는데 밀턴의 『실락원』은 직접 종교와 연결돼 있고 『파우스트』의 경우에도 기독교적인 세계에로의 복귀라고 해야 되겠죠. 그런 자기들의 근대적인 새로운 상황에 대해서 심각한 심층적인 곳에서 자기 확인을 한다는 게 주제가 돼 있었는데요. 서양의 근

192 최인훈, 『화두 2』, 문학과 지성사, 2008, 257면.

193 최인훈, 「세계인」, 앞의 책, 81면.

대라는 것, 그 연장으로서의 현대라고 하는 곳에서 도시가 어떻게 발전했느니 지리적인 공간이 넓어졌다느니 하는 사회학적인 자기 인식의 밑바닥에는 그보다 더 포괄적인, 종교적 비전이라는 게 늘 밑받침되고 준비된 상태로서 그 사람들은 현재에 이르고 있다는 거죠.[194]

최인훈은 기독교를, 크게는 모티프나 서사의 차원에서 도입하고 작게는 성경의 구절을 인유하는 방식으로 소설 세계에 끌어들였다. 구체적으로는 「GREY俱樂部 전말기」, 「라울전」, 「광장」, 『크리스마스캐럴』 1-5, 「웃음소리」, 「열하일기」, 「금오신화」, 『서유기』, 『총독의 소리』, 『회색인』 등을 거론할 수 있다. 비소설류의 글도 성경에 대한 직접적인 언급이나 메시아, 십자가 등의 상징을 담아내는 경우가 많다.[195]

이와 관련하여 그는 자신이 "어떤 종교의 신자도 아니었지만 형이상학 혹은 철학으로서의 기독교에 관심을 가졌"[196]다고 이야기를 했는데 그 관심 역시 어린 시절에 만난 『쿠오바디스』를 통해 생

194 최인훈, 한상철 대담, 「하늘의 뜻과 인간의 뜻」, 『문학과 이데올로기』, 문학과 지성사, 1980, 391면.

195 예컨대「로봇의 恐怖」에는 성경에 대한 비유가, 「英魂의 地震」과 「문학은 어떤 일을 하는가」에는 십자가 및 메시아의 상징성에 대한 언급이 나타나며 보다 직접적으로 크리스마스 혹은 신앙에 대한 감상을 드러낸「크리스마스 有感」, 「크리스마스 캐럴」등도 존재한다.

196 전소영, 최인훈, 「최인훈 연보」, 『최인훈, 오딧세우스의 항해』, 에피파니, 2018, 참고.

겨났을 확률이 높다. 인용문 (ㄱ) 이 보여주듯 최인훈에게 유의미한 기독교의 세계는 예수가 견인하고 바울이 전파한 '기독교 초기 시절'이었고, 그것은 (ㄴ)과 (ㄷ)에서 미루어볼 수 있듯 작가의 문학 세계 안에 간과할 수 없는 영향을 미치게 된다. 그가 생각하기에 기독교가 서양 문명의 알파와 오메가 역할을 할 수 있었던 이유가 그 '전복성'에 있었던 것이다.

「라울전」에서 유대교와 히브리 율법 및 노예제를 내면화했던 라울은, 그것들을 의심했던 바울과 다르게 사회의 질서를 뛰어넘는 시바와 무관의 사랑을 방해해버린다. 이로써 그는 바울의 선언, "기뻐하시오. 메시아는 땅에 다녀가셨소."[197]에 영원히 패배하고 메시아의 전복에 발을 들이지 못하게 된다.

소설 말미에 긴 분량으로 기입된 꿈에서 라울은 자신의 문제점과 그 문제로 인한 결과를 뼈저리게 인식한다. 꿈속에서 라울을 제외한 모든 존재는 노예제를 넘어 사랑이라는 진리 아래 새로운 세계를 형성한다.

> 언젠가 본 적이 있는 듯한 넓은 집 안이다. 그러고 보면, 라울과 바울이 어릴 때 공부하던 스승의 집인 것 같기도 하다. 그는 신부를 기다리고 있다. 제단 앞으로 스승이 나타났다. 스승의 얼

197 최인훈, 「라울전」, 앞의 책, 77면.

굴은 어느덧 나사렛 예수로 바뀐다. 신부와 신랑이 예수의 앞으로 조용히 걸어나간다. 신랑은 라울 자기가 아니고 바울이며, 신부는 시바다. 예수는 팔을 벌려 그들을 축복한다. 주여 그자는 거짓 신랑입니다. 제가 여기 있습니다. 라울은 이처럼 큰 소리로 외치려 했으나, 목이 꽉 잠겨서 영 소리가 나지 않는다. 예수가 앞을 서서 그들은 식장을 나간다. 아! 그리고 맨 마지막에는, 나단이, 시바의 옷을 담은 은빛 함을 소중히 옆에 끼고 뒤따르고 있는 것이다. 그는 모든 사람이, 라울 자기가 여기 있는 줄 모르고 바울이 자기인 줄 알고 있는 것을 보고 안타깝고 분이 치밀었다. "나단아 나는 여기 있다!" 이번에는 소리가 목에서 나왔다. 나단은 돌아다보고 슬픈 눈으로 주인을 바라보다가, 예수에게로 가서 무엇인가 아뢰었다. 예수를 비롯하여 모든 사람이 한꺼번에 이쪽을 바라본다. 예수는 짜증난 듯한 목소리로 "여태 어디서 무얼 하고 있었나!" 이렇게 말하며, 손을 들어 가까이 오라는 표를 보이곤, 획 돌아서서 네 사람은 집 밖으로 나간다. 라울은 뒤를 좇으려 하지만 발이 떨어지지 않는다. 아, 빨리 따라야겠는데.[198]

예수는 라울을 향해 "여태 어디서 무얼 하고 있었나!"라며 일갈하는데, 이는 끝내 억압적인 히브리, 유대교의 율법에서 벗어난 것

198 최인훈, 「라울전」, 앞의 책, 79-80면.

을 비판하는 말이었다. 결국 라울은 도시에서 사라져 사막 위의 주검으로 발견된다. 우는 듯, 웃는 듯도 보이는 그의 마지막 얼굴은 자못 의미심장하다.

이 패배자 라울과 승리자 바울의 대립을 통해 작가는 새로운 주체의 정립을 도모한다. 그 주체란, 근대 이후 한반도를 장악해왔던 이데올로기를 무비판적으로 수용하는 대신 회의할 수 있는 주체, 지배 이념의 모순과 정체에 대해 사유할 수 있는 주체이다.

그 같은 차원에서『화두』의 '나'와 라울, 바울을 연결시켜보면 어떨까. 체제와 이데올로기에 그저 순응하는 인간과 그것으로부터 일탈할 수 있는 인간. 최인훈은 '자아비판회'를 계기로 전자에서 후자로 나아간 소년의 내면을 라울의 패배와 바울의 승리로 재현해 놓은 것이다.

사정이 이와 같다면, 자신의 실향과 귀향 문제에 대한 최인훈의 언급을 어렵지 않게 이해할 수 있다.『화두』에서 '나'는 'WANDERER FROM THE UNKNOWNED LAND'라 명명된 존재와 마주친다. 이것은 누군가의 묘비명인데, 무덤의 주인이 '알 수 없는 곳'에서 온 '방랑자'라는 뜻이다. 즉 그는 북한도 남한도 '고향' 삼을 수 없는 유령 같은 존재이다.

우리는 지난날을 간단히 회고하였다. 그렇다면 한걸음 더 나가서 그들이 돌아온 곳은 과연 어디일까? 인간이 되었다는 것은

무슨 말인가? 라고 우리는 질문하지 않으면 안 된다. 이스라엘의 독립은 '출애굽'이며 '가나안에의 복귀'였다. 인도의 독립은 브라만의 나라로 돌아오는 것이었다. (…) 이 모든 나라들의 경우는 그들의 정치적 각성을 밑받침해줄 정신적 고향을 가지고 있다. 그것이 종교든 종족적 정치 이념이든. 그렇다면 우리들에게 있어서 그러한 정신의 고향은 어디일까? 아는 여기서 눈앞이 캄캄해진다고 고백하지 않을 수 없다. 일제 통치의 최대 죄악은 민족의 기억을 말살해버린 데 있다. 전통은 연속적인 것이어서 그것이 중허리를 잘리면 다시 잇기가 그처럼 어려운 것이 없다.[199]

한국의 근현대사를 되짚으며 한국인에게 '회향'이라는 개념이 어떠한 의미를 지니는지 탐색하는 이 글에서 최인훈은 '돌아갈 곳'이 존재하는 유대인과 달리 "우리들에게 있어서 그러한 정신의 고향"이 상실되어 있다는 점을 지적한다.

여기에서 '우리'란 일제 강점기와 분단, 전쟁의 역사를 거친 한반도의 구성원 전부를 의미하는 바, 작가는 실향의 문제를 월남민에 국한시키는 대신 민족 전체의 것으로 사유해내고 있는 것이다. 즉 그에게 '고향 상실'이란 역사의 타자로 존재해 온 한반도 구성원의 '자기 망실'과 다르지 않은 말이며, '자기 망실'은 구체적으로 한반

199 최인훈, 「세계인」, 『유토피아의 꿈』, 문학과지성사, 1980, 80면.

도의 주민이 자신들을 점령해온 이데올로기를 회의 없이 받아들여 온데서 그 원인을 찾을 수 있는 것이다.

최인훈이 지닌 '피난민 의식'이 여타 월남 작가와 변별되는 특성을 지니는 이유가 여기에 있다. 애초에 그에게 '실향'의 문제는 개인사적 차원을 넘어 한국인 전체의 '회향(回鄕)의 불가능성'과 관련이 있었다. 「광장」의 마지막에서 이명준이 북한도, 남한도, 제 3국도 아닌 바다로 떠난 이유를 이 '회향 불가능성'에서 찾을 수 있을 것이다.

이렇게 다시 옮겨도 되겠다. 원산의 '자아비판회'에서 제국주의와 사회주의의 수인이 된 한반도의 주민들을 떠올렸던 소년은 남한에서의 또 다른 억압 상황을 목도하고 라울이 아니라 바울, 즉 지배 이념을 회의하고 그것과 단절할 수 있는 존재로서의 문학적 주체를 정립해 나가기로 마음 먹었던 것이다.

| 4 |

현실의 어둠을 투시하는 이성의 빛

– 「수」(1961)에서 『회색인』(1961)에 이르는 길

현실의 어둠을 투시하는 이성의 빛
-「수」(1961)에서 『회색인』(1961)에 이르는 길

1) '라울'에서 '바울'이 된 리얼리즘적 주체, 1960년의 이명준

「라울전」이 최인훈의 문학 세계 안에서도 특별히 돌올한 작품이면서 '자선 대표작'인 까닭은 작가가 거기에서 '바울'이라는 전복적 주체를 호출했기 때문이다. 이때 '바울'이 새로운 세상의 사도로 자리매김할 수 있었던 이유는 그가 라울과 다르게, 절대적 지배 이념으로 여겨져 온 히브리 철학과 유대교의 율법을 '회의'(懷疑)하는 존재였다는 점에 있었다.

이는 『화두』의 '나'가 '자아비판회'에서 얻은 통찰과도 연관될 수 있는데, 인간은 이데올로기라고 군림하는 것들을 '자각의 고리'로 검토할 수 있을 때에만 자신을 억압하는 것들로부터 자유로워질 수 있는 것이다. 요컨대 '바울'로서의 주체는 먼저 당대 통치 이념의 정체와 본질을 면밀히 탐구하고 비판할 수 있어야 한다.

이 「라울전」의 연장선 상에서, 이듬해 쓰인 『광장』(『새벽』, 1960.11)은 '라울'을 지양하며 '바울'을 향해가는 이명준의 행로를 담고있는 작품이다. 최인훈은 소설의 서문에서 "「메시아」가 왔다는 이천년래의 풍문(風聞)이 있습니다. 신(神)이 죽었다는 풍문이 있습니다. 신이 부활했다는 풍문도 있습니다. 컴뮤니즘이 세계를 구하리라는 풍문도 있었습니다."고 적고 '이명준이 풍문으로 듣기에 만족하지 않고 현장에 살고자 했던 인물'이라고 부기하기도 했다.[200]

여기에서 "「메시아」가 왔다"는 "풍문"이나 "신이 죽었다는 풍문", "신이 부활했다는 풍문" 등은 곧 외부 세계로부터 '이식'된 기독교나 실존주의, 공산주의를 지칭하는 바, 이것이 우리의 역사 안에서 자생한 것이 아니기 때문에 원산지 주민이 아닌 우리에게는 허깨비나 다름이 없다는 것이다.

그리하여 『광장』에서 이명준은 남과 북 양측 모두가 그와 같은 풍문—냉전 이데올로기로서 내지 진영 논리로서의 자유민주주의와 사회주의를 신봉하고 있다고 여겨 처음 중립국을 택한다. 그러나 중립국으로 간다한들 풍문에 예속된 존재 방식을 벗어날 수 있을까. 결국 이명준은 풍문 외부의 영역, 곧 바다로 떠난다.

「라울전」에서 빚어진 이 '회의하는 주체'가 이명준의 모습으로

---

200 최인훈, 「作者의 말」, 『새벽』, 1960.11.

우리 현대문학사 안에 전무후무하게 남게 된 것은 잘 알려진 사실이다. 그리고 「라울전」에서는 성경 속 인물에 유비될 수 밖에 없었던 이 '회의하는 주체'가 『광장』에 이르러 매우 현실적이며 실체가 있는 이명준으로 구현될 수 있었던 까닭은 물론 4.19에서 찾아 볼 수 있다.

1950년대 말 작중에 메시아를 등장시키며 최인훈이 새 세상을 예감했는지 알 수는 없지만 그에게 들끓는 1950년대 후반과 변혁에 대한 지식인 및 대중의 열망은 심상치 않은 것으로 느껴졌을 것이다. 그런 와중에 목도한 1960년의 4.19가 그에게 미친 영향력은 실로 지대한 것이었다. 그것이 문제작 『광장』(1960)의 동력이 되었음은 이미 잘 알려진 사실이거니와 작가는 『회색인』(원제 '灰色의 椅子', 『세대』, 1963.6.~1964.6.) 연재를 앞두고서도 다음과 같은 언급을 남겼다.

> 그런데 돌연히 그 四月에 死火山이라고만 체념했던 山脈이 불을 뿜었습니다. 그것은 너무나 가까운 일이기에 너무나 생생합니다. 四月. 그것은 우리들에게 사랑하는 이의 이니셜처럼 가슴 울렁거리며 괴롭고 기쁜 魔力을 지닌 부호가 되었습니다. 마치 알라딘의 주문처럼 이 평범하던 달력의 숫자는 특별한 울림을 가집니다.
>
> 그것은 呼出符號입니다. 이것을 송신해서 감응하는 가슴은 同

志의 가슴이며 반발하는 가슴은 敵의 가슴입니다. 四月. 이 낱말은 비밀결사원의 記章과 같습니다. 스스로 선택하고 동시에 召命된 새로운 한국인들이 그 날에 탄생했습니다. 나는 여기 그런 四月黨員 가운데 한 사람에 관해서 이야기해 볼 생각입니다.[201]

최인훈은 「Grey 구락부 전말기」를 쓸 당시 남한 사회에서 냉전 이데올로기, 즉 '자유 진영'의 체제 지탱을 위한 반공주의나 국가보안법 때문에 자유민주주의가 폭압적 통치체제로 변질되고 있음을 인식하고 있었다. 그런 그에게 진정한 의미의 자유와 민주의 모습이, 피지배 계층에 의해 잠시나마 회복되었던 4.19가 한반도에 어떤 기회처럼 닿아온 것은 분명해보인다.

(ㄱ) 4.19 자체가 섣부른 세대론을 가지고 어느 한두 연대에 살아 있는 생활인들이 온통 우리가 전유하겠노라 하는 수준을 넘어서는, 국민적인 사건임은 틀림없겠지요. (…) 한국이라는 장소에서 생활했던 모든 사람에게 정신적 도장을 찍은 사건이라는 겁니다. (…) 식민지 시대엔 외적의 총독 밑에서의 이등 생활자였고, 해방 후 전쟁을 치르고 4.19까지 오는 동안에는 국민 자신의 체험과는 관계없는 법률상의 민주공화국이었겠지만, 실질적으

201 최인훈, 「광장 이후 – 장편 '회색의 의자' 발표에 앞서」, 『세대』, 1963.5, 298면.

론 대통령이라는 이름의 전제군주 아래서 역사의 객체로서 생활한 경험이 있었을 뿐입니다. 그런 세 가지 기간이 더 보편적이고 느슨한 사회학적 잣대로 재보면 똑같이 자아가 없는, 자기 바깥의 권위에 의해 모든 생활자들의 실정이 동원돼 있었습니다. 내 안에서 내가 기획하고 내 책임 하에서 내 모험을 깃들여서, 어떤 경우는 내 생명까지 치르면서 얻은 생활의 방식이라기 보다는, 어딘가에서 누군가에 의해 만들어진 기획에 동원된 숫자로서의 생활밖에 못 했다가, 수천 년 동안의 전제적 체제 속에서 자아 없는 생활이라는, 생활의 리듬 내지 패턴이 최초로 갈라지는 모습을, 본인들이 움직이기도 했고, 설령 움직이진 않았지만 같은 배에 탄 행복이랄까 운명으로서 똑똑히 목격한, 최초의 사회적 존재로서는 종교적이라고 할 만한 정신의 지각운동을 경험하지 않을 수 없는 것이었죠.[202]

(ㄴ) 저 4월의 그날이 왔다. 그날 한국의 '민주주의'가 시작되었다. 그날 한국의 자유가 탄생하였다. 그날 한국의 전통이 '탄생'하였다. 그날 모든 것이 비롯하였다. 그날의 주인공이 완전히 젊은 세대였다는 사실은 그 얼마나 상징적인가. 그날 우리는 우리가 된 것이다. 해방 이후 줄곧 역사에서 소외당했던 우리가 비

202 김치수, 최인훈 대담, 「4.19정신의 정원을 함께 걷다」, 『4.19와 모더니티』, 문학과지성사, 2010, 18-23면.

로소 '자기'를 찾은 것이다.[203]

(ㄱ)에서 알 수 있듯, 최인훈의 의식 속에서 4.19는 시민이 냉전 이데올로기와 거기 복속된 통치자의 권력을 밀어냈던 시간이었다. 4.19가 적어도 남한에서는 "아시아적 전제의 의자를 타고 앉아서 민중에겐 서구적 자유의 풍문만을 들려줄 뿐 그 자유를 '사는 것'을 허락지 않았던 구정권"이 몰락시켰으며, 나아가 한반도에서 실천으로써의 자유민주주의를 자생시킴으로써 "저 위대한 서양인들과 어깨를 겨누고 '세계인'이 될 힘을"[204] 가질 수 있다는 희망을 보여준 것이다.

"4.19까지 소급해서 1960년대 4.19 그 시점에서 우리 한반도 거주자, 원주민들에게 그때까지 개화기, 식민 통치 기간, 이승만 독재 기간 들은 각기 권력 형태는 다르지만 인류학적 입장이랄까, 문명사적 입장에서 볼 적엔 대단히 동질적인 시간의 축적에 지나지 않았다고 봅니다."[205]라는 작가의 말을 그 연장선 상에서 이해할 수 있을 것이다.

이것은 「라울전」에서 바울과 시바, 무관 등이 라울로 대표됐던 당대의 억압적 이념 및 지배질서와 맞붙어 끝내 자유를 획득한 것

---

203 최인훈, 「세계인」, 『유토피아의 꿈』, 앞의 책, 79면.

204 이상 직접 인용문은 최인훈, 「작자 소감—풍문」, 『새벽』, 1960.11, 239면.

205 김치수, 『최인훈』, 앞의 책, 22면.

과 유사하다. 이에 (ㄴ)에서처럼 최인훈은 4.19를, 젊은 세대에 의해 견인된 '자유'의 복권이자 '자기' 및 '전통' 회복의 계기라고까지 단언을 한다. '회향'할 '정신적 고향'이 그렇게 만들어진 것이다. 이 틈을 타 최인훈 문학의 '회의하는 주체' 또한 분단국가의 월남민 이명준이라는 사실적 존재로 현현될 수 있었다.

2) 1961년 이후의 최인훈식(式) 현실 투쟁 - 시대와 깊이 접속하는 문학의 파동

하지만 이 현현은 일회적인 것에 그치고 만다. 4.19의 새로운 출발이 5.16으로 무산되었기 때문이다. 『열하일기』(『자유문학』, 1962.7,8)는 5.16이 한반도의 역사를 또 한번 몰락의 길로 이끌었음을 보여주는 작품 이다. 최인훈은 박지원의 연암집에 포함되어 있는 『열하일기』[206]를 패러디 하여 '루멀랜드'라는 가상의 나라를 다녀온 고고학 전공 대학원생의 입장에서 4.19 전후 한국 사회에 대한 인식을 우회적으로 드러내었다.[207] 발표 순서상 『광장』과 『회

206 『열하일기』는 저자가 청나라를 다녀온 연행일기를 26권 10책으로 구성한 책으로 1~7권은 여행 경로에 대한 기록을, 8~26권은 여행길에서 보고 들은 것을 테마화 한 기록을 담고 있다.

207 최인훈의 많은 소설들이 그렇기는 하지만, 특히 『열하일기』와 『회색인』, 『서유기』, 「크리스마스 캐럴」 연작은 시리즈 관계에 놓여있다고 보는 것이 좋을 듯하다. 시기적으로도 인접해서 발표되었거니와 작품에서 전제하는 사유가 사실상

색인』 사이에 놓여 두 작품에 비해 크게 주목을 받지는 못했지만[208] 최인훈과 4.19를 이야기할 때 빼놓을 수 없는 작품이 바로 이 소설이어야 할 것이다.

'나'는 20여 년 전 루멀랜드로 떠나 '고고학 연구'를 진행하였다. 그런데 연구의 대상이었던 화석 관련 문제로 강제 출국을 당하게 되었다. 네 개의 화석에 묻혀있던 소리를 재생하자 루멀랜드의 고통스럽고 치욕스러운 과거가 드러났기 때문이다. 그것을 발견한 죄로 '나'는 추방되었다. 그러나 그 후 루멀랜드는 갑작스러운 해일로 바닷속으로 가라앉고 만다. 이 '나'의 경험과 기억으로 재구성된 '루멀랜드'는 '농담'과 '풍류'의 장소다. 그들의 정치에도, 문화에도, 학문에도, 연애에도 안개와 같은 막막함이 드리워져 있다. 나라의 이름조차 'rumor+land', 즉 '풍문의 나라'이다. 이 명명법은 『광장』의 「작자의 말」[209]을 상기시키는 한편 후속작인 『회색인』과 『서유기』에서 여전히 '풍문'에 시달리는 독고준의 모습으로 이어진다.

최인훈은 『열하일기』에서 일제 강점기 이후 '풍문의 나라'라는 오명에서 벗어날 길이 없어진 한반도의 모습을 바닷 속으로 가라

동일하다. 이를테면 『열하일기』에서 고고학을 전공하는 대학생의 모티프는 「크리스마스 캐럴」연작이나 『서유기』에도 변주되어 등장한다.

208 이 소설에 대한 본격적인 연구로는 서호철, 「루멀랜드의 신기료 장수, 누니옥(NOOHNIIOHC)씨」, 『실천문학』, Vol.107, 2012.; 장성규, 「좌절된 혁명의 기억-4.19의 호명과 환타지 미학」, 『한민족문화연구』, Vol.54, 2016. 등이 있다.

209 "「메시아」가 왔다는 이천년래의 풍문(風聞)이 있습니다. 신(神)이 죽었다는 풍문이 있습니다. 신이 부활했다는 풍문도 있습니다. 컴뮤니즘이 세계를 구하리라는 풍문도 있었습니다." 최인훈, 「作者의 말」, 『새벽』, 1960.11.

앉는 루멀랜드로 형상화해놓는다. 이 침몰의 결정적인 계기는 한 실험으로 살아있는 열여섯 소년의 눈에 최루탄을 박아 넣는 것이었다. 여기서 '살아있는 채로 최루탄이 눈에 박힌 소년'이 고 김주열을 지시한다는 사실은 어렵지 않게 알아차릴 수 있다.[210] 3.15 부정선거 규탄 시위에 참가했다가 변을 당한 그의 시신이 학생과 시민들의 분노를 점화했고 4.19의 신호탄이 되었다는 것은 잘 알려진 사실이다.[211] 작중에서 그 소년의 시신이 신의 허파를 건드려 '루멀랜드'를 사라지게 만드는 것이다.

1962년에 발표된 『열하일기』가 4.19 혁명의 환희 속에서 씌었는지, 5.16 쿠데타의 좌절 뒤에 씌었는지 정확히 알 수는 없다. 다만 한반도에 4.19가 하나의 기회로 찾아왔었다는 사실, 그리고 그것이 5.16으로 무산 되었다는 사실은 최인훈에게 결코 작지 않은 충격으로 다가왔다고 할 수 있다. 다만 최인훈은 5.16 이후의 현실에 체념하기 보다는 4.19가 설령 실패한 혁명이었다고 해도 그것이 한국 사회에서 망각되지 않기를, 저마다에게 나름대로 재맥락화 되기를 바라고 있었다.

---

210 서호철, 「루멀랜드의 신기료장수 누니옥(NOOHNIIOHC)씨 - 최인훈과 식민지/근대의 극복」, 『실천문학』, 2012, 여름 참조

211 1960년 4월 11일 마산 앞바다에서 발견된 고 김주열의 시신은 눈에 최루탄이 박힌 채 처참하게 살해된 모습을 하고 있었다. 김정남, 『4.19 혁명』, 민주화운동기념사업회, 2003.

> 4·19는 우리들의 이와 같은 부활의 신념과 투지를 표시한 상징이라는 것에 그 의미가 있다. 그날 경무대로 달려가던 아이들에게서 나는 1789년 여름 바스티유로 달려가던 인민들의 메타모르포세스를본다. (…) 4월의 아이들은 인생을 살기를 원한 최초의 한국인이었다. 그들과 더불어 새 시대가 시작되었다. '자기'가 되고자 결심한 인간. 정치로부터의 소외를 행동으로 극복한 인간만이 살 자격이 있으며 저 위대한 서양인들과 어깨를 겨누고 '세계인'이 될 힘을 가졌다.[212]

4.19의 의미를 되짚는 한 에세이에서 그는 그것이 근대 자유민주주의 시민 혁명의 표상인 프랑스 혁명의 역사적 "메타모르포세스"(metamorphoses, 변신태)가 되기를 바란다고 썼다. 그의 시야각 안에서 프랑스 혁명은 4.19 혁명과 닮아있다. 가장 전형적인 시민 혁명이면서 프랑스 뿐만 아니라 낡은 전제주의로 점철되어 있었던 유럽의 여러나라에 자유, 평등, 국민주의, 자유주의, 공화주의, 민주주의의 씨앗을 맹아하게 했기 때문이다. 뒤이어진 입헌 군주주의나 민주 공화주의의 실험이 실패하면서 프랑스 혁명은 미완의 것으로 여겨지기도 했지만 그것이 수반한 지성의 혁명은 먼 훗날까지 그 영향력을 행사하였다.[213] 마치 그 프랑스 혁명처럼 최인훈은

---

212 최인훈,「세계인」,『유토피아의 꿈』, 앞의 책, 100면.

213 프랑스 혁명에 관한 평가는 노명식,『프랑스 혁명에서 파리 코뮌까지,

4.19가 종결된 사건이 아니라 현실과 변증법적인 관계를 맺으며 미래를 예비하는 계기로 남기를 희구했던 것이다.

이를테면 「크리스마스 캐럴 5」(『한국문학』, 1966.6.)의 주인공 '나'는 1961년 밤, 광장에서 4.19 혁명의 유령들을 목도한다. 피투성이가 된 학생 유령들이 광장의 흙을 파내어 시체 한 구를 꺼냈는데 "얼굴에 - 눈구멍에 쇠붙이가 박혀있는데 한끝은 뒤통수로 빠져 있"는 모습이었다. 『열하일기』의 소년—김주열이 다시금 재현되는 장면이다. 그런데 작중에서 유령들은 그 시체를 들어올리며 "피에 타는 이루어졌다."고 선언한다.

> 그들은 중고등학생과 대학생이었는데, 모두 피투성이였다. 끊어진 다리를 야구 방망이처럼 메고 가는 고등학생이 있다. 빠진 눈알을 높이 공중에 집어 던지는 자도 있는데 눈알은 공중에서 달빛과 부딪쳐서 번쩍하고는 임자의 손안에 떨어진다. 터진 두개골에서 허연 골이 내밀어서 뒤통수에 엉겼는데, 그 위에다 학생모자를 눌러쓰고 간다. 거의가 가방을 들었거나 책 꾸러미를 끼었다. 성한 사람은 거의 없다. (…) 몇 사람이 가운데로 나서더니 광장의 가운데쯤 되는 땅을 손으로 파기 시작했다. 파낸 흙이 수북이 쌓이고 속에 들어선 사람은 머리밖에 안 보인다. 그들은 무

1789~1871』, 책과 함께, 2011, 참고.

얼 파내고 있는 것일까? 나는 호기심으로 대담해지면서 이어 바라보는데 끝내 구덩이에서 여러 사람이 무슨 물건을 들어내는 것이다. 파낸 학생들은 네댓 명이 그것을 번쩍 머리 위로 치켜들었다. 그것은 시체였다. 시체의 머리에는 무엇인가 빛나는 것이 붙어 있었다. 처음에는 잘 분간할 수 없었으나 눈여겨서보고 있으니 그것은 알 만한 것이었다. 얼굴에 - 눈구멍에 쇠붙이가 박혀 있는데 한끝은 뒤통수로 빠져 있다. 그것이 달빛에 번쩍이는 것이다. (…) 그들은 시체를 번쩍 들어올렸다. 그때, 기다리고 있었던 것처럼, 모든 참석자들은 외쳤다. "피에타는 이루어졌다."[214]

피에타(Pietà)는 이탈리아어로, 죽은 예수를 품에 안고 그의 모친인 마리아가 느낀 슬픔과 비탄을 뜻한다. 그 장면을 작중 학생들이 따라하고 있다고 한다면, 들어 올린 시신은 죽은 예수와 비슷한 맥락의 존재일 것이다. 즉 학생 유령들은 5.16으로 4.19의 의미가 퇴색되어버린 1961년, 광장에서 김주열의 시신을 발굴하고 자신들을 '죽은 예수를 품에 안은 마리아'의 자리에 위치시켰던 것이다.

이 상징은 '1789년 여름 바스티유로 달려가던 인민들의 메타모르포세스'와 상통하는 지점이 있다. 예수의 부활은 예수의 죽음으로써만 이루어진다. 반대로 이야기하면 예수의 죽음이 세상에 어떤

214 위의 책, 175-177면.

계기를 가져옴으로써 메시아의 부활이라는 기적을 이뤄낸 것이다.

이와 마찬가지로 최인훈에게 있어 4.19란 역사 안에 갇혀버린 실패한 혁명이 아니라 새로운 세상을 예비할 수 있는 "씨앗"[215]과도 같았다.[216] 따라서 4.19를 '씨앗' 삼기 위해 최인훈 역시 바울에서 이명준으로 이어진 '회의하는 주체'의 표상을 5.16 이후의 문학에서도 흔들림없이 관철시켜나간다.

이 관철은 또한 그가 『회색인』에서 『서유기』를 거치며 정립해나간 소설관과 긴밀하게 맞물린다는 점에서 중요하다.[217] 1960년대는 「GREY俱樂部 전말기」의 배경이 되었던 1950년대 후반 보다 보안법이나 검열, 필화가 강화된 시기였다. 따라서 최인훈 역시 당대와 긴밀하게 접속하여 시대를 회의하고 검토하면서도 발화 자체는 우회적으로 내놓을 수 밖에 없었다.

> **(ㄱ) 자기가 그 속에서 살고 있는 사회의 정치적 질서가 근대인의 인간적 존엄성의 원리에 어긋난다고 판단한 근대 작가가 근대문학의 원리인 당대주의—자, 여기서 이 자가용의 용어를 버리고 통속적 표현을 택합시다—다시 말하면 사실주의의 원리에**

---

215 김치수, 『최인훈』, 앞의 책, 26면.

216 최인훈이 『회색인』이나 『크리스마스 캐럴』 연작을 통해 1959년의 상황을 지속적으로 환기시킨 이유가 여기에 있을 것이다.

217 이 부분은 이미 1장 2절에서 언급이 되었지만, 이 장의 이해를 위해 해당 내용을 반복, 보완하여 기술하였다.

충실하면서 당대의 정치적 근본을 비켜서지 않고 예각적銳角的으로 정면에서 소설로 만들 때 그 사회가 그러한 정의의 소리를 놔두면 흔들릴 만큼 약하거나, 그런 소리를 소화할 만큼 어른이 돼 있지 못하거나 폭군이나 독재자가 권력을 잡고 있을 때 그 작가를 기다리고 있는 것은 박해이며, 박해는 그 사회의 선량도가 0일 때 박해는 극대極大이며 작가의 생명은 0이 됩니다.[218]

(ㄴ) 우리 역사가 사실적 민주주의를 이루지 못했는데 문학이 '사실주의'를 이루라고 한다면 그것은 미친 사람이거나 생각이 모자란 사람이다. (…) 발자크 시대는 굉장한 시대였다고 나는 생각한다. 역사상 가장 밝은 이성의 조명탄을 혁명은 불란서 사회의 하늘 높이 쏘아 올렸다. 거기 발자크가 있었다. 그는 이 일찍이 없던 강한 빛 속에서 사회라는 조직의 뼈다귀와 피와 오장육부를 봤다. 그것은 발자크의 행복이요, 시대의 특별한 은총이었던 것이다. (…) 유럽의 '민주주의'라는 것은 '말' 속에만 있었고 정치에서는 존재하지 않았다. 식민지를 가진 민주주의란 말의 모순이기 때문이다. 그럼에도 불구하고 불란서 혁명의 조명탄의 여명이 아직 어리고 있던 사회에는 건강한 이성의 감각이 있었고 발자크는 역사가 앞길의 어둠을 위해 밝힌 그 불빛 속에서 정력

218 최인훈, 『서유기』, 문학과 지성사, 2008, 208면.

적으로 지형을 기술했다. 자본주의 사회라는 지형을. 이후의 소설은 발자크 지도의 한 귀퉁이를 각기 찢어가지고 보이지 않는 나머지를 환상 속에 그려보는 작업이었다. 발자크보다 재능이 모자라서가 아니다. 다른 계절에 삶을 받았기 때문이다."[219]

소설 『서유기』(『문학』 1권 1호~1권 6호, 1966.5~10.)의 일부인 (ㄱ)에서 발화자는 '사실주의'가 성립할 수 없는 사회 안에서 그것을 고수하는 일의 허망함에 대해 이야기 한다. 그는 정치적 박해가 자행되고 있다면, 즉 폭군이나 독재자가 권력을 잡고 있을 경우 탄압은 극대화 되고 이럴 때 '사실주의' 작가의 생명력은 0이 된다는 것이다.

이 인물의 목소리는 (ㄴ)에 오면 작가 본인의 목소리와 겹쳐진다. 그는 발자크 시대의 리얼리즘에 대해 운을 떼며 그 시기를 "역사상 가장 밝은 이성의 조명탄을 혁명은 불란서 사회의 하늘 높이 쏘아올"린 시기라고 정의내린다. 정치적 민주주의가 수립되지 않은 상황에서 문학만이 '사실주의'를 강요받을 수는 없다는 사실을 강조한다. 발자크도 그의 사회에 "건강한 이성의 감각"이 있었기 때문에 리얼리즘을 주창할 수 있었다는 것이 그의 주장이다.

---

219 최인훈, 「미학의 구조」, 『문학을 찾아서』, 현암사, 2008, 63면. 이 글의 원 출처는 미상이다. 다만 1970년 현암사에서 발간된 단행본 『문학을 찾아서』에 수록되었기 때문에 그 이전인, 1960년대에 쓰였음을 짐작해볼 수 있다.

즉 최인훈에게 있어 '사실주의'란 정치적 제약이 없을 때 지향할 수 있는 태도여서 아직 민주주의 사회를 이루지 못한 남한에서 그에 충실한 작품을 쓰는 것은 어려운 일이다. 그러나 이는 그가 정위시킨 문학적 주체의 행보와 상충하는 것이었고, 최인훈은 고민에 빠진다.

철든 이후 처음 맞는 그 환한 빛 속에서 「밀실」이라는 비교적 투명한 작품을 썼던 나는, 바뀐 세상 속에서 「밀실」에서 거듭 후퇴하면서 두명한 것이 다시 흐려 보이고 곧아 보이는 길에서 휘어나간 길에 빠져들고, 보이는 것이 믿어지지 않고 보이는 것은 믿지 못할 일이고 진실은 어딘가 숨어 있는 것이 아닐까 하는 심정이 표현된 것이 이후의 나의 글쓰기의 일반적 경향이었다. 나는 그런 경향이 아무 쓸모없는 것이라고 단순히 말하고 싶지는 않다. 그것은 그것대로 의미가 있고, 그 의미가 지니는 다른 깊이에서 무엇인가를 배우려고 애쓴 것도 사실이었다. 그러나 철모르고 겪은 고향에서의 8·15 해방과 W에서의 6·25전쟁 개전을 지나 성인으로 겪은 4·19에서 나는 내가 태어나서 살아온 고장의 사회적 지형을 처음으로 수식 없이 소박한 눈으로 알아보는 행동을 시작했던 것인데 이후로 나는 그렇게는 쓸 수 없었다.

군사반란 다음해에 쓴, 「밀실」의 다음 작품이 된 「아홉 겹의 꿈」은 「밀실」과는 달리 내란이 벌어진 어느 가공의 도시에서 헤매는 영문 모르는 개인의 희극적인 모습이 사실주의의 규칙을 벗어버리고 혼돈과 당혹감만이 강조되게 그려져 있다. 그것은 환상도 아니고 비사실주의도 아니었다. 내게는 작품 속에서 강조된 그 풍경의 느낌이야말로, 그 환상성과 부조리야말로, 현실의 가장 사실주의적이고 조리 있는 반영이었다. 이 현실에 대해서 사실주의적으로 그려낸다는 것은 사실감으로부터의 도피이기 쉽고 밤을 흰 물감으로 묘사하려는 태도처럼 느꼈다. 사실주의를 거부하는 것이 예술가로서는 이 세계에 대한 육체적 저항에 맞먹는 본질적 저항처럼 느꼈다. 세상도 아닌 것을 세상처럼 그려서는 안 되지 않는가. 예술의 마지막 메시지는 그 형식이다. 괴기한 사물을 단아하게 그리는 방법을 나의 감정이 허락지 않았다.[220]

인용문을 참고하여 최인훈의 문학 세계를 떠올리면 그가 '사실주의(최인훈 본인의 명명법을 따른다면 '당대주의')'의 원리에 입각해 쓴 작품은 사실상, '회의하는 주체'의 현실태인 이명준이 등장한 『광장』 밖에 없다. 그 소설만큼은, 4.19 혁명으로 인해 남한 사회에서 정치적 제약이 일순 사라지고 발자크의 시대처럼 자유민주주의가 확보된 시점에 쓰였기 때문이다. 그러나 5.16은 그 희망을 앗아

220 최인훈, 『화두』 1, 민음사, 2009, 338-340면.

갔다. 하여 그는 『구운몽』(『자유문학』, 1962.4.)으로『광장』과 같은 형태의 소설을 대체해나간다.

『구운몽』은 「수」(『사상계』, 1961.7.)와 더불어 『광장』 직후에 나온 소설이다. 이것들은 일견 '사실주의'와는 거리가 멀어 보이는 소설이지만, 인용문에 적혔듯 엄밀히 말하면 "환상도 아니고 비사실주의도 아니"다. 최인훈이 「수」를 통해 1960년대 초반과 제국주의 시대를 유비시키며 일제 강점기 『날개』의 주인공과 1950년대 「GREY俱樂部 전말기」의 현과 1961년 5.16 직후의 '나'를 동일선상에 두었다는 사실은 앞 절에서 살펴본 바 있다. 이 과정이 과거 『날개』가 그러하였듯 환상적으로 기술되어 있지만, 이는 당대 최인훈이 취할 수 있는 최선의 '사실주의'였던 셈이다.

이같은 양상은 『구운몽』에서 보다 본격화 된다. 제목을 김만중의 『구운몽』에서 빌려오긴 했지만 최인훈의 『구운몽』의 내용은 실상 원전과 거의 무관하다. 관점에 따라 원전에서 제목만을 차용했다고도 할 수 있을 것이다. 이는 고전의 제목을 빌려와 그 내용을 환기시킴으로써 독자로 하여금 이것이 터무니 없는 환상 소설에 가깝다고 여기게 하려는 작가의 의도를 담보한 것으로 보인다.

이 책에서는 상술하지 않았지만 이것이 최인훈의 패러디가 지닌 독특성이라고 해도 좋을 것이다. 원전과 패러디물 사이의 거리로 패러디의 정도를 재단할 수 있다고 가정했을 때, 최인훈이 쓴 패러디 작품들과 원전 사이의 거리는 상당히 먼 편이다. 즉 최인훈은 원전의 내용이나 형식을 적극적으로 차용하기 보다는 원전의 제목을 빌려옴으로써 환기시킬 수 있는 효과에 주목했다. 전술한 『구운몽』도 그러하거니와『열하일기』도 원전이 '낯선 나라의 풍물'을 이국적으로 재현하고 있음을 상기시킴으로써 독자가 '소설이 현실의 반영과는 거리가 멀다'고 여기게 하고 있다. 말하자면 소설의 제목이 지시하는 바가 소설의 진실을 가릴 수 있게끔 장치를 해둔 것이다. 1960년대 이후 최인훈의 소설이 보다 난해해진 이유도 여기에 있다.

다시 『구운몽』에서 주인공 독고민은 황해도 출신의 피난민으로 설정이 되어 있다. 그는 전쟁 중 월남을 했고 숙이라는 여성을 만나 사랑에 빠졌다. 하지만 어느 날 숙은 실종된다. 그녀를 찾아 미궁으로 간 민은 자신을 선생님이라고 부르는 사람들로부터 질문을 받고 답을 할 수 없어 도망친다. 답변을 미루던 그는 결국 '풍문인'이라는 죄를 뒤집어 쓴 채 죽는다.

이와 같은 서사는 『서유기』의 그것과 상당히 흡사하다.[221] 『서유기』에서도 독고준은 이유정의 방으로 가는 길에 미궁과 같은 여정을 거치게 되고 '풍문인'의 죄를 뒤집어 썼으며 자신을 '호명'하는 존재들을 뿌리친다. 사정이 이러하다면, 『구운몽』의 독고민은 바울(라울)과 이명준의 변주이며, 독고준의 전신이라고 해도 과언이

221 다소 비약을 하자면, 『구운몽』은 『서유기』의 초고 내지 모체처럼 보인다.

아닐 것이다. 이는 즉『회색인』과『서유기』의 연작 역시 5.16 및 그것으로 견인된 1960년대 정권과 지배 이념을 회의하고 비판하는 차원에서 쓰였음을 암시한다.

> 철 늦은 뉴스는 뉴스가 아니다. (…) 발자크의 소설을 우리가 이해할 때 우리는 그 소설만으로 읽는 것은 아니다. 문학 밖의 모든 지식, 프랑스의 역사, 경제, 기질, 종교의 모든 지식이 비로소 발자크 소설의 감상을 가능케 한다. 소설의 글줄 사이에 줄여져 있는 문학 바깥의 그 많은 예비지식 쪽이 자료로서는 더 긴요한 것이다. 소설을 감상한다는 것은 그런 약속(동시대인에게는 설명의 필요가 없다는) 밑에서 이루어지는 야합野合인 것이다. 세상은 얼마나 빨리 흐르는가. 문제는 얼마나 자주 바뀌는가. 작가가 신문지와 겨룬다면 승패는 처음부터 확실한 것이다. 그렇다면 역사를 외면할 것인가. 혁명의 폭풍 속에서 그렇게도 태연했다는 괴테의 처신은 징그럽고도 구역질이 난다. 정치, 그것이 얼마나 장미꽃과 바람과 구름과 애인의 가슴을 바꾸는가를 우리는 알기 때문에 우리는 외면할 수도 없다. 정치는 가까운 데, 제일 가까운 데, 에고의 한복판에 있다.[222]

222 최인훈,『회색인』, 문학과 지성사, 2010, 260면.

『회색인』에서 독고준의 발화를 옮겼다. 그는 현시대가 발자크식 리얼리즘을 구현시킬 수 있는 장소가 아니라고 힘주어 말 하면서도 그렇다고 소설이 역사와 정치를 외면하면 안 된다고 생각한다. 그리고 그 간극을 '야합'의 방식으로 극복할 수 있으리라고 여긴다. "소설을 감상한다는 것은 그런 약속(동시대인에게는 설명의 필요가 없다는) 밑에서 이루어지는 야합"이기 때문이다. 이 야합은 당대인들끼리 공유할 수 있는 표지들, 신문이나 뉴스, 영화에서 이슈가 되었던 사건과 담론을 작중에 드러나지 않게 호출하거나 유비시킴으로써 수행된다.

다시 말해 「수」에서 『구운몽』, 『열하일기』, 『크리스마스 캐럴』, 『회색인』, 『서유기』등으로 이어진 1960년대 소설들에는 최인훈 식 문학적 주체 및 그의 '사실주의' 실험—현실과 아주 긴밀하게 접속하면서 현실을 우회하는 '야합'의 방법론이 구현되어 있는 것이다.

3) 불온한 존재들의 카니발

가령 『크리스마스 캐럴』 연작[223]은 최인훈의 문학적 주체와 방법

---

223 발표 지면은 다음과 같다.
「크리스마스 캐럴」, 『자유문학』(1963.6)
「속 크리스마스 캐럴」, 『현대문학』(1964.12)
「크리스마스캐럴 3」, 『세대』(1966.1)

론이 어느 정도 자리를 잡은 이후부터 쓰인 작품이다. 「크리스마스 캐럴 1」은 1963년으로 추정되는 겨울, 크리스마스 이브에 외박을 하겠다는 딸 옥이와 반대하는 아버지 사이의 갈등을 서사화하고 있다. 오빠인 '나'(이름은 철)는 처음엔 옥이의 편이었지만 이내 아버지를 도와 옥이를 막는다. 이들이 옥신각신하는 동안 크리스마스 이브는 지나가버린다. 옥이는 슬퍼하며 집 앞을 지나는 어린이 합창대의 찬송가를 들으며 트위스트를 춘다.

「크리스마스 캐럴 2」에서는 1964년 크리스마스를 배척하는 아버지가 패배하는 서사가 펼쳐진다. 이번에는 딸 뿐만이 아니라 아내까지 가세해 밤 외출을 주장하고 이를 막기 위해 머리를 맞댄 아버지와 '나'는 도리어 고담준론에 빠져 목적을 잊어버린다. 그 사이 모녀는 밖으로 나간다.

이는 남한의 전후 사회에서 '제도화' 되었던 크리스마스의 풍경을 매우 정치하게 드러낸 것이라 할 수 있다. 최인훈의 소설 중에서 크리스마스를 처음 등장시킨 것은 「GREY俱樂部 전말기」였다. 여기에서 현은 "온통 명절 바람을 흐뭇이 빚어 내고 있"는 한국의 크리스마스 풍경을 묘파한다. 그러다 장난감 가게의 쇼윈도에 전시된 "원래 이 세계의 시민이 아닌" 서양 장난감들을 보며 상념에 젖고 그가 속한 '창의 기사단'은 혼란 속에서 "이교도의 성탄제"를 지

「크리스마스 캐럴 4」, 『현대문학』(1966.3)
「크리스마스캐럴 5」, 『한국문학』(1966.6)

낸다.[224]

실제로 전후 사회 안에서 '크리스마스' 문화는 다소 기이할 만큼 널리 전파되었고 이에 '크리스마스 붐'이라는 신조어가 배태되기도 하였다.[225] 물론 해방 그 전에도 크리스마스가 도입되어 있었으나 이는 기독교의 축일에 불과했으며[226] 주로 기독교를 한국에 소개하는 수단으로 기능했다.[227]

그러나 전후의 시기에 이르면 크리스마스는 범국민적 축제로 한국 사회에 자리 잡게 된다. 이러한 현상은 물론 "미군의 주둔과 함께 진행된 서구의 '실물'에 대한 모방의 형태"[228]로 단순하게 인식될 수도 있겠지만, 당대의 풍경을 좀 더 세밀히 조감해보면 그 정의가 결코 간단치 않음을 알게 된다.

1945년 10월 19일 미군정청은 일제가 제정하였던 경축일을 폐지하고 미국의 독립기념일, 추수감사절, 크리스마스를 국경일(공휴

---

224 최인훈, 「그레이구락부 전말기」, 『웃음소리』, 문학과 지성사, 2010, 31-37면.

225 1955년 12월 24일자 『조선일보』는 "「크리스마스 · 트리」 裝飾을 비롯하여 「크리스마스 · 카드」가 交換되며 各商店에서는 어린이들에게줄 「싼타크로스」할아버지의 선물주머니를 팔고 있"는 남한 사회의 전후 풍경을 묘사하면서 "「크리스마스」 行事는 우리 나라에서도 每年더욱 旺盛해"지고 있다고 보도했다. 「博愛精神과 聖誕節」, 『조선일보』,1955.12.24., 조간 2면.

226 한국에 개신교 선교가 개시된 1884년부터 선교사들은 크리스마스를 누렸고, 신자들은 1887년부터 행사에 참여한 것으로 알려져 있다. 방원일, 「한국 크리스마스 전사(前史), 1884-1945」, 『종교문화연구』 11, 2008.12, 84면.

227 위의 논문, 87면.

228 크리스마스 문화의 수용은 대체로 로 간주된다. 서은주, 앞의 책, 442면.

일)로 새로이 정비한다.[229] 대한민국 정부 수립 후 이러한 미군정의 포고령은 법률상의 효력을 상실하게 되었지만 이승만 정부는 관공서의 공휴일에 관한 규정(제124호, 1949년 6월 발령)[230]을 통해 다시 한번 크리스마스를 국경일 목록에 올린다.

당시 남한 사회의 기독교인이 10% 미만에 불과했다는 점, 세계적으로 기독교가 국교가 아닌 나라에서 크리스마스가 공휴일로 제정된 경우는 상당히 드물다는 점[231]을 고려할 때 상당히 독특한 현상이었다고 할 수 있다. 기본적으로 크리스마스란 일정한 목적을 위해 국가가 인위적으로 도입한 하나의 '제도'였던 것이다.

이는 당시 남한을 강력한 반공 국가로 포섭하고자 했던 미국의 외교 정책과 결부된 것으로 볼 수 있다. 아이젠하워 집권 이후 미국의 제 3세계 정책은, 공산 진영에 대한 적개심을 강화하는 대신 자유 진영의 이데올로기와 긍정적인 이미지를 홍보하는 이데올로기전(ideology warfare)으로 그 노선을 선회한다.[232]

그에 따라 미국 정부는 다양한 캠페인을 통해 "미국인의 삶의 동

229 김광운, 「1945년 '8.15'에 대한 인식의 변화과정」, 『내일을 여는 역사』 8, 2002, 7, 79면.

230 위의 글, 같은 면.

231 강인철, 『한국의 개신교와 반공주의』, 중심, 2007,

232 Kenneth Osgood, "Words and Deeds", *he Eisenhower Administration, the Third World, and the Globalization of the Cold War,* Kathryn C. Statler and Andrew L. Johns edited, Rowman & Littlefield publishers INC, 2006, 3-5면.

력으로서의 문화와 거기에 수반된 미국적 가치"[233]의 세계적 전파에 주력하였는데, 크리스마스 역시 그 수단의 일환으로 간주 될 수 있는 것이다.

> **「크리스마스」 季節은 『全世界를通하여 好意와正義 및 平和에 對한 希望을 再生시키는 時期』입니다.**[234]

인용문은 당시 아이젠하워 대통령이 한국에 보낸 크리스마스 축하 메시지의 일부이다. 그는 이 서신에서 크리스마스가 결코 서구만의 소유물이 아니며 "전 세계를 통하여" 향유될 수 있다는 사실을 부각시킨다. 이를 통해 다분히 '미국적인' 정의와 평화의 가치가 전 세계적인 것으로 격상시키고 있는 것이다. 이를 위해 미8군은 일명 '크리스마스 작전'이라고 성탄절 행사를 수행하기도 했다.[235]

> **한국에 남아있는 미국 군인들은 가난한 한국 사람들에게 즐거운 「성탄절」을 선사하기 위해서 「크리스마스」작전을 시작했다 (…) 전미국군인은 고아원을 비롯한 각 사회 단체와 세궁민과**

---

233 Kenneth Osgood, *Total Cold War: Eisenhower's Secret Propaganda Battle at Home and Abroad*, University Press of Kansas, 2006, 312면.

234 「즐겁고福된 X마스를」, 『조선일보』, 1955.12.19., 조간 3면.

235 「美八軍서 「크리스마스 作戰」」, 『조선일보』, 1954.11.29., 조간 3면; 「「잃어버린 성탄」을 찾아서—산타클로스 作戰」, 『조선일보』, 1965.12.22., 조간 3면.

가난한 한국인 직원들에게 선물을 주고 「파티」를 열어주기 위해서 각 부대마다 작전계획을 세워 경쟁적으로 금품을 수집하고 있다 한다. 더욱이 이 「크리스마스」작전을 위해서 미군 「피·엑스」와 세계적인 구제기구인 「케어」(CARE)에서는 식료품 의복 학용품 농기구 등의 성탄절 선물에 알맞은 물건을 준비해서 그들의 작전을 도와주기로 하였다 한다[236]

인용문을 통해 알 수 있듯 당시 미8군은 CARE(Cooperative for American Relief Everywhere)와 함께 남한에 대한 대대적이고 공식적인 문화·경제적 원조 활동을 수행했다. CARE는 아이젠하워 집권 이후 USIA와 함께 미국의 심리전 캠페인을 담당했던 주 단체였다.[237] 즉 '크리스마스'란 미국의 문화 및 그들의 호의를 한국 사회에 '이식'할 수 있는 적절한 계기였던 것이다.

따라서 당대에는 미국이 "해외 원조 자금중에서 약三백만 「딸라」를 가지고 구입한 식료품을 한국에 '크리스마스 선물'로 전달"했다거나[238], "나병환자 수용소에 '크리스마스 선물'을 전달"[239]했다

236 「美八軍서 「크리스마스 作戰」」, 『조선일보』, 1954.11.29., 조간 3면.

237 Kenneth Osgood, 앞의 책, 301-302면.

238 「28萬餘箱子의 食料品-美, 韓國에 크리스마스 膳物」, 『조선일보』, 1954.12.02., 조간 3면.

239 「癩患者收容所建築 美國民들 크리스마스膳物」, 『조선일보』, 1954.12.13., 조간 3면.

는 등의 다종다양한 미담들이 신문 지면에 전시된 바 있다.[240]

이러한 양상이 1960년대까지 이어진 것은 물론이거니와 1963년 박정희 대통령은 제3공화국의 새출발을 맞이하여 다음과 같은 크리스마스 이브 메시지를 국민들에게 보내기도 하였다.

> 박정희 대통령은 24일 국민에게 보내는 「메시지」를 발표하고 제삼공화국의 새출발을 맞이하여 온겨레가 퇴폐한 사회기풍을 씻어버리고 근로하는 민족이 될 것을 다짐했다. (…)
>
> ◇ 박대통령 멧시지(국민에게)="새공화국수립이후 처음으로 맞이하는 성탄절에 즈음하여 나는 국민 여러분과 더불어 성스러운 하나님의 가호아래 이 나라와 국내외 모든 우리 동포들의 앞날에 번영과 행복이 함께 이룩되기를 충심으로 기원한다.
>
> 우리들은 「오늘 포도원에 가서 일하라」는 「그리스도」의 교훈을 명심하여 무엇보다도 일하고 배우는 성실한 국민이 될 것을 굳게 다짐하고자 한다.
>
> 노력의 지불없는 안일한 향락만을 추구하는 퇴폐한 사회 기풍

---

240 심지어는 "재미교포인 한국 부인이 미국인 소방수와 경찰의 크리스마스 선물 덕분에 죽을 위기에서 벗어났다는" 황당무계한 이야기가 게재되기도 한다. 「죽으려던 韓國女性蘇生-X마스 선물도 듬뿍, 나타난 싼타크로스에 微笑도」, 『조선일보』, 1959.12.26., 석간 4면.

을 일소하고 건설과 부흥을 위한 피땀 어린 노력을 아끼지 말아야 할 것이다. (…)

성탄절을 맞아 신음하는 북한 동포들을 구원하는 우리들의 새로운 결의를 가다듬으면서 그들의 앞날에 하나님의 가호가 있기를 기원한다."[241]

이 메시지에서 당대 정권은 "성탄절을 맞아" "신음하는 북한 동포들"을 구원하기 위해 결의를 가다듬자고 역설한다. 이는 크리스마스가 반공 담론의 강화에 이용되었다는 사실을 짐작하게 하는데, 기실 정전 협상 이후부터 남한 정부는 크리스마스 때마다 상당한 인적, 물적 자원을 동원하여 국내에서 가장 큰 트리를 휴전선에 설치하기도 했다. 대략 10-20m의 크기로 해병대 20여명이 나흘이 걸쳐 만들었으며 3만원가량이 들었다. 그것은 "북한 땅의 불쌍한 동포들을 인자하게 바라보"게끔 설치되었으며 이는 자유 진영의 홍보캠페인을 위한 효율적인 '공세'의 수단으로 기능했다고 한다.[242]

---

241 「勤勞하는民族되자 朴大統領 · 崔總理, 『크리스마스 · 멧세지』共同目標達成」, 『동아일보』, 1963.12.24.

242 "『우리측의 「크리스마스」 공세는성공입니다』 소대장 양석교(26) 소위는 말한다. 『북괴사병들이 우리가 「크리스마스 트리」를 세우는 것을 구경하다가 장교에게 얻어맞는 장면이 관측되었다』고도 말했다." 「前線엔 크리스마스 攻勢」, 『조선일보』, 1964.12.23., 조간 3면.

크리스마스의 이와 같은 성격은 1966년 5월 16일 서울 고법에 제기되었던 '크리스마스 공휴일 무효 확인 행정소송' 사건에서도 여실히 드러난다. 당시 동국대학교에서 법학을 전공했던 김선홍은 '헌법상 국교가 정해지지 않은 우리나라에서 크리스마스만을 공휴일로 정한 것은 부당하다'고 주장하면서 소를 제기하였는데 이는 결국 몇 가지 이유—'원고에게 실익이 없다', '피고를 법무부장관으로 지정했는데 공휴일 제정은 대통령령이므로 피고 또한 부적절하다'—로 각하되었다.[243] 타 종교계와 민간 차원의 이러한 반발에도 불구하고 크리스마스가 법에 의해 공휴일로 보전되었다는 사실은 자못 의미심장해보인다.

그런데 상기한 대통령 메시지가 '그리스도의 교훈'을 인용하면서 건설 및 부흥을 위해 근면, 성실할 것을 당부하고 향락만을 추구하는 퇴폐적인 사회 기풍을 비판하고 있다는 사실은 눈여겨 볼 필요가 있다.

우리는 일어서서 대문간으로 나갔다. 꼬마 합창대들이었다.

(…)

그녀(옥이—인용자)는 한 팔을 머리 위로 들어올려 손가락 마디를 사내애들처럼 척 튀기더니 허리를 흔들면서 트위스트를 추

---

243 「서울高法 크리스마스 公休日 無效確認訴訟却下」, 『동아일보』, 1966.09.19., 조간 3면, 참고.

기 시작했다. 그리고 노래를 불렀다.

> 쟈니는 정말
> 나를 사랑해

합창대와 우리는 양쪽에 멍하니 서서 미친 듯이 추어대는 그녀를 바라보았다. 꼬마들의 시선은 그녀의 손과 발을 따라 오르락내리락했다.[244]

이는 「크리스마스 캐럴」 1의 마지막 부분을 옮겼다. 옥이는 지나가버린 성탄 전야를 아쉬워하며 미친 듯이 춤을 춘다. 아버지는 그런 그에게 교인도 아니면서 크리스마스를 왜 지키냐고 묻는데, "크리스마스니깐 그렇죠"라는 대답이 당연하다는 듯 돌아온다.

옥이는 정권이 금한 향락과 퇴폐를 추구하고 있으며, 그런 까닭에 크리스마스를 '카니발'로 인식하기도 한다. 이는 「크리스마스 캐럴」 4에서도 그대로 나타나는데, 크리스마스 날 자신의 친구들을 소개해 주겠다는 여동생을 향해 주인공 '그'는 "넌 무슨 소릴 하구 있니? 오늘은 크리스마스야. 넌 크리스천도 아니잖니? 네가 지

244 최인훈, 「크리스마스 캐럴 1」, 『크리스마스캐럴/가면고』, 문학과 지성사, 2010, 30면.

금 하는 소리는 카니발에나 할 소리야."라고 대꾸하는 것이다.[245] 옥이의 생각과 행동은 당시 정부가 크리스마스를 "퇴폐한 사회 기풍을 씻어버리고" "일하고 배우는 성실한 국민"으로 거듭나는 기회 삼자고 말한 것과 정확히 대척점에 놓여있다.

실제로 당시 대중에 의해 향유되던 '크리스마스' 문화는 '카니발'이나 다름이 없었다. 그 '불티난 땐스홀 입장권' 소동[246]이나 '트위스트 마스', '크레이지 마스'[247]라는 크리스마스의 별칭으로 드러났다. 서울의 크리스마스 이브, "명동(明洞)의 환락가와 남산(南山)의 「아베크 · 코스」 이외에도 밤거리는 남녀의 세찬 물결로붐비"었고 "광대로 가장한 十대의 장난꾼들이 거리를 누벼 마치「카니발」을 연상케 했다."[248]

이에 대해 혹자는 '크리스마스'를 "항상 무엇에 쫓기는 기분으로 기를 펴지 못하는 서민들이 (…) 萬人之上이 되어 큰소리 한 번 쳐보는"[249] 기회로 평가했다. 또 '케네디를 희화화하는 크리스마스 가면 행진' 등[250]은 '크리스마스'가 '해방'의 계기임을 입증하는 사례로

245 최인훈, 「크리스마스 캐럴 4」, 『크리스마스 캐럴/가면고』, 2010, 116-117면.

246 「불티난 땐스홀 入場券」, 『조선일보』, 1955.12.25.; 이춘원, 앞의 책, 25면.

247 「「잃어버린 성탄」을 찾아서—산타클로스 作戰」, 『조선일보』, 1965.12.22., 조간 3면.

248 「明洞초만원—解放後처음, 茶房자리값90원」, 『조선일보』, 1963.12.25., 조간 7면.

249 「非信者의 X마스」, 『조선일보』, 1961.12.25., 석간 4면.

250 「聖夜-두개의 얼굴, 실성한밤 갸륵한 밤」, 『조선일보』, 1964.12.25., 조간 3면.

여겨졌다. 실상 이러한 대중의 결집력은 상당한 '힘'을 발휘할 수 있는 가능성을 담보하고 있었던 것이다. 1950년대 말 치안국에서 이 시기를 정비상경계로 설정[251]하고 "'불량배'에 대비하여 정사복경관을 총동원"[252]하였다는 사실은 '크리스마스'의 시공간이 지닌 전복적인 힘을 입증하는 것이나 다름이 없었다.

이를 증명하는 것이 「크리스마스 캐럴」 3에 그려진 '나'의 외출 장면이다. 1, 2에서 아버지의 의견에 동조해 옥이의 외출을 저지했던 '나'는 「크리스마스 캐럴 3」에 이르러 한국사회에서 크리스마스가 지닌 힘을 "솔직히 인정하는 것이 떳떳한 일이라고"[253] 생각하고 그것을 직접 목도하기 위해 가두로 나온다. 그리고 '한국적 크리스마스'의 묘한 풍경에 직면하게 된다.

> 순찰하는 순경이 벌써 세번째 나를 노려보고 지나간다. 쓸데없는 짓이다. 한데서 눈을 맞고 서 있는 사람이 무슨 해를 끼칠 수 있겠다는 말인가. 나는 순경에게로 걸어간다.
>
> "수고하십니다."
>
> 순경은 빤히 쳐다본다. 무슨 끄트머리를 잡고 싶어 하는 눈치다. (…) 그러나 나로서는 어찌할 도리가 없다. 그 대신 나는 호

---

251 「正非常警戒」, 『조선일보』, 1959.12.24., 석간 4면.

252 「거리마다 聖歌의 메아리」, 『조선일보』, 1957.12.27., 석간 3면.

253 최인훈, 「크리스마스 캐럴 3」, 앞의 책, 77면.

콩을 한 움큼 그에게 내민다. 그의 표정이 험악해진다.

"이건뭐요?"

"호콩입니다"

"당신은……."

경관은 흥분 때문에 잠시 말을 멈춘다.

"당신은 공직에 있는 사람에게 재물을 제공하는 거요?"

"재물이라뇨?"

"재물이 아니면 이게 쓰레기란 말요?"

그의 말투는 점점 거칠어진다.[254]

거리에서 '나'와 순찰 중인 경찰이 만나 담소를 나누는 장면은 '카니발'로서의 크리스마스의 양상을 잘 보여준다. 한참 동안 길 한복판에 멈춰 시내의 모습을 관찰하던 '나'는 "무슨 끄트머리를 잡고 싶어 하는 눈치"로 자신을 노려보는 순경을 바라본다. 별수 없이 '나'는 그와 한참 언쟁을 벌이게 되는데, 그 과정에서 둘 사이의 위계가 뒤바뀌는 기이한 현상이 생겨나는 것이다. 순경은 공직자의 윤리, 근대화를 운운하는 '나'를 '감찰반'으로 오해하여 갑자기 친절을 베풀고 '나' 또한 무의식적으로 '감찰반' 흉내를 내게 된 것이다.

---

254 위의 책, 77-78면.

"그야 그렇습죠만, 선생님께서는 혹시 감찰반……."

"허허 아니요. 아니요. 천만에. 자네……"

나는 손바닥으로 입을 틀어막았다. 어찌 된 일인가. 나의 말투가 엉뚱한 비탈을 멋대로 미끄러지려고 하는 것이었다.

"솔직히 말씀해주십시오. 소관은……"

"아닙니다."

(…)

경관은 그 수에 속지 않는다는 듯이 의미심장하게 웃었다. 그러면서도 그 웃음 속에 실례가 되는 그러한 부분이 섞일세라 꼼꼼한 주의를 하는 것이다. 그는 단추와 포켓을 매만지며 차렷자세를 했다.

"저희들 말직에 있는 공무원들은 고위의 분들을 알아보는 직감에 있어서는 그 누구에게도 우월권을 뺏기고 싶지 않은 심정입니다."[255]

인용문을 통해 알 수 있듯 '크리스마스'라는 시공간 안에서 나-순경, 즉 감시당하는 자(피지배)-감시하는 자(지배)의 위계는 전복되고, '나'는 곧 '각하'로 '순경'은 '소관'으로 각각 격상, 격하된다. 이는 '카니발'이 지닌 특성으로 그 안에서는 모든 금기가 전복되었

255 위의 책, 80-81면.

으며 외부의 사회적-계급적 관계에 대치되는 '인간 대 인간'의 새로운 상호 관계 양상이 추구될 수 있었다.[256] 「크리스마스 캐럴 3」은 크리스마스 밤에 펼쳐진 이 우스꽝스러운 에피소드를 통해 '카니발'로서의 크리스마스를 조망한 작품인 것이다.

> "외국에도 카니발 같은 거 있지 않아?"
>
> "있지. 카니발이면 카니발이라고 달아놓고 하면 괜찮지. 홀리 나잇—"
>
> 한명기는 크리스마스 캐럴에 귀를 기울인다.[257]

『하늘의 다리』(『주간한국』, 1970.5.3.~8.30.)의 두 중심인물인 준구와 한명기가 나누는 대화의 일부를 옮겼다. 크리스마스 전후의 시기를 배경으로 하여 당대의 풍속을 탐사하는 이 소설 속에서 '크리스마스 논쟁'은 중심인물들의 사유를 정립하는 중요한 계기가 된다. 이상으로 미루어 볼 때, 최인훈 역시 카니발로서의 크리스마스를 염두에 두고 있었음을 알 수 있다.

그 연장선 상에서 「크리스마스 캐럴」 1과 2에서 현실에서 일탈하고자 하는 옥이나 어머니의 모습은 시사하는 바가 크다. 1960년

---

256 Lynne Pearce, 'Bakhtin and the dialogic principle', *Literary Theory and Criticism*, ed Patricia Waugh, Oxford University Press, 2006, 230면.

257 최인훈, 「하늘의 다리」, 『하늘의 다리/두만강』, 문학과 지성사, 2010, 58면.

대 그들은 서구-비서구, 미국-남한의 이분법뿐만 아니라 가부장제의 남성/여성이라는 정복/피정복의 관계 안에도 놓여있다.[258] 그런 그들이 크리스마스와 기독교의 교리를 나름의 방식으로 전유하여 자신들을 억압적 현실에서 이탈하게 하는 카니발로 삼는 것이다. 작중에서는 이들의 모습이 아버지나 '나'의 시선으로 비판되는 듯 하지만 기실 옥이와 어머니의 담화나 행동은 당대 정권의 논리의 반대 급부에 놓인 것이었다.

(ㄱ) "크리스마스면 예수가 난 날이라지. 예수교인이면 밤새 기도두 드리고 좀 즐겁게 오락도 섞어서 이 밤을 보내도 되련만 온 장안이 아니, 온 나라가 큰일이나 난 것처럼 야단이니 도대체 이게 어떻게 된 거니 ?"

"아버님 손 데시겠어요."

아버님은 황급히 담배를 비벼 끄면서 나한테 고맙다는 치사를 하였다. 나는 아버님이 군자라는 생각올 새삼스럽게 했다.

"창피한 일이 아니냐? "

"글쎄요"

"창피한 일이다. 정신이 성한 사람이 보면 얼마나 우스꽝스럽겠느냐. 넌 남의 제사에 가서 곡을 해본 적이 있느냐?"

258 이는 아버지가 처음에 아들을 자기편으로 끌어들이고 옥이나 아내를 우매한 '아녀자'로 분류하는 것에서 드러나기도 한다.

"뭐 없어요."

"그것 봐라. 원래 옛날에는 종족마다 수호신이 있지 않았니? 그래서 한 해에 한두 번씩 제사를 크게 차려서 신을 위로했지. 옛날에 한 종족이 다른 종족에 굴복했다는 증거는 정복자의 신을 섬기는것이었지."

나는 아버님의 말씀을 잠깐 중단시키고 말했다.

"아버님 말씀이 좀 불온해지십니다."

"불온하다니? 얘가 너는 나를 사상적으로 몰 생각이냐?"[259]

(ㄴ) 크리스마스에 공연히 소란을 부리는 우리 사회의 딱한 풍조로 말하면 신자들에게는 아무 죄도 없으며, 우리 사회의 딱한 여러 일들 가운데 한 가지 현상일 뿐이다.

신자 아닌 사람으로 나는 그 점을 미안하게 생각한다. 신자들이 보다 뜻있게 보내기를 원하는 날과 밤에 하필이면 소란을 피워서 마치 신앙 그것이 그런 꼴로 되기나 한 것 같은 착각을 준다는 것은 참으로 딱한 일이다.[260]

그러나 그렇다고 해서 그들과 대치하는 아버지가 정권의 목소리를 대변한다고 볼 수도 없다. (ㄱ)에 따르면 그는 한국에 전파된 크

---

259 최인훈, 「크리스마스 캐럴」 1, 앞의 책, 15면.

260 최인훈, 「크리스마스 有感」, 『유토피아의 꿈』, 문학과 지성사, 1980, 23면.

리스마스를 두고 "남의 제사에 가서 곡"하는 것, 혹은 "한 종족이 다른 종족에 굴복했다는 증거는 정복자의 신을 섬기는 것"이라 못마땅해한다. 이는 (ㄴ)의 수필에서 최인훈 본인이 언급한 바와도 이어 생각해 볼 수 있을 것 같다. 그는 크리스마스가 한국에 유입된 후 예수의 탄생일이라는 본질적인 의미에서 멀어져 범 국민적 소란으로 변질된 것을 개탄하고 있는 것이다.

겉보기에는 (ㄱ)과 (ㄴ)의 말이 크리스마스를 잘못 보내고 있는 대중들만을 향해 있는 것 같지만 꼭 그렇지만은 않다. 애초에 기독교의 이벤트를 냉전 이념 및 통치 기제로 왜곡시켜 이식, 전파한 주체는 미국과 당대 정권인 것이다. 따라서『크리스마스 캐럴』연작은, 일견 1950-60년대에 크리스마스라는 풍속을 두고 가족 안에서 벌어지는 갈등을 서사화 한 것처럼 보이지만 그것은 외피일 따름이다. 이들 가족 구성원들의 발화 및 행위가 모두 당대 정권의 그것을 전유하거나 비판하는 방향으로 나아가고 있는 까닭이다.

이처럼 최인훈은 1960년대 크리스마스의 '통치성'과 '식민성'을 분명하게 인식하고 있었고 따라서 그의 견해를 분담하여 발화하는 아버지, '나', 옥이, 어머니 모두는 제도나 정부의 입장에서 보면 매한가지로 "불온"하거나 "사상적"인 존재나 다름이 없다.

4) 밤 산책, '정상적'이라고 자임하는 '비정상적'인 것들 위를 거꾸로 걷는 걸음

이 '사상성' 및 '불온성'은 「크리스마스 캐럴」 4에 이르면 1960년대의 '식민성'을 새삼 깨닫는 '그'의 모습으로 드러난다. 앞선 세 편의 연작이 일종의 위장술을 취하고 있는 것과 다르게 「크리스마스 캐럴」 4는 이식된 이념과 문화의 모순의 문제를 정면으로 다룬다. 전작에서 '나'로 그려졌던 중심인물이 '그'라고 지칭되는 이유가 여기에 있을 것이다. '그'의 위험 발언들 때문에라도, 최인훈은 이 소설 안에서 인물과 일정 거리를 두고 그를 바라보는 서술자의 위치로 한 발자국 물러서야 했기 때문이다.

「크리스마스 캐럴 4」는 서양사를 전공하는 주인공이 자신에 대한 반성적 성찰을 통해 현 사회의 문제를 진단하는 내용을 담아낸 작품이라 할 수 있다.[261] 중심 인물은 기독교 전통의 한 가운데에 위치한, 그리고 "제혁업"을 주요 산업으로 하는 도시 R의 유학생으로 그려진다. 그곳의 한 대학에서 서양사를 공부하던 '그'는, 수업을 듣고 나올 때마다 "어딘가 겉도는, 무거운 기분"을 느끼게 된다. 그리고 그 감정의 근원을 추적해, 그것이 꼭 "신기료 장수"같은 교수

261 「크리스마스 캐럴 4」의 서술적 특성, 즉 다른 연작에서 1인칭으로 서술되었던 '나'가 유독 이 소설에서만 3인칭의 '그'로 치환되고 있다는 점 또한 이러한 내용과 결부될 수 있다. '나'를 '나'가 아닌 '그'로 상정하여 서술자아와 경험자아의 거리를 확보함으로써 비판적 거리를 형성해내고 있는 것이다.

들의 풍모에서 촉발된 것임을 깨닫는다.

> 교수들에게서 그는 늙은 신기료장수를 보고 있었다. (…) 이 튼튼한 심줄과 굵은 손가락 마디를 가진 노인들에게, 학문은 무슨 막연한 것이 아니고, 그 손가락으로 주무르고 이기고 꿰매는, 아교풀이고 암말의 허벅지 안가죽이고 쇠못이고 구두창이었다. 학문은 그들에게는 논리적 조작이 아니라 손에 익은 수공업이었다. 그러한 손가락 마디가 또한 그의 마음을 무겁게 했다. 그것은, 학문은 코즈머폴리턴한 것이며 관념적인 것이라고 생각해온 동방의 이방인 학생에게 어떤 모욕을 느끼게 했기 때문이다.
>
> 프로테스탄티즘이라는 이름으로 그가 알아온 어떤 정신적 기풍도 또한 수정을 당해야 했다. (…) 그것은 구가(舊家)의 가헌(家憲)처럼 질기고 고집스러운 결국 교수들의 손가락 마디나 구두창과 같은 물건이었다.[262]

그의 사유 안에서 '신기료 장수'와 서양사 교수는 유비 관계에 놓인다. 즉 그가 보기에 교수들은 신기료 장수가 구두의 질료인 가죽을 "주무르고 이기고 꿰매"듯, 학문을 다루고 있었다. 이에 학문을 "코스머폴리턴한 것"으로 여겨왔던 그는 "어떤 모욕"을 느끼게

---

262 최인훈, 「크리스마스 캐럴 4」, 앞의 책, 103면.

되는데, 이 모욕은 교수들이 '수공업'처럼 인식하는 학문을 한국에 있을 때 자신이 '관념'으로밖에 받아들일 수 없었다는 점에서 비롯된 것이다.

서구의 학문은 다분히 그들의 '경험', 즉 역사와 전통을 토양으로 하여 생산된 것이다. 따라서 그가 그러한 바탕을 얻지 못하는 이상 온전히 소유할 수 없다. 이로써 서양사를 배우기 위해 그 중심지에 와있던 이방인 주인공은 도리어 그 부질없음을 깨닫는 아이러니컬한 존재로 전락하고 만다.

이 모욕과 부질없음을 극적으로 가시화한 사건이 바로 '수호 성녀'의 일화이다. 유학 시절 '그'의 이웃집에는 평생 성경을 부둥켜안고 금욕적으로 살아가는 노파 '수호 성녀'가 있었다. 그녀의 신실한 모습은 주민들로부터 선망을 얻기에 충분해 보였다. 그런데 고국에 돌아와 '그'는 친구 H로부터 뜻밖의 편지를 받게 된다. 거기에는 수호 성녀가 죽음을 맞으면서 고백한 내용이 들어있었다. 그녀가 가슴에 품었던 것은 성경이 아니라 40여 년 전 사고로 죽은 애인의 가죽이었다는 사실이다.

그는 극심한 토기(吐器)를 느꼈다. 비단 '수호성녀'의 엽기적인 행동 때문만은 아니었다. 유럽인의 '손톱새에 낀 때'에 불과한 것이 한국인들에게는 관념과 학문으로 신봉된다는 사실을 통감하고 식민지 인텔리라는 각성된 주체로서 서울에서 크리스마스를 맞이하는 것이다.

이와 같은 맥락에서 본다면 한국 사회 안에서 '세계적인 것'으로 선전되었던 크리스마스도 다분히 서구적인 경험에 의거한 것, 서구적인 경험을 지니지 못한 곳에서는 결코 이해될 수 없는 것이 된다. 『크리스마스 캐럴』 연작과 함께 쓰인 『회색인』(『세대』, 1963.6~1964.6.)에 삽입된 독고준의 언급을 같은 선상에서 살펴볼 수 있다.

> '비너스'란 낱말에서 서양 시인과 서양 독자가 주고받는 풍부한 내포와 외연이 우리에게는 존재치 않는단 말이거든. 서양의 빛나는 시어나 관용어들이 우리의 대중 속에서 매춘부로 전락하는 사례를 얼마든지 들 수 있어. 가로되 '니콜라이의 종소리', '성모 마리아', '슬픔의 장미', '낙타와 신기루', '아라비아' 같은 거. 이런 말들은 그쪽에서는 강렬한 점화력을 가진 말이야. 왜냐하면 그 말들 뒤에 역사가 있기 때문이야. '니콜라이의 종' 하면 그리스 정교회의 역사와 비잔틴과 러시아 교회와 동로마 제국의 흥망이 그 밑에 깔려 있는 게 아니겠냐? '성모 마리아'는 더 말해서 뭣 해? 바이블과 가톨릭 중세 기사들의 순례와 수억의 인간이 긋는 성호가 이 고유명사를 받치고 있지 않아? (…) 주민과 풍토에서 떨어진 신화는 다만 철학일 뿐 신화는 아니야.[263]

263 최인훈, 『회색인』, 문학과 지성사, 2010, 17면.

독고준에 따르면 '비너스'를 비롯하여 '니콜라이의 종소리', '성모 마리아' 등은 그쪽, 즉 서구에서만 "강력한 점화력"을 지닐 수 있는 단어들이다. 그것들은 기독교의 전통 및 역사라는 풍부한 내포와 외연을 지니고 있고, 또 그 위에서만 온전히 이해 될 수 있는 까닭이다. 그러한 까닭에 한국 사회에 들어와 그 기반을 잃어버린 '비너스'는 "매춘부"로 전락할 수 밖에 없다.

이를 통해 '그'는 '세계적인' 크리스마스란 존재할 수 없는 허구의 형상임을 이야기한다. 이것이 아무리 가공할 만한 파급력을 지니고 있다 해도 "주민과 풍토에서 떨어"져, 그 바탕을 이해할 수 없는 다른 나라에 '이식'될 경우 그것은 "개인적 삶의 실감의 핵심에 들어오지 않고 겉도는" 어떤 "박래품(舶來品)"[264]에 지나지 않는 것이다.

이는 남한의 현실적인 문제들과 직결된 유의미한 인식 틀이다. 1960년대 미디어는 크리스마스마다 '전 세계적으로 향유되는' 크리스마스 풍경을 앞다투어 보도했다.

> **내 이름은 「성탄절」입니다. 현대의 사람들은 대부분 나를 가리켜 크리스마스라고 부릅니다. (…) 나는 그동안 1964번이나 내 생일을 맞았고 그때마다 세상의 모든 사람들로부터 축하를 받았**

264 최인훈, 『서유기』, 문학과 지성사, 2010, 277면.

습니다. (…) 전 세계에서는 계속 해마다 크리스마스만 되면 수십 억의 카드가 홍수처럼 나에게 밀려 왔습니다.[265]

주목을 요하는 부분은 다분히 '미국적인'(자유 진영의 이념을 수호하는) 크리스마스가, 남한 사회에서 '세계성'을 담보한 것으로 홍보되었다는 사실이다. 실제로 당시 '크리스마스'라는 용어에 동반되었던 가장 흔한 수식어는 "세계적인"이라는 단어였다. 당대 대중들에게 '크리스마스'는 "만천하의 축제"[266]이자 "세계적인 경축일"[267]로 인식되고 보도되었다.

그러한 까닭에 당대에는 "지금 세계의 명절로 지내는 그 날(크리스마스—인용자 주)을 축일로 받아들이자는 것은 그들과 보폭을 같이한다는 점에서 편리한 점이 적지 않을 것"이라는 담론이 팽배하게 된다. 즉 크리스마스는 '세계적 동시성'의 확보라는 미명 하에서 적극적으로 수용되었던 것이다.[268]

그러나 이 코스모폴리타니즘의 크리스마스란 자유 진영의 냉전 이데올로기를 비서구 권역, 즉 일본, 이집트, 알제리아에까지 쉽게

---

265 이춘원, 「잃어버린 성탄절」, 《새가정》 11권 12호, 1964, 25면.

266 「고요한밤 거룩한밤—讚頌歌 밤거리를 더듬으며 1953年聖誕節은 밝다」, 『조선일보』, 1953.12.23., 조간 2면.

267 「세계적인경축일」, 『조선일보』, 1954.12.23., 조간 4면.

268 윤형중, 「不遇한 이웃의 날-크리스마스를 축일로 지내는 뜻」, 『조선일보』, 1970.12.25., 조간 5면.

전파될 수 있는 수단이었을 뿐이다.[269] 본래적인 의미의 '크리스마스'가 '자유'와 '인권'을 수호하는 기독교적 전통에서 배태된 것이라면, 그러한 조건이 한 번도 충족되지 못했던 남한 사회에서 그것은 다만 '박래품'일 수밖에 없기 때문이다.

그러니 당시 서구사회에서 향유되는 크리스마스 풍경을 한국에서도 똑같이 재현하자는 주장[270]은 한국인이 서양사를 뺏속 깊이 이해하는 것만큼이나 실현 불가능한 것이었다. 이를 자각한 「크리스마스 캐럴」 4의 '그'는 귀국 후 "크리스마스가 페스트처럼 난만하게 번지"는 "서울"에 "메스꺼움"을 느끼고 그것을 토해내 그 "핵(核)"을 씹어보자고 되뇌기에 이른다.[271]

이때의 '그'를 '자아비판회'의 '나'나 라울과 겹쳐놓아도 좋을 것이다. 『화두』의 '나'가 종용 된 제국주의나 사회주의 이념을 비판 없이 수용했음을 자각한 것처럼, 「라울전」에서 라울이 히브리와 유대교의 전통에 반대하지 못했음을 후회하는 것처럼, 이 소설의 '그' 역시 산지(産地)인 서양에서와 다르게 진영 논리로 전락한 크리스마스에 대해 회의하지 않았던 스스로를 반성하는 것이다.

따라서 「크리스마스 캐럴」 5에 이르면 중심 인물의 행동을 좀 더 적극적으로 변모한다. 「크리스마스 캐럴 5」는 당대 정권을 직접적

---

269 「世界의 X마스」, 『조선일보』, 1963.12.26., 조간 7면; 「世界의 祝祭-X마스 風景」, 『조선일보』, 1966.12.25., 조간 7면.

270 「세계적인 경축일」, 앞의 책, 같은 면.

271 최인훈, 「크리스마스 캐럴 4」, 앞의 책, 121면.

으로 겨냥함으로써 다른 의미의 결을 만들어낸다. 작중에서 불러들이는 시공간은 1959년 서울의 여름밤이다. 주인공인 '나'는 갑자기 돋아난 날개로 인해 겨드랑이에 고통을 느끼며 밤거리를 활보한다. 그래야지만 아픔이 경감되는 까닭이다. 그에게 야행(夜行)은 '치료'나 다름이 없다.

> 1950년대도 다 가는 1959년 여름, 어느 날 밤의 일이다. 12시가 되면 자리에 드는 나는 그날도 내 방에서 혼곤히 잠이 들어 있었다. 꿈인 듯 아닌 듯 몸의 어느 한 군데에 뜨끔한 아픔을 느끼고 퍼뜩 잠에서 깨어났다. (…) 내 겨드랑에 생긴 이변의 전모가 대강 드러났다. 파마늘은 어김없이 밤 12시부터 새벽 4시 사이에 솟구친다는 것 방에 있으면 쑤시고 밖에 나가면 씻은 듯하다는 것 까닭은 전혀 알 길이 없다는 것 등이었다.[272]

그런데 이 야행, 즉 치료는 사실 불법이었다. 당대의 국가보안법, 즉 통행금지법을 위반하는 행위였기 때문이다. 주지하듯 남한 사회에서는 1945년 9월 8일 미군정청에 의해 야간통행금지 '제도'가 처음 시행되었다. 경성과 인천의 경우 오후 8시부터 다음날 오전 5시까지 통행을 금지한다는 것이었다. 정부 수립 이후에는 이것이

272 최인훈, 『크리스마스 캐럴/가면고』, 문학과 지성사, 2009, 122면, 152면.

1954년 4월의 경범죄처벌법(제 1조 43호 야간통행제한위반)에 의해 새로운 법적 근거를 얻게 된다.

이선엽에 따르면 이 통행금지법은 일제 강점기 경찰범 처벌 규칙에 뿌리를 두고 있다. 군정과 분단, 한국전쟁을 거치면서 존치되다가 50년대 중반 이후 국가보안법을 바탕으로 법적 기반을 갖추게 된 것이다.[273] 김예림은 이 야간통행금지법의 목표가 '치안'이라는 외피를 두른 시민 통제의 방식이었음을 증명하였다. 일제 강점기 이후 치안이라는 것은, 시민의 안전을 보호한다는 본래의 의미보다는 집회나 시위 등의 비상사태를 다스리고 주민을 복종시키는 행위를 의미하는 것으로 전락해왔다.[274]

이때의 경찰이라면 단순한 법 집행 기구라기 보다는 주권자의 형상을 특징짓는 폭력과 법의 상관성을 선명하게 드러내는 일종의 장소[275]에 가까운데 분단국가의 주권자는 불안정한 국가적 정황을 핑계 삼아 그 공권력을 일상에 공공연하게 투입했던 것이다. 국가보안법과 결부된 이 통행금지법은 최인훈이 비판했던, 일제 강점기부터 한반도를 장악해온 억압적 통치 체제의 상징물이기도 했다.

1960년대에는 이 같은 통행금지 제도에 대한 비판이 쏟아져 나왔다. 특히 4.19 혁명 전후의 "1960년대는 분단과 전쟁 경험이 초

273 이선엽, 「경범죄처벌법의 역사적 변천」, 『한국행정사학회』, 2009, 9면.

274 김예림, 「국가와 시민의 밤 - 경찰국가의 야경, 시민의 야행」, 『현대문학의 연구』 49, 2013, 386-387면.

275 조르조 아감벤, 『목적없는 수단』, 김상운 외 역, 난장, 2009, 115-116면.

래한 합의 구조, 즉 공포와 불안의 정치체가 구가해온 공통 감각 체계가 1950년대와는 달리 일부 와해"된 시기였고 특히 "통행금지의 시간은 정치권의 비민주적 행위(3.15 부정 선거와 같은-인용자 주)가 자행되는 '불법의 시간'이라는 사실이 뚜렷하게 인지"되기도 했다.[276] 이에 '과잉 감시'에 대한 불만이 속출했던 것인데 5.16으로 인해 해당 법령의 폐지 가능성은 완전히 폐쇄되었지만 야간 자유에 대한 시민들의 요구는 소극적인 방식으로나마 지속되고 있었던 것이다.[277]

(ㄱ) **정상적인 사회에 있어서는 야간통행금지제가 있을 수 없을 것이다. 야간 통행을 금지하는 것은 일종의 국민의 자유의 제한이므로 특별한 이유 없이 이를 시행할 필요는 없는 것이다. 그런데 8.15 후의 사회질서의 문란 때문에 시작된 이 제도는 오늘날에 와서는 그것이 마치 당연한 제도인것처럼 착각될 정도로 오랫동안 시행되었기 때문에 지금에는 야간통행금지가 없어지는 것이 오히려 이상할 정도로 되어 있다. (…) 우리나라 국민들도 이제는 사회생활에 대한 상당한 훈련이 쌓여져서 어느 정도의 자율성을 인정하여도 무방할 정도가 되었다고 생각한다. 그러한**

276 이상 인용문은 김예림, 앞의 책, 386-387면.

277 정권의 강제력에 대한 타파 보다는 '시민들이 알아서 야간 통행 금지를 실천할 수 있게 해달라'는 다소 착종된 요청으로 바뀌었다. 위의 글, 188-189면.

의미에 있어서도 통금제는 존치할 필요가 없는 것이라고 생각된다. (…) 위정자는 좀더 국민을 믿고 또 국민들은 좀더 자율성을 발휘하여 이 기회에 통금제가 완전히 철폐되기를 바란다.[278]

(ㄴ) 김 부장은 지난달 20일 동안 실시한 야간통금해제로 인해 범죄율이 7% 이상 늘어났다고 지적했다. 김 부장은 통금 실시가 국민 생활에 실질적인 제약이 되지 않는 만큼 정부로서는 치안 유지상 종전의 통금 시간을 계속 유지하겠다고 말하였다.[279]

5.16 이듬해 정부는 5월 16일을 공휴일로 결정하고 혁명 1주년을 거족적으로 축하하기 위해 야간통금해제를 시행하였다. 이는 "외국인들이 기념행사참석차 대거방한 할 것을 예기하고 취해진 일종의 영빈태세"였으며 "이공보실장은 야간통금시간 전폐 및 단축의 목적이 어디까지나 외국인과 5.16 행사 참석자들을 위한 데 있다고 밝혔다."[280]

시민들은 기회를 놓치지 않고 (ㄱ)과 같은 사설 등을 통해 '위정자가 좀 더 국민을 믿어줄 것', '이 기회에 통금제를 완전 철폐할

278 「사설-夜間 通行禁止制가 完全히 撤廢될 수 있도록 하자」, 『경향신문』, 1962.5.5. 이외에도 1962~3년에는 야간통금해제를 촉구하는 사설을 신문 지면에서 쉽게 찾아볼 수 있다.

279 「通禁全廢는 당분간 困難」, 『경향신문』, 1962.6.1.

280 「5月 5日 → 20日 通禁全廢」, 『경향신문』, 1962.4.21.

것'을 호소하기도 하였다. 그러나 사설이 나간 바로 다음 달 김종필 중앙정보부장은 성명을 내고 범죄율의 증가와 직결된다는 이유를 들어 야간통금의 영구 해제는 불가능하다고 단언해버렸다.

이는 정부 측에서 행사 때나 한시적으로 허용했던 야간 통금 해제가 기실 정권이 국민의 자유와 권리를 포박하고 있음을 분명히 드러내는 기제나 다름없었다는 뜻도 된다. 실제로 1963년 경범죄처벌법이 개정되면서 국민의 일거수일투족을 더욱 심한 감시하에 놓이게 되었다. 이를테면 무기가 될 법한 것을 소지하는자, 나체/반나체인 자, 음란한 댄스를 추는 자, 미신행위를 하는 자, 일정한 주거가 없이 배회하는 자는 모두 '풍속 단속'이라는 명목으로 처벌되곤 했다.[281]

> 내가 의료적인 이유로 산책을 강요당하게 되는 시간이 행정상의 통행 제한의 시간과 우연하게도 겹치는 점이었다. 고민했다. 나는 부르주아의 썩은 미덕을 가지고 있었다. 관청에서 정하는 규칙은 따라야 한다는 것이 그것이다. 12시부터 4시까지는 모든 시민은 밖에 나다니지 말기로 되어 있다. 모든 사람이 받아들이는 규칙이니까 페어플레이를 지키는 사람이면 이것은 소형小型의 도덕률일 수밖에 없다. 그러나 이 도덕률을 지키는 한 내 겨드

---

281 「改正된 輕犯罪處罰法」, 『동아일보』, 1963.07.12.

랑은 요절이 나고 나는 죽을는지도 모른다. 바이블을 읽기 위해서 촛불을 훔쳐도 좋은가. 이것이 숱한 사람들이 걸려서 코를 다치고 정강이를 벗긴 돌부리라는 걸 알고 있다. 시름에 잠긴 나는 괴로웠다.[282]

「크리스마스 캐럴 5」에서 야간통행을 단행하는 '나'는 이와 같은 당대의 담론들과 긴밀하게 접속해있다. 소설이 내세운 시간적 배경은 1950년대 말이지만, '나'의 말은 야간통행금지가 "모든 사람이 받아들이는 규칙"이 되었음을 강조하며 그것이 사실상 '살아있는 일' 자체를 억압하는 방향으로 강화되었음을 짐작하게 한다. 이에 '나'는 이 야간 통행이 목숨을 이어가는 '의료적인' 행위임을 강조하는 것이다.

겨드랑이 통증을 벗어나기 위한 '나'의 밤 산책은 내내 이어진다. 서울 도심 곳곳을 찬찬히 견학하고 관찰하면서 지금껏 보금자리로서만 인식했던 도시를, 일정 거리 바깥에서 면밀히 탐사해 나간다. '나'는 텅 빈 밤의 거리를 걸으며 마치 이방인이라도 된 듯 건물들, 진열장의 상품들, 열대어 수조, 심지어 돌벽을 견학하고 만져본다. 그 과정을 통해 그는 이 도시가 "영화에서 본 서양 도시를 꼭 닮고 있"다는 사실에 놀란다. 달빛에 비친 '바 뉴기니아', 몽파르나

---

282 최인훈, 『크리스마스 캐럴/가면고』, 앞의 책, 153면.

스 선술집, 쓰레기통에 버려진 슈미즈마저도 낯설고 먼 이국의 것이었다.

나는 성당 쪽으로 올라갔다. (…) 그때 아그네스가 창밖에 있는 나를 보았다. 그녀는 데레사에게 눈짓을 했다. 어머 기분 나빠. 하고 데레사가 말하였다. 별 거지 같은 새끼 다 보겠네. 하고 아그네스가 말하였다. 뭐 저런 게 다 있니 오늘밤엔 재수 옴 붙었다 얘. 하고 데레사가 또 말하였다. 기분 나쁜 니그로다. 얘.[283]

한국인의 경험과 역사에서 배태된 것이 아니기에 결코 한국인의 것이 될 수 없는 것들의 진열. 이것이 극대화 된 곳이 바로 '성당'이었다. 성당에 도착한 '나'는 예수를 감싸고 있는 마리아와 그를 둘러싼 성 아그네스, 성 데레사의 조각을 목도한다. 그리고 그 성녀들이 자신을 "니그로"라 부르며 손가락질 하는 환상을 보게 된다. 이는 크리스마스에 대한 인식이 좀 더 직관적은 방식으로 옮겨진 것으로, 이식된 기독교가 '나'라는 피지배자에게 자유와 평등을 줄 수 없다는 사실을 상기시킨다. 그 사실은 서구에서 온 외국인의 조소에 의해 자명해진다.

283 위의 책, 135면.

서구의 정신사적 분열이 자기 집안 일인 것처럼 심각해하는 원주민 인텔리를 보면 구역질이 나요. 구역질, 요 노랑 원숭이 새끼 같으니라고. 그냥, 칵…… 아주 짜증이 난다 말씀예요. (…) 요 먼저 어느 신문의 수필란에 보니깐 한국 사람은 스마일을 모른다, 서양 사람들의 스마일, 그것이 우리에게도 몸에 밸 때는 언제일까라고 쓴 사람이 있더군요. 난 그걸 보고 X이나 X아라 하고 외쳤답니다. 서양물 먹은 사람들이 순진한 동포들을 스포일하고 있어요. 원주민 인텔리란 건 우리 눈에는 양식 호텔의 보이와 다를 것 없어요.[284]

오랜 밤 산책의 끝에서 '나'는 한국에 거주하는 한 외국인의 집을 방문하게 된다. 그리고 그와의 담소를 통해, 그를 비롯한 외국인들이 이 도시가 지닌 이국종의 풍경을 어떻게 인지하고 있는지를 알게 된다. 예컨대 '스마일'을 강조하는 관습에는 서구의 사회적 역사적 맥락이 개입되어 있어 '스마일'은 한국 사람에게 결코 '체화'될 수 없는 성질의 것이다. 그럼에도 그것의 수용을 강요받는 남한의 현실을 외국인은 비웃고 있었다. '스마일'이 그러하듯 한반도의 통치 이념이 되면서 본질을 잃어버린 자유민주주의나 사회주의도 마찬가지가 아니겠는가.

---

284 최인훈, 「크리스마스 캐럴 5」, 『크리스마스 캐럴/가면고』, 앞의 책, 143면.

이를 깨달은 '나'가 경찰을 만나자 무의식 중에 몸을 숨기면서, 흡사 혁명가가 된 것 같은 느낌을 받는 것은 어떤 의미에서는 당연한 일이라 할 수 있을 것이다.

> 오늘은 경관을 만났다. 나는 얼른 몸을 숨겼다. 그는 부산하게 내 앞을 지나갔다. 그 순간 나는 내가 레닌인 것을, 안중근인 것을, 김구인 것을, 아무튼 그런 인물임을 실감한 것이다. 그가 지나간 다음에도 나는 은신처에서 나오지 않았다. 공화국의 시민이 어찌하여 그런 엄청난 변모를 할 수 있었는지 모를 일이다. 나는 정치적으로 백치나 다름없는 감각을 가진 사람이다. 위에서 레닌과 김구를 같은 유에 놓은 것만 가지고도 알 만할 것이다. 그런데 경관이 지나가는 순간에 내가 혁명가였다는 것도 분명한 사실이다. 혁명가라고 자꾸 하는 것이 안 좋으면 간첩이래도 좋다. 나는 그 순간 분명히 간첩이었던 것이다. 그런데 내가 간첩이 아닌 것은 역시 분명하였다. 도적놈이래도 그렇다. 나는 분명히 도적놈이었으나 분명히 도적놈은 아니었다. 나는 아주 희미하게나마 혁명가, 간첩, 도적놈 그런 사람들의 마음이 알 만해지는 듯 싶었다. 이 맛을 못 잊는 것이구나 하고 나는 생각하였다.[285]

285 최인훈, 『크리스마스 캐럴/가면고』, 앞의 책, 161면.

남한을 장악한 허울 좋은 이데올로기의 실체를 깨닫고 이를 회의하고 검토하는 그는 레닌이나 안중근, 김구, 혹은 사도 바울과 같은 존재가 될 가능성을 얻었기 때문이다. 그리하여 4.19 혁명이 일어났을 때 그의 병은 호전이 된다. 그러나 4.19는 주지하듯 5.16으로 빛을 잃고, '나'는 1961년 밤의 광장에서 4.19의 유령들을 만난다. 피투성이가 된 학생 유령들은 광장의 흙을 파내어 시체 한 구를 꺼냈으며 상기하였듯 그는 김주열을 연상케 하는 존재였다.

소설 속 시간 상 이 시점은 1961년 새해쯤이 된다. 작품이 5.16 이후에 쓰였으므로, 서술자는 이 4.19의 유령들을 마치 풍자라도 하는 것처럼 우스꽝스럽게 담아내고 있지만 그들이 시신을 들어 올리며 말 하는 '피에타(Pietà)'에는 시신의 죽음이 어떤 부활을 예비할 것이라는 희망이 담겨 있는 것이었다. 그들을 바라보는 동안 '나'의 고통이 잦아들었으며 이에 '나'가 "그 괴상한 의식儀式의 참례자들은 적성敵性은 아니었던 것은 분명하다".[286]고 여겼다는 사실이 이를 뒷받침한다.

그러나 5.16의 밤, 산책자인 '나'를 "도둑놈"[287]이라고 부르는 무리가 정권을 잡았다. 그 직전 4.19의 유령들은 "엉엉 울고 있었

---

286 "이상한 것은 이러한 사건이 벌어지는 동안 날개는 찍소리 없었다는 점이다. 그렇다면 그 괴상한 의식儀式의 참례자들은 적성敵性은 아니었던 것은 분명하다." 최인훈, 「크리스마스 캐럴」 5, 앞의 책, 177면.

287 위의 책, 179면.

고"[288] '나'는 계엄령이 퍼진 거리에서 크리스마스를 맞지만 변덕을 부리는 병 때문에 밤거리를 걷지 못한다. 크리스마스를 맞아 그날의 통금은 잠시 해제된 상태였다. 사람들 모두가 가두로 나왔으며 5.16의 주역들도 거기로 민정 시찰을 나왔던 것으로 알려져 있으나[289] '나'만은 산책을 하지 못한 것이다. 그리고 4.19의 유령이 통곡하고 혁명가의 산책이 불가능해진 현실은 작품 말미의 시가 보여주듯 그 후에도 끝없이 반복된다.

이처럼 최인훈은 관념적이고 환상적인 표면을 지닌 소설의 심부에 소설이 쓰인 시대의 현실을 지시하는 여러 가지 표지 및 담론을 고스란히 담아 두었다. 말하자면 1960년대 그의 소설이란 정권의 시선을 피해 공적 발화의 여백을 채우면서 당대인들과 '야합'하는 최인훈 식의 사실주의의 소산이었던 것이다. 이는 지배 이념을 회의하고 검토하는 문학적 주체가 고수할 수 있었던 최후의 목소리이기도 했다.

---

288 위의 책, 168면.

289 "최고 회의 박정희 의장은 이십사일 밤 일절의 「크리스마스 파티」를 피하고 「크리스마스 이브」를 맞는 서울거리를 조용히 민정시찰하였다. 사복을 입고 모자를 깊이 눌러쓴 박의장은 이날밤 십시부터 새벽 일시경까지 김종필 중앙정보부장과 박경호 대장만을 대동하고 명동 거리로부터 퇴계로 태평로 을지로입구등 번화가를 산책하면서 민정을 살폈는데 특히 명동에서는 허술한 「가락국수」집에 들러 「가락국수」한 그릇을 맛있게 먹었다고-." 「'X마스 이브'에 민정시찰」, 『동아일보』, 1961.12.26.

| 5 |

전유와 투쟁하는 전유

– 역사의 동원과 해소를 통해 현실과 길항하는 실천적 여로, 『서유기』(1966)

전유와 투쟁하는 전유 - 역사의 동원과 해소를 통해 현실과 길항하는 실천적 여로, 『서유기』(1966)

1) 혁명, 달리는 기차의 비상브레이크를 잡아당기는[290]

1958년과 59년의 시대적 상황에 대한 끈질긴 천착을 수행한 『회색인』은 '혁명은 어떻게 이루어져야 하는가'라는 질문을 던지는 것으로 끝이 난다. 그 질문의 답변은 이미 정해져 있었다. 최인훈의 문학 세계 안에 구축된, 가장 성공적인 혁명의 사도 바울이 말해주었던 것이다.

「라울전」에서 바울은 유대교의 율법과 그리스 철학, 그것이 배태한 노예제라는 선험적이고 상황적 질서와 결별함으로써 예수의 사도로 자리매김한 바 있다. 즉 바울은 메시아(혁명) 그 자체가 아니라 세계에 유의미한 변혁을 가져온 메시아를 예비하고 전제하는

290 발터 벤야민의 잘 알려진 구절 '혁명은 기차를 타고 여행하는 인류가 비상브레이크를 잡아당기는 행위일 것이다'에서 빌려온 제목임을 밝혀둔다.

존재였던 것이다. 그런 차원에서 알랭 바디우는 『사도 바울』을 통해 이 바울의 역할이 '단절'과 '선언'이었음을 다음과 같이 설명하기도 했다.

"진리란 기존의 의견이나 지식으로 구성된 기준들과의 단호한 단절의 과정을 통해서만 도달 가능"하며 진리의 획득은 "단절로 이루어진 사건에 실천적으로 개입함으로써만 획득될 수 있다."고 그는 말 하였다. "이 사건에의 개입을 통해 생성되는 자가 주체"라는 것이다. 그에게 "사건과 진리의 창조는 주체의 몫이 아니다. 주체는 사건의 진리에 충실하고 그것에 대한 탐구(enquire)를 끝까지 밀고 나가는(forcing) 자"일 따름이다.[291] 즉 바울이 견인하는 기독교는 현실의 내부가 아니라 외부에서, 그가 역사와의 엄격한 단절과 그에 대한 회의 및 검토를 수행하였기 때문에 도래할 수 있었다는것이다.

요는 과거(역사)와의 단절과 회의와 검토이다. 이쯤에서 '혁명은 어떻게 이루어져야 하는가.'라는 『회색인』의 질문을 다시 꺼내보자. 자세히 후술되겠지만 최인훈에게 4.19와 5.16은 단순히 권력자를 갈아치우는 것으로 현실의 제문제가 해결되지 않는다는 진실을 건네준 사건이었다. 때문에 최인훈은 마치 혁명은 기차를 타고 여행하는 인류가 비상브레이크를 잡아 당기는 것이라고 말했던 발터

---

291 김용규, 「주체와 윤리적 지평 – 바디우와 아감벤의 '바울론'을 중심으로」, 『새한영어영문학』, 51(3), 91면.

벤야민처럼, 부정한 방향으로 폭주하는 현실을 멈춰 세우고 과거를 반성하며 미래를 바라보기 위한 준비를 한다.

이와 관련하여 참고해볼 수 있는 개념이 바로 작중에 명기된 '데가주망'(dégagement)이다. 데가주망은 앙가주망(engagement)과 함께 사르트르의 『존재와 무』(1943)에서 기인한 개념인데, 앙가주망이 지식인과 문학인의 현실 참여와 관련된 용어라면 데가주망은 현실에서의 해방 또는 일탈을 의미하는 것에 가깝다는 것이다. 다시 정리하자면, 데가주망은 앙가주망과 결속된 용어로써 '아직 존재하지 않는 어떤 목적을 향한 자기 구속'을 뜻한다는 차원에서 앙가주망의 전제가 된다.[292]

이 글의 역점은 앙가주망(구속적 참여)과 데가주망(해방적 이탈)의 태도가 각각 4.19를 대하는 김학과 독고준의 방식에 기입되어 있음을 논구하는 것인데 이는 매우 중요한 지적이다. 간추리자면 『회색인』에서 김학은 '고향을 가진 자'[293]로서 자신이 굳게 발 디디고 있는 세계 내부에서의 (정치) 혁명을 희구한다.

그러나 '고향 없는 자'인 독고준에게 있어 혁명은 다른 층위에서

292 방민호에 따르면 "데가주망은 앙가주망과 더불어 대자적인 의식 또는 각성된 의식의 두 계기로 나타나는 것으로 보이지만, 한국에 수용 될 때 (…) 일탈을 의미하는 것으로 사용되기도 했다." 방민호, 「'데가주망'의 논리」, 『어문논총』 67, 2016.3, 170면.

293 고향이 경주이면서 신라 사상에 심취했던 김동리로 추정된다. 다른 의견으로는 김학을 김윤식으로 보고 최인훈의 『소설가 구보씨의 일일』에도 같은 인물이 등장한다고 보았던 정호웅의 것이 있다.

인식된다. "이 사회에 표착한 아웃사이더는 그 자신의 단독자적인 위상을 고수하면서", "이 사회의 총체적이고도 근본적인 변혁을 꿈꾼다", "이런 의미에서의 혁명은 현재에 수행될 수 없는 미래의 혁명이며, 김학으로 대변되는 현재의, 임박한 혁명 다음에 올 혁명이다."[294] 본고에서는 이 논의의 연장선 위에서 최인훈이 '혁명'을 예비하는 소설적 방식에 주목하고자 한다.

『회색인』에서 독고준은 진짜 혁명이 현실의 내부에서 도래할 수는 없음을 역설하였다. "'민주화'란 의미는 '반공'과 같은 말이" 된, "민주주의를 위한 정권이기에 앞서 반공을 위한 정권"이 장악한 남한 체제와는 관계가 없는 것이어야 했다. 그렇다고 그 옛날 "그 과목밭(북한의 고향—인용자 주)이 친일파와 소부르주아에게 어떤 경제적 기초를 주었는가를 끊임없이 역설하던 공산당"[295] 내지 '자아비판회'의 규율로 대체될 수도 없었다.

냉전 이데올로기 안에 있는 자유 진영의 논리와 공산 진영의 논리는 국가와 집단이 개인을 억압한다는 점에서 마찬가지임을, 양쪽 세계를 모두 경험한 월남민 독고준은 체감했기 때문이다. 이 인식은 정확히 원산의 교실을 거쳐 남한으로 내려온 작가 자신의 것과 겹치는데, 따라서 혁명 이전 온전한 '단절'이 먼저라는 인물의 생

294 즉 『회색인』은 독고준이 스스로 이 데가주망의 논리를 구축해가는 과정을 세밀하게 추적한 소설이라 할 수 있다는 것이다. 방민호, 앞의 책, 171면.

295 최인훈, 『회색인』, 앞의 책, 278면.

각은 곧 최인훈 스스로의 생각이기도 한 것이다.

(ㄱ) "역사란 과거를 돌이켜보고 미래의 지침으로 삼는 과학입니다." 이것은 준의 대답이었다. 선생님은 대답마다 싱글싱글하면서 고개를 옆으로만 흔들고 있다가 모두 지쳐버리자 비로소 입을 열었다. "동무들은 모두 아주 귀여운 부르주아 역사가들이군요." 이 불길한 부르주아란 선언 때문에 학생들은 기가 질려버렸다. "역사란 옛날 일도 아니고, 또 옛날을 돌이켜서 앞을 보자는 것도 아닙니다. 그런 것은 다 부르주아 역사가들이 인민을 속이기 위해서 만들어낸 거짓말입니다. 역사란 계급투쟁의 과정입니다. 피지배계급과 지배계급 간의 피 흘린, 그리고 흘리고 있는 싸움의 과정, 이것이 역삽니다. 어떤 시대에 어떤 지배자들이 어떤 피압박계급을 어떻게 착취했는가, 그들을 착취하기 위해서 어떤 전쟁을 했으며 어떤 문화를 만들어서 인민들의 눈을 속였는가를 연구하는 과학이 역삽니다. 이것은 일찍이 마르크스와 엥겔스가 세워놓은 역사의 방법입니다. 즉 유물사관입니다. 이것만이 참다운 역사의 방법입니다. 지금 이 시간부터 여러분은 압제자들에 대한 인민들의 반항의 역사를 배우는 것입니다."[296]

296 위의 책, 29면.

(ㄴ) 녀석은 혁명을 하자는 것일까. 이 삼천리 금수강산을 유토피아로 만들자는 것일까. 바보 자식. 개자식. 무엇 하러 이 땅에 유토피아를 세운다는 거야? 누가 부탁했어? 누가 해달랬어. 이 땅은 구조할 수 없는 땅이야. 한국. 세계의 고아. 버림받은 종족. 동양의 유대인.[297]

(ㄱ)은 『회색인』에 그려진 '자아비판회' 장면이다. 독고준을 "부르주아 역사가"로 몰아세운 선생은 "역사란 계급투쟁의 과정"이라는 마르크스의 유물사관을 따르고 있다. (ㄴ)에서 짐작할 수 있는 김학의 혁명 또한 "이 땅에" 유토피아를 세울 수 있다는 믿음, 즉 현재의 체제가 다른 체제로 갱신될 수 있다는 생각에서 비롯된 것이다. 쉽게 말해 그는 북한의 현 공산주의의 문제가 냉전 이데올로기의 반대쪽에 놓인 자유 민주주의로 전복될 수 있다거나 그 반대가 가능할 수 있으리라고 믿는 자들의 대유라 할 수 있다.

독고준이 보기에 김학의 혁명론은, 남한(경주) 토박이로 분단 체제 하 북한에 대해 관념적으로만 인식할 수 있는 김학의 오류였다. 그러나 남북의 두 세계가 그 아래에 놓인 인간들에게 있어서는 거대한 폭력일 뿐이라는 인식을 절감해온 월남민 독고준에게 있어, 양쪽 모두는 세계가 진보하고 있다는 가정 위에 수립된 '진보의 신

297 위의 책, 83면.

화'라는 점에서 마찬가지일 뿐이다.

> **진보 이념을 자체 내에서 무효화해온 역사유물론을 제시하는 것을 이 프로젝트의 방법론적 목표 중의 하나로 봐도 좋을 것이다. 바로 여기에 역사유물론이 부르주아적 사유 습관과 명확하게 분리 되는 충분한 이유가 있다. 역사유물론의 기본 개념은 진보가 아니라 현실화(Aktualisierung)이다.**[298]

발터 벤야민[299]은 『아케이드 프로젝트』를 통해 신화로 군림하는 역사(이념)의 정체를 폭로하고자 하였다. 그 신화는 파시스트 것 뿐만 아니라 신화 뿐 아니라 기술과 역사의 진보(전자가 곧 후자를 가져올 것이라고 믿었던) 정통 마르크스주의자 및 사민주의자들의 것들도 포함하는 것이었다. 그는 그 모든 것을 지양하며 진보 이념을 제거한 역사적 유물론을 제시하는 것이 철학의 최종 목표임을 밝혀놓았다.

---

298 발터 벤야민, 『아케이드 프로젝트 1』, 조형준 옮김, 새물결, 2005, 1,051면.

299 게슈타포의 추격을 피해 피레네 산맥에서 1940년 자살한 발터 벤야민은 마르크스주의를 유대교 신비주의로 지양하려 했던, 어찌보면 모순적인 프로젝트의 입안자였다. 같은 프랑크푸르트학파의 아도르노는 벤야민이 브리히트와의 친교 때문에 비(非)마르크스주의의 길로 나아갔다고 비판하기도 했으나, 벤야민의 착안이 마르크스주의에 대한 반대는 결코 아니었다. 유대교적 메시아 주의와 마르크스주의의 유토피아니즘에는 상충된 부분과 동시에 친족적 유사성을 지닐 수 있다. 이택광, 「신성한 유물론: 발터 벤야민의 정치신학에 대하여」, 『비평과 이론』 17(2), 2012, 195-200면.

"과거를 역사주의로부터 해방하여 모나드로서 추려 내고, 한 시대 '안'에 전(全) 역사의 과정이 보존되고 지양되게끔 하는 일. 벤야민은 쓰고 있다. 새로운 역사가란 "동질적으로 공허한 역사의 진행 과정을 폭파시켜 그로부터 하나의 특정한 시기를 끄집어내기 위해서 과거를 인지한다. …… 한 시대 속에는 전체 역사의 진행 과정이 보존되고 지양되게끔 하는 것이다."(「역사철학 테제」) 인류가 해방되는 메시아적 시작이라는 것이, 과거까지를 해방하는 현재의 인간을 통해서만 도래할 수 있다고 할 때, 여기서의 과거란 '하나의 모멘트'이자 역사 전체를 의미한다.[300]

『회색인』에 기입된 독고준의 역사관과 「라울전」이 보여주는 바울의 성격으로 미루어 볼 때 최인훈에게도 독특한 역사철학적 좌표가 존재했을 것이라고 추정해 볼 수 있다. 또한 발터 벤야민의 역사철학에 관한 위의 부기는 최인훈의 역사철학과 그의 역사철학 사이의 접속점을 드러내준다. 즉 양자는 "한 시대 '안'에 전(全) 역사의 과정이 보존되고 지양되게끔 하는", "공허한 역사의 진행 과정을 폭파시켜", "한 시대 속에는 전체 역사의 진행 과정이 보존되고 지양되게끔" 하는 인식을 공유점 삼고 있는 것이다. 이를 펼쳐낸 소설이 바로 『구운몽』(『자유문학』, 1962.4)과 『서유기』(『문학』,

300 황호덕, 『프랑켄 마르크스』, 민음사, 2008, 253면.

1966.5~1967.1.)이다. 두 작품은 발표된 시기는 다르지만 소설의 착안이나 구성 방식이 매우 흡사하다.

최인훈의 『구운몽』은 김만중의 『구운몽』을 계승, 변주하는 소설로 1962년에 쓰였다. 스물 일곱 살의 독고민은 황해도 출신의 피난민이다. 그는 전쟁 중에 월남 후 '숙'을 만나 사랑에 빠진다. 어느 날 숙은 그의 돈을 가지고 떠났는데 민은 그런 숙으로부터 편지 한 장을 받고 알 수 없는 미궁으로 간다. 다만 약속이 어긋나 숙과의 재회는 불발로 끝난다.

대신 민은 자신을 '선생님'이라고 부르는 시인들의 모임에 우연히 참여하게 된다. 그들은 민에게 질문을 쏟아내는데 민은 그냥 도망을 친다. 민은 또 숙을 찾아 헤매다가, 자신을 사장님이라고 부르는 은행가들, 자신을 선생님이라고 부르는 댄서들을 만난다. 그들 역시 민에게 질문을 던지고 대답을 바라지만 민은 또 달아난다. 답을 찾을 수 없었기 때문이다.

마지막으로 감옥에 도착한 그는 죄수들을 만나던 중 '풍문인'이라는 죄를 뒤집어쓰고 수감된다. 민이 탈옥하자 시인, 은행가, 무용수, 여급이 함께 민을 혁명군 수괴로 지목해 추격한다. 민은 광장에서 포위된 채 숙을 마주치지만 숙은 민을 알아보지 못한다. 민은 결국 죽는다.

김만중의 『구운몽』이 현실과 꿈을 뒤섞은 뒤 다시 주인공을 현실로 귀의하게 만든 것과 달리, 최인훈은 소설 속에서 현실과 꿈을 뒤섞고 그대로 놓아둔다. 입몽과 각몽의 표지가 명확하지 않아 현실과 꿈의 경계를 알 수 없고, 인물의 정체성 역시 모호하다. 그 안에서 주인공 독고민은 우연히 누군가를 만나고, 그들에 의해 계속 다르게 호명되고, 그들의 질문에 대한 답을 요구받다가 죽었던 것이다. 최인훈은 이 혼란스러운 구성과 제목 '구운몽'으로 1962년의 현실을 암시하였다. 4.19에서 제기되었던 수많은 질문의 답을 5.16으로 인해 찾을 수 없게 된 어지러운 상황이 소설 속 쫓기는 독고민의 모습에 우회적으로 그려져 있는 것이다.[301]

그런데 『구운몽』에 등장하는 '만남-회피'의 구조는 『서유기』에도 거의 그대로 적용이 되어있다. 이 작품은 천축국을 향해가는 원전 '서유기'의 구조를 빌려와 독고준의 내면으로의 여정을 펼쳐낸 것인데, 내용의 면에서는 『회색인』의 후속작이고 형식의 면에서는 『구운몽』의 확장판이라고 할 수 있다.

---

301 이에 기왕의 연구에서는 4.19의 재현이라는 측면에서 이 작품에 집중해왔다.
김영삼, 「4·19 혁명이 지속되는 방법, '사랑'이라는 통로」, 『한국비평문학회』 68, 2018.
최윤경, 임환모, 「혁명에 대한 알레고리로서의 「구운몽」」, 『국어문학회』 65, 2017.
김희진, 「최인훈의 「구운몽」연구 -시대 상황을 중심으로」, 『현대문학이론학회』 64, 2016.
박진, 「새로운 주체성과 "혁명"의 가능성을 위한 모색 -최인훈의 「구운몽」 다시 읽기」, 『현대문학이론학회』 62, 2015.

2) 같은 자리를 맴도는 기차 – 진보하지 않는 삶과 그 이유의 탐문

소설은 주인공 독고준이 이유정의 방을 나오는 『회색인』의 마지막 장면에서 시작된다. 시간적 배경은 독고준이 이유정의 방을 나서서 자기의 방으로 돌아가기까지의 짧은 찰나인데 이 느려진, 혹은 정지된 시간 안에서 독고준은 길고 긴 상념의 여행을 강제로 시작하게 된다. 그는 자신을 기다리는 낯선 사내들에게 체포되어 어디론가 끌려가고 '석왕사'라는 기차역에 도착한다. 석왕사의 역장은 '기다렸다'며 독고준에게 정거장에 머물 것을 요청하지만, 그는 거절하고 기차에 오른다.

기차 안에서 빈 좌석을 검문하는 헌병들과 역장을 피해 그가 내린 곳은 다시 석왕사역이다. 석왕사 역을 중심으로 이 여행과 회귀는 계속되고, 독고준은 『구운몽』의 독고민처럼 '당신을 기다렸다'는 논개, 이순신, 원균, 조봉암, 이광수 등의 역사 속 인물들과 만난다. 이 두 작품에서 염두에 두어야 할 것은 '역사'에 관한 작가의 생각이다.

『서유기』에서 독고준이 탑승한 '기차'는 앞으로 나아가지 못하고 끊임없이 한 곳으로 회귀한다. 최인훈이 이 소설 속에 '같은 자리를 맴도는 기차'를 등장시켰다는 사실에는 의미심장한 부분이 있는데, 이것은 『회색인』에서 독고준이 '한반도에서 역사가 더 이상 진보할 수 없다'고 했던 것과 같은 맥락에 놓여있다.[302] 그리고 그 이유는 물론 4.19 이후, 5.16의 정황 때문이다.

> 1961년 크리스마스. 고통의 하룻밤 12시가 되자 겨드랑에 운명의 노크 소리가 들렸다. (…)
>
> 1962년 크리스마스.
>
> 12시.
>
> 운명의 노크 소리.
>
> 동통.
>
> 고문.
>
> 하늘에는 영광.
>
> 땅에는 고통.
>
> 1963년 크리스마스.

---

302 이와 관련하여 벤야민의 다음과 같은 언급을 참고해볼 수 있다. "마르크스는 혁명이 세계사의 기관차라고 말한다. 그러나 어쩌면 사정은 그와는 아주 다를지 모른다. 아마 혁명은 이 기차에 탄 승객들이 비상 브레이크를 작동시키려는 시도일 것이다." 역사의 기차가 해방 혹은 구원이라는 목적지를 향해서 달리고 있다는 '진보의 신화'는 마르크스주의를 포함하여 근대 사회를 견인한 유력한 이데올로기들의 공유점이었다. 그런데 벤야민은 그 기차를 세워야 한다고 말하며 이것을 '진보 이념을 제거한 역사유물론'으로 명명했던 것이다. 발터 벤야민, 「'역사의 개념에 대하여' 관련 노트들」, 『발터 벤야민 선집 5』, 최성만 역, 길, 2008, 356-366면.

12시.

운명의 노크 소리.

동통.

고문.

하늘에는 영광

땅에는 고통.

1964년 크리스마스.

12시.

운명의 노크 소리.

동통.

고문.

하늘에는 영광

땅에는 고통.

이런 생활이 언제까지 계속될 것인가. 나는 내 날개를 원망해야할지 혹은 받들어야 할지 도무지 모르겠다.[303]

『구운몽』에서 독고민이 미궁 안을 맴돌게 된 이유에 대해 작가

303 최인훈, 『크리스마스 캐럴/가면고』, 앞의책, 182-183면.

는 표면적으로는 숙 때문이라고 적었지만, 그 이면에는 5.16 이후의 상황 때문이라는 암시가 있다. 같은 맥락에서 「크리스마스 캐럴 5」에는 위와 같은 서술이 존재한다. 1961년 이후, 즉 5.16 이후의 역사는 "하늘에는 영광 / 땅에는 고통"의 형태로 무한히 반복된다는 것이다. 4.19 혁명의 가치를 소거시킨 5.16 이후 한반도에서 역사는 더 이상 진보하지 않고 파국적으로 정지해있다. 그 때문에 '나'가 할 수 있는 일도 흡사 폐쇄된 경성 거리 위의 이상[304] 처럼 같은 자리를 맴도는 것뿐이다.

(ㄱ) 『아라비안 나이트』 속에 나오는 "알리바바와 사십 인의 도적"을 기억하시겠지요. 그 얘기 속에서 알리바바의 욕심쟁이 형이, 도적들에게 갈기갈기 찢겨 죽는데, 알리바바는 형의시체를 찾아다놓고 몹시 걱정하지만, 여종의 꾀로 탈 없이 장례를 치르게 됩니다. 즉 신기료장수를 데려다 시체를 꿰매 붙여서, 감쪽같이 사람들 눈을 속인 것입니다. 이 신기료장수는 해부사(한자)의 반대 작업을 한 것입니다. 조각을 이어 붙여서 제 모습을 되살리는 것. 고고학(한자)이란 먼저 이렇게 알아두셔도 좋습니다.

304 이 소설의 '날개'는 이상의 소설 「날개」를 떠올리게 한다. 이외에도 최인훈의 많은 소설들이 식민지 시대 이상을 오마주한다는 사실은 의미심장하다. 1930년대에 역사가 파국을 향해 달리고 있다고 여겼던(신범순, 『이상의 무한정원 삼차각 나비-역사시대의 종말과 제4세대 문명의 꿈』, 현암사, 2007.) 이상의 역사철학이 그 작품들을 통해 1960년대에 호출되는 것이다.

죽음을 다루는 작업. 목숨의 궤적(한자)을 더듬는 작업. 그것이 고고학입니다. 우리들의 작업대 위에 놓이는 것은 시체가 아니면 시체의 조각입니다. 사면장(한자). 박제사(한자). 우리의 이름입니다. (…)

근대 고고학에 대한 인식이 차츰 높아지고, 따라서 눈여겨보는 분이 늘어가는 일은, 이 밭에서 밥을 먹는 본인들로서는 솔직히 흐뭇한 일이라 아니 할 수 없습니다. 꽤 알려진 일이지만 한국의 유적은 그 황폐성과 뒤죽박죽으로서 이름이 있습니다. 폼페이를 파냈을 때, 그곳 전문가들도 놀랐다고 합니다. 그 너무나 말짱한 본존 상태 때문에. 이 같은 이상적인 유적을 다룰 수 있는 그쪽 학자들의 처지는, 우리로서는 부럽기 짝이 없는 이야깁니다. 우리의 유적은 제 꼴이 그대로 보존되고 있는 것은 거의 전무합니다, 그뿐 아니라, 햇수 짚어내기에 결정적인 요소의 하나인 매몰 상태도 엉망입니다.[305]

(ㄴ) 우리가 지금 해야 할 일은 우리 유산의 재고 조사를 실시하는 일이다. 우선 있는 대로의 파편을 주워 모아라. 다음에 그것들을 주워 맞춰서 원형을 추정하는 몽타주 작업을 실시하라. 그렇게 하여 우리가 망각한 우리들의 정신적 원형을 재구성하라.

---

305 최인훈, 『구운몽』, 문학과 지성사, 2009, 306-308면.

이렇게 하여 만들어진 '한국형'을 세계의 다른 문화 유형과 비교 해보라. 무엇이 공통이고 무엇이 특수한가를 밝혀내라. 다음에 쓸모 있는 것은 남기고, 썩어 문드러진 데를 잘라버리자.[306]

그러나 역사가 정지된 그와 같은 상황을, 최인훈은 하나의 새로운 계기로 소설 속에 그려낸다. (ㄱ)은 『구운몽』의 결말 부분으로 역사학자가 자신을 고고학자로 소개하는 대목이다. 여기에서 고고학자의 일은 '시체의 조각', 즉 죽은 것을 이어 붙여 의미화 하는 '박제사'의 작업에 비유된다. 작업의 핵심은 발굴과 독해이다. 이는 (ㄴ)에서 작가가 '한국형'(한국적인 것)을 탐구하는 방식으로 제시했던 '몽타주'를 떠올리게 한다. 이 몽타주란 "쓸모 있는 것은 남기고, 썩어 문드러진 데를 잘라버리"는 것을 의미하는데, 범박하게 옮기자면 역사상 한반도에 주어졌던 이데올로기들을 거두어 검토해 보자는 것이다.[307]

역사를 대하는 작가의 이와 같은 태도는 「라울전」에서 '바울'이 혁명의 주체로서 지녔던 조건들을 상기시킨다. 먼저 그는 '라울'과

---

306 최인훈, 「세계인」, 『유토피아의 꿈』, 앞의 책, 80면.

307 이 같은 역사에의 착목 방식은 물론 최인훈의 소설쓰기, 즉 그것이 영원히 '메타적인 것'일 수밖에 없다는 작가의 생각과도 결부된 다는 점에서 문제적이다. 그에게 소설이라는 것은 창조적이거나 허구적인 진실이라기 보다 '무언가'를 위해 사후적으로 구성된 것이다. 이것은 「라울전」의 '브리꼴라주'를 통해 이미 밝혀졌던 바 있다. 또한 작가가 지속적으로 행했던 '역사의 전유', '고전 작품의 패러디' 작업 역시 이러한 맥락에서 이해 될 수 있을 것이다.

다르게 '전통' 혹은 '절대적 이념'으로 여겨져 온 히브리 철학과 유대교의 율법을 의심할 수 있는 존재였다. 이것은 『화두』의 '나'가 '자아비판회'에서 얻은 통찰과 관련이 있는데, 인간은 이데올로기라고 군림하는 것들을 '자각의 고리'로 검토할 수 있을 때 자신을 억압하는 것들로부터 자유로워질 수 있는 것이다.

여기로부터 파생된 또 한 가지 조건은, 혁명을 위해서는 역사나 전통과의 '단절'이 불가피하다는 사실이다. 바울은 유대교의 율법과 그리스 철학이라는 선험적이고 상황적 지식들과 '단절'하였으며 율법이 아니라 확고한 '경험적 진리'를 근거로 혁명의 주체가 된 인물이다.[308] 진짜 혁명은 현실의 내부가 아니라 외부에서, 현실과의 엄격한 단절 이후에 도래할 수 있는 것이다.

작가는 『회색인』에서 혁명의 동력을 깨닫게 된 독고준을 『서유기』에서는 상기한 '바울'의 이미지와 겹쳐놓는다. 다시 말해 『서유기』란, 역사가 정지되어버린 현실 안에서 한반도를 장악해 온 이데올로기들을 의심하고 그것을 검토하는 고고학자 독고준의 여정인 것이다. 이 이데올로기들이란 과거의 유물이지만 현실의 뿌리이기

---

308 알랭 바디우는 『사도 바울』에서 바울의 선언이 지닌 의미에 대해 다음과 같이 설명했다. "진리란 기존의 의견이나 지식으로 구성된 기준들과의 단호한 단절의 과정을 통해서만 도달 가능"하며 진리의 획득은 "단절로 이루어진 사건에 실천적으로 개입함으로써만 획득될 수 있다."고 하였다. 그리고 "이 사건에의 개입을 통해 생성되는 자가 주체"라는 것이다. 그에게 "사건과 진리의 창조는 주체의 몫이 아니다. 주체는 사건의 진리에 충실하고 그것에 대한 탐구(enquire)를 끝까지 밀고 나가는(forcing) 자"일 따름이다. 김용규, 「주체와 윤리적 지평 – 바디우와 아감벤의 '바울론'을 중심으로」, 『새한영어영문학』, 51(3), 91면.

도 하다. 그 여정을 자세히 짚어보자.

3) 당대의 측심추로서의 최인훈의 춘원

『서유기』에서는 별다른 극적 사건이나 줄거리는 펼쳐지지 않는다. 오직 주인공 독고준이 석왕사 역을 중심으로 이동하며 만나게 되는 과거의 인물들과의 대화와 담론이 작품의 핵심을 이루고 있을 뿐이다. 독고준은 이동하면서 계속해서 '그 여름의 기억'을 찾아 헤매게 되는데, 그것은 바로 어린 시절을 보낸 W시에 관한 것이다. 어느 날 학교의 소집 부름을 받고 가는 길에 소년 독고준은 폭탄이 투하되는 시내를 지나게 된다. 거기서 어느 낯선 여인에게 붙들려 방공호 속으로 피신하는 체험을 하는데 그 기억과 W시를 찾아 독고준은 여행을 떠난다.

작품의 말미에서 결국 독고준은 W시에 돌아가지만 어쩐지 고향인 W시는 독고준을 반기지 않고 그를 반역자로 몰아 추적한다. 독고준의 발길이 닿는 곳마다 W시의 건물과 지형들은 파괴되고 '무너져가는데' 이는 그가 '단절하는' 주체라는 점에서 매우 의미심장하다. 결국 어린 시절 자아비판회에서 자신을 괴롭히던 지도원 선생을 다시 만난 그는 그때와 다르게 선생과 이념에 대해 논하며 자신을 변호하고 무죄 석방된다.

기존의 연구에서 『회색인』과 『서유기』는 주로 작가의 자전적 사실과 연결되는 주인공의 'W시에서의 원체험'을 통해 '연작소설'로서 독해되었다. 그러나 두 작품의 더욱 중요한 교집합은 따로 있다. 작가는 『회색인』과 『서유기』가 "자기 안에 있는 남" 혹은 "그러한 의식의 구조를 탐구"하기 위해 쓰인 소설이라고 밝힌 바 있다.

> **자아가 타아와 어울린다는 것은 '자기 안에 있는 남'의 매개를 통해서만 가능하다는 생각이다. 그렇지 않으면 '남'이란 자기가 '먹어버리는 것'이거나 '먹혀버리는 것'이거나 하는 객체에 지나지 않는다.**[309]

이는 소설의 구조적인 측면과 연락 관계에 놓여 있는데, 『회색인』에서 '독고준'이 자신의 관념 안에서 지속적으로 '김학'을 소환한다는 점,[310] 『서유기』의 '독고준' 역시 긴 여정 중에 다채로운 인물들을 만나 그들의 사고를 바탕으로 자신의 정돈해 나간다는 점이 이를 방증한다. 요컨대 두 편의 소설은 모두 '독고준'이 특정한 대타항을 설정하면서 주체로 정립되어 나가는 과정을 담아내고 있는

---

309 최인훈, 「원시인이 되기 위한 문명한 의식」, 『길에 관한 명상』, 문학과 지성사, 2010, 24면.

310 이 두 인물이 실제로 만나는 장면은 소설의 도입부와 결미에 한 차례씩 나올 뿐이지만 이들은 사유를 통해 지속적으로 서로와 조우하고 있다. 이에 관한 자세한 설명은 권보드래, 「최인훈의 『회색인』연구」, 『민족문학사연구』 10-1, 1997, 226면, 참고.

것이다. '독고준'의 다음과 같은 언급은 이를 명징하게 보여준다.

며칠 전 김학을 만났을 때 『갇힌 세대』의 봄호가 나온다는 이야기와, 이번 여름에 고향에 내려가서 사회 조사를 하기로 했다는 이야기를 들었을 때도 준은 그저 덤덤히 들었다. 그는 학을 만나면 오히려 마음이 외곬으로 가다듬어지는 것을 느낀다. 이것이냐 저것이냐 혼자서는 망설이다가도, 정작 김학과 마주치면 그의 마음은 딱 작정이 된다. 즉 김학과 정반대의 입장에 서는 자기를 발견했다.[311]

『회색인』과 『서유기』에서 이러한 대타항의 중심에 '이광수'가 놓여있다는 사실은 주목을 요하는 부분이다. 『회색인』에서 이광수는 김학을 통해 '『흙』의 작가 이광수'로 회자된다. 이 형상은 『흙』과 그 주인공 '허숭'을 당대에 꼭 필요한 소설 및 인물로 고평하며 '독고준'에게 그러한 소설을 써 보라고 독려하는 '김학'의 목소리에 의해 최초로 제시된다.

그에 비하면 이광수는 훌륭해. 다른 작품은 다 말고 『흙』 하나만 가지고도 그는 한국 최대의 작가야. 그 시대를 산 가장 전형적

311 최인훈, 『회색인』, 문학과 지성사, 2010, 266면.

한국 인텔리의 한 사람을 무리 없이 그리고 있잖아? '살여울'에 서 한 그의 사업이 성공했느냐 못했느냐는 물을 바가 아니지. 그는 그 당시 국내에서 살았던 낭만적인 인간의 꿈을 그린 거야. 그는 시대의 큰 줄기가 무엇인지를 보는 눈이 있었어. 이런 소설을 써달란 말이야. 우리 시대에 '허숭'이 살아 있다면 그가 무엇을 했겠는가를 써달란 말이야. 자네가 그런 걸 쓸 만하다고 인정했기 때문에 동인이 돼달라는 거야. 싫어?[312]

물론 이 소설 속에서 '김학'이 이광수를 직접적으로 언급하는 장면은 그다지 큰 비중으로 다루어지지 않는다. 그럼에도 '독고준'의 사유 안에서 이광수는, 특히 '허숭'이라는 존재는 '김학'과의 유비를 통해 지속적으로 환기되는 것을 볼 수 있다.[313] 뒤이어 이 '『흙』의 작가 이광수'는 『서유기』에서 '독고준'이 최후에 만나는 역사적 인물로 재등장한다. 작가는 '독고준'의 열차 여행과 『흙』의 한 대목(중심인물 '윤정선'의 자살 기도 장면)을 오버랩시키면서 이광수를 소환하는데 여기에는 기념사업 등에서 소거되었던 일제 말엽의 이광수, 그의 행적과 내면 풍경이 매우 자세하게 추적(내지 복원)되어 있

---

312 위의 책, 15면.

313 "이광수처럼 '살여울'에 가야만 하는가. 허숭은 물론 가도 좋을 것이다. 그러나 예술가는 아니다." 등의 언급이 그것이다. (위의 책, 271면.) 다만 이 글에서는 '김학과 허숭'의 유비에 대한 분석으로까지 나아가지 못했다. 추후 보충이 필요한 부분이다.

다. 이는 『서유기』가 당대 문화정책의 역사 호명 방식을 재전유하고 있음을 방증하는 것이다.

구체적으로 말하자면 『서유기』에 나타난 '역사상 인물들과의 만남이라는 형식'은 당대 문화정책의 역사 전유 방식을 다시 전유함으로써 전자에 균열을 일으킨다. 즉 당대 정권이 통치 체제의 확립을 위해 사적(史的) 경험을 전유하려 했다면, 최인훈은 이를 재전유하여 통치 담론 내부에 잠복 된 한계를 들추어내고자 했던 것이다. 이것은 '부정'이나 '폐기'보다 더 위력적인 대응이 될 수 있다. 이는 또한 관념적 소설로 보이는 『서유기』마저 당대 현실에 섬세하게 접속하고 있음을 보여주는 것이기도 하다.

그 양상이 다음과 같이 펼쳐져있다. 주인공 '독고준'은 이광수와의 만남 이전, 일련의 여정을 통해 다양한 역사적 인물들과 대면한다.[314] 이들은 '독고준'을 '기다렸던 그 존재'라 칭하며 그에게 자신 곁에 머물러 줄 것을 청한다. 그러나 그는 제안을 거절한다. 이 '거절'에 재전유의 형태가 담겨 있다.

그가 거절한 인물 중 대표적인 존재는 논개와 이순신이다. 양자는 당대 담론 안에서, 특히 민족사 구성 과정에서 '애국적 영웅'으로 추앙받으며 빈번하게 호출당한 인물이었다. 이를테면 1964년

---

314 '독고준'이 조우하는 인물(혹은 목소리) 및 그 순서는 다음과 같다. 창백한 남자-의사, 간호사-논개-역장-사학자-이순신-역장-조봉암-이광수-역장-자아비판회의 체험-재판-공화국, 불교 방송-재판. 이 중 구체적인 역사 속 인물은 논개, 이순신, 조봉암, 이광수 정도가 될 것이다.

5.16 기념일에는 광화문에서 남대문까지 민족의 영웅들의 초상을 전시했고 67년에는 호국영웅들의 국난극복 경험을 그린 대형 민족기록화를 경복궁 미술관에 진열하였는데, 그 리스트에서 특히 돌올한 이름이 관창, 이순신, 유관순 등이었다.[315]

정권은 '민족적 민주주의'의 함양을 위한 문화사업의 일환으로, 주로 국난 위기에서 민족을 구해낸 호국 영웅들의 뛰어난 업적을 기념하고 선양하는 사업을 진행했다. '민족적 민주주의'는 1963년 5대 대통령 선거에서 윤보선 후보와 경쟁하며 가식적 민주주의와 민족적 민주주의 사이의 사상 논쟁을 벌였던 박정희 후보를 통해 발화되었다. 그는 자신의 이념을 강력한 민족적 이념에 바탕한 자유민주주의 사상이라고 옹호하며 그것이 윤보석 식의 가식적 민주주의와 결 다른 것임을 주장하였다.[316] 이때 윤보선은 "박의장의 『국가와 혁명과 나』라는 저서를 보면 이집트의 낫세르를 찬양하고 히틀러도 쓸 만한 사람이라고 했는데, 이 사람이 과연 민주주의를 신봉하고 있는 사람인가 의심하지 않을 수 없다"[317]고 반박하기도 했다.

윤보선에게 승리하고 극단적인 산업화를 추진하면서 정부는 이

---

315 최연식, 「박정희의 '민족' 창조와 동원된 국민통합」, 『한국정치외교사논총』 28-2, 한국정치외교사학회, 2007, 참고.

316 역사비평 편집위원회, 『논쟁으로 본 한국사회 100년』, 역사비평사, 2000, 312면-313면.

317 역사비평 편집위원회, 『논쟁으로 본 한국사회 100년』, 역사비평사, 2000, 312면.

민족적 민주주의라는 이념을 적극적으로 동원했다. 이것이 4.19로부터 영향을 받았다고 수차례 주장한 바도 있으나 이는 전혀 사실이 아니다. 5.16 이후 반혁명 사건의 조작 등이 보여준 반민주적 행위와 부정부패한 권력의 문제, 한일회담의 강행과 군사력을 동원한 대중 진압 등은 민족의 평화통일 및 반독재 민주주의와 아무 닮은 점이 없었기 때문이다. 따라서 이는 '민주주의 없는 민족주의', '위로부터의 국수주의적 민족주의' 등으로 명명되었다.

1960년대 가속화 되었던 '민족적 민주주의'의 함양을 위한 문화사업은 이같은 자장 안에서 이해되어야 한다. 거기에는 다분히 정부의 이해관계가 은닉되어 있었으며, 따라서 이데올로기와의 연관성에 따라 폐기해야 할 민족 유산과 계승되어야 할 민족 유산이 구분되었다. 심지어는 한 인물의 이력 안에서도 소거되어야 할 부분과 부각되어야 할 부분이 나뉘었다. 호국과 희생만이 부각의 키워드였던 셈이다.

'독고준'이 처음 만나는 논개는 '민족의 성자'로 호명된다. 그녀는 스스로를 "민족을 사랑"하여 "짐승 같은 침략자"를 해친 영웅이었다. 단, 그러한 호명이 일본 헌병에 의해 이루어지고 또 그에 의해 애국심이 두둔되고 있다는 사실은 유념해 볼 만하다.

> **이 자식아, 너 같은 비국민이 있기 때문에 조선이 망한 거야, 알겠나? 민족의 성자가 구원을 청하는데 무슨 군소리야. 개인을 버**

리고 민족에 봉사하라는데 무슨 딴 소리야. 소아를 버리고 대아를 찾으라 이 말이야. 모르겠나.[318]

'독고준'은, 민족을 위해 희생한 논개의 행적에 감동을 느끼지만 그녀를 구하지는 않기로 한다. 그녀를 구해주는 행위가 곧 '개인을 버리고 민족에 봉사하는', '소아를 버리고 대아를 찾는', '비국민이 아니라 국민이 되는' 행위와 동일시되었던 까닭이다. 이것은 일본 헌병의 발화였지만 구국 영웅담을 전유하여 기틀을 마련한 당대 민족적 민족주의와 유비analogy되는 것이기도 했다. 요컨대 '독고준'이 논개를 구하는 행위는, 국민으로의 통합을 위한 당대 정권의 문화 담론 안으로 포섭되어 가는 것을 상징했다. 결국 '독고준'은 국가에 봉사하는 길 대신 개인(개체)적인 여행을 택한다.

다음으로 맞닥뜨린 존재는 이순신이다. 1966년 중건된 현충사와 68년에 세워진 이순신 동상이 대변하듯 이순신 추모 사업은 당대 위인 기념사업 중 가장 성행했던 것이었다. 심지어 한일회담의 성사를 두 달 앞둔 1965년 6월 22일에는 이순신 탄생 420주년 기념사가 다음과 같은 내용으로 발표되기도 했다. '공이 일찍이 맞아 싸운 적이었던 일본과도 손을 잡고 함께 공산주의와의 투쟁을 계속하여야 할 새로운 역사적 전환점에 도달했다. 이순신의 위대한

---

318 최인훈, 『서유기』, 문학과 지성사, 2010, 135면.

정신을 받아들여 국민 모두의 자각과 분별의 결의를 새로이 하자.' 왜에 맞섰던 이순신의 영웅적 이미지가 아이러니컬하게도 한일회담을 둘러싼 여론의 분열을 무마하는데 활용되었던 것이다.[319]

그런데 『서유기』에서 작가는 국가가 전유한 이순신의 모습과 전혀 다른, 엄밀히 말하면 거기서 누락된 이순신의 형상을 재전유한다. 이순신은 기념되는 것처럼 '민족의 영웅'이 아니라 당대 조선의 환경과 풍토를 이해하고 거기 맞는 전략을 구가했던 '합리적인 지식인'이다.

> 내가 관계한 수군의 경우는 사정이 판이했습니다. 기동, 장갑, 화력, 경험, 개인기, 보급—육군에게 있어 아측에 결정적으로 불리했던 이 같은 분야가 수군의 경우에는 반대로 아군이 유리했던 것입니다.[320]

> 조선 왕조가 들어설 때 이미 피는 흘릴 만큼 흘렸소. 만일 천하를 걱정하는 사람이 있다면 그는 자기 자리에서 천하에 유익한 일을 하면 되리라 믿소. 만일 내가 천하를 엿보았다면 또 숱한 사람이 죽었어야 했을 게 아니오? 그러면 백성은 하루도 편한 날이

319 최연식, 앞의 책, 60면.

320 최인훈, 『서유기』, 앞의 책, 51면.

없었을 것이오.[321]

두 개의 인용문은 각각 '한산도 대첩'과 '백의종군'에 대한 이순신의 언급을 옮긴 것이다. 먼저 그는 '한산도 대첩' 당시 자신이 승리를 거둘 수 있었던 이유가, 후대에 알려진 것처럼 스스로의 용맹과 충의 때문이 아니라 군사적 여건에 있었음을 밝힌다. 즉 병력 상의 차이로 인해 "처음부터 패퇴할 수밖에 없었"던 육군과 달리, 전투를 위해 제반조건을 갖추고 있었던 수군은 왜군을 격퇴할 수 있었다는 것이다.[322] '한산도 대첩'에 대한 이러한 재해석은, 당대 정권의 역사 발굴 안에서 유독 신성시되었던 승전 장면을 비튼다. 이순신은 국가와 민족을 위해 무조건적으로 희생한 영웅이 아니었다. 다만 임진왜란 당시의 군사적 상황과 효율적인 응전 방식을 알고 있었던 한 명의 장수, "당대 최고 수준의 인텔리겐차"[323]였을 뿐이다.

다음으로 이순신은 그를 '백의 종군'하게 만든 중앙 정부에 불만이 없었냐는 물음에 누구든 "그런 무리를 해서 뭘 하겠"냐고 대답한다. '혁명'이 곧 숱한 사람을 죽이는 무기라면 그것은 없느니만 못하다는 것이다. 이는 '대의'를 위해서라면 얼마든지 '소의'를 희생

321 위의 책, 139면.
322 위의 책, 133면.
323 위의 책, 140면.

시킬 수 있다는 (논개와 함께였던) 일본 헌병의 논법과 변별되는 것이어서 눈길을 끈다. 오히려 이순신은 "만일 천하를 걱정하는 사람이 있다면 그는 자기 자리에서 천하에 유익한 일을 하면" 된다고 역설함으로써 자칫 대아에 함몰될 수 있는 소아의 개별성을 지켜낸다.

동원된 역사적 표상로서의 논개, 이순신 등과의 잔류를 거부하며 '독고준'은, "자신의 기억(W시의 원체험, 지도원 동무로부터 자아비판을 종용당했던 기억)이 그것(역사적 인물과 함께 남는 행위-인용자 주)을 저지했다"고 독백한다. 이와 같은 발화는 의미심장하다. 추후 상술되겠지만 W시에서 월남해 온 '독고준'의 정체성과 기억이, 남한 정권이 표방한 '이념적 민족' 혹은 '국민'으로의 진입을 망설이게 하고 있었던 것이다.

W시로 회귀하고자 하는 '독고준'은 기차 사고로 중도 정차한다. 그런데 그 사고의 피해자가 마침 『흙』의 등장인물 '정선'이었다. 전후 상황을 알아보기 위해 열차에서 내린 '독고준'은 역장과 검차원들이 '정선'을 들것으로 옮기는 모습, 그리고 조금 떨어져 그것을 지켜보고 있는 헌병과 '이광수'의 모습을 발견한다. 작가는 상당한 분량을 할애하여 둘의 이와 같은 조우 장면을 상술하였다. 당시 이광수는 '정선'의 투신과 관련된 자신의 과오를 한탄하는 중이었다. 자신이 그녀를 "허숭이 같은 사람에게 보냈던 것이 애당초 잘못"이었다는 것이다. 그러자 헌병은 그에 동의하면서 '허숭'에

대한 평가를 시작한다.

> 그러면 그는 누구를 사랑하는 것입니까? 아무도, 어느 여자도 사랑하지 않는 것입니다. 그가 사랑하는 것은 살여울이라는 마을입니다. 그렇습니다. 허숭의 임은 살여울입니다. 그건 확실한 것이 화냥질한 자기 아내가 살여울을 깨닫게 되었을 때 그는 아내에게 만족을 느끼며, 살여울의 일꾼에게 첫사랑의 여자를 짝지워서 살게 합니다. 모든 생각이 살여울 중심입니다. 그는 정말로 살여울을 사랑하는 것입니다. (…) 그것이 사회 개량이라는 믿음입니다. 그렇습니다. 살여울 믿음입니다. 살여울 종교입니다. 그는 신앙촌의 교주가 되고 싶었습니다. 그래서 정선이가 그에게 로미오가 되기를 바랐을 때, 그는 별꼴 다 보겠다고 생각하면서 살여울로 와버린 것입니다. '정선'이의 신앙인 몸의 사랑은 그에게는 견딜 수 없이 천한 것이었습니다.[324]

헌병은 애초에 '허숭'이 '윤정선' 같이 쾌락의 재미를 아는 여자가 아니라 '유순'처럼 종교적인 여자, 관념의 사랑만으로 족하는 여자와 만났어야 했다고 말한다. 그의 해석에 따르면 '허숭'은 '살여울 종교', 즉 민족주의의 실현을 위한 계몽운동 단체의 교주였다. '민

---

324 위의 책, 185-186면.

족'이라는 신앙 앞에서는 자신도, 주변 인물들도 거리낌 없이 희생시킬 수 있었으니, 민족보다는 자신의 쾌락을 추구하는 '정선'의 사랑을 거부한 일이 당연하다는 것이다. 같은 맥락에서 헌병은 유순에 대한 '허숭'의 애정 역시, 그녀가 "허숭의 신앙"을 사랑하는 길을 택했기 때문에 발현될 수 있었다고 한다. '허숭'이 사랑한 것은 결국 '정선'도 유순도 아닌 '살여울' 그 자체라는 것. 『흙』의 애정관계를 이렇게 재구성한 헌병은 마지막으로 『흙』이 "총독부에 대한 충성을 위해서 애써주신 충실한 보고서"[325]이며 일제 말기 춘원의 삶은 "『흙』의 속편"[326]이라고 덧붙인다. 그의 시각에서 '허숭'은 그를 만들어낸 '이광수'와 분리불가분의 존재였다.

> 절망 속에서 사는 식민지 현주민들. 그들 가운데 노예의 삶에 불만을 가진 자들은 모두 위험한 것입니다. 그들은 속세와 인연을 끊고 노예의 땅 이집트로부터 자기 백성을 이끌고 가나안으로 돌아갈 모세가 되기를 바라는 자들입니다. 그렇습니다. '허숭'은 모세이며, 집단 망명의 지도자입니다. 그는 압록강을 건너서 망명하지 않고 살여울로 망명했던 것입니다. 살여울을 이끌고, 홍해를 건너는 대신에 나일 강을 건너서 카이로로 망명한 모세입니다. (…) 그 후에도 선생님은 계속 총독부에 충성을 하셔

325 위의 책, 188면.

326 위의 책, 189면.

서 급기야는 창씨개명하시고 조선 사람들이 살 길은 제국 신민이 되는 길밖에 없다, 이렇게 갈파하시지 않았습니까? (···) 결국 『흙』의 속편은 선생님께서 몸소 실연實演해 보이신 것이죠.[327]

헌병의 이러한 논리는 1960년대 '민족적 민족주의'의 멍에와 유비될 수 있는 것이다. 주지하듯 당대 이광수의 '민족론'은 국가에 의해 전유, 조국 근대화의 동력으로 호출되는 중이었다. 1961년 말 『조선일보』에는 춘원 이광수와 관련 된 의미심장한 사설 하나가 게재되었다. 요는 이런 것이다. 베이컨의 "허위의 우상관념" 중 "시장의 우상이 현실에 존재한다"는 점, 그것이 춘원에 대한 당대의 주류적인 시각과 연결된다는 점이었다.

判斷의 正確性이 學問의「알파」와「오메가」인데도不拘하고 그릇된考證도 일단 發表되면 活字의 魔力을 빌어서 眞理인양 權威를 갖추게 된다. 더구나 때와 場所가 바뀔 때마다 점점信賴度가 굳어가서 威嚴을 더하게 마련이니 嘆할노릇이다 (···) 춘원은 秀才였으나 生涯는崎嶇 했다 그러기에 여러 가지 風聞이떠돌고 지금은 生死도모른다 傳記를쓴다면 透徹한史觀으로 公正하게 그의人生觀을 解剖해야할것이다[328]

327 위의 책, 187-188면.

328 宋敏鎬,「春園과『市場의偶像』」,『조선일보』, 1961.12.27.

이 글에 따르면, 춘원을 '학문적으로 연구하던' 필자는 당대 무분별하게 범람하는 "春園李光洙特輯" 기사들과 "멀지 않아 어떤作家의손으로 刊行될 春園傳記"에 경각심을 느꼈다고 했다. 그가 생각하기에 이러한 작업들은 '투철한 사관'도 없이 이광수의 삶을 곡해하고 그것을 반복, 재생산한다는 점에서 큰 오류를 범하고 있었다. 하여 그는 그것들을, 학문의 정확성을 저해하는 "그릇된 고증"의 산물들이자 타기해야 할 대상으로 간주하게 된 것이다.

이러한 지적은 1960년대 본격화되었던 '이광수 기념사업'을 겨냥한 것이었다. 이것은 춘원특집기사 및 『춘원 전기』 간행을 시작으로 전기 영화의 제작[329], 전집 간행[330], 유품 전시회[331] 등으로 확장되었다. 춘원이 '민족의 거인', '민족 작가'[332]로 운위되며 상당한 대중적 인기를 구가하는 계기가 되기도 했다.[333] 그러나 문제는 그러한 분위기의 무분별함이었다. 인용한 「春園과 『市場의偶像』」는 그에 대한 우려가 담겨있었던 것이다.

그리고 이듬해 같은 지면에 게재된 「그치지 않는 春園 迫害」라

---

329 「春園 李光洙 映畵化」, 『조선일보』, 1967.7.30.

330 이광수 전집(삼중당)은 1962년에 발간이 시작되어 1963년 완간되었다. 「기다리던 完刊 20卷 李光洙全集」, 『동아일보』, 1963.12.21.

331 「春園 李光洙 遺品」, 『조선일보』, 1969.1.21.

332 "春園은 民族主義者로 啓蒙主義者로 불리어 왔고 自己 스스로도 自認하고 있었다." 「지나간 民族文學 再評價-春園 李光洙全集 配本」, 『동아일보』, 1962.4.30.

333 그 일례로 춘원 전집이 지속적으로 베스트셀러에 선정되었다는 사실을 거론할 수 있다. 「斷然好評! 全集 베스트 · 셀러 第1位!」, 『동아일보』, 1962.8.23.

는 제명의 반박 글은 그 '무분별함'의 실체가 무엇인지 짐작하게 한다. 이 글의 필자는 '춘원 특집'을 직접 기획했던, 또 추후 발매될 '춘원 전기'의 간행을 맡기로 한 곽학송이었다. 송민호가 자신을 염두에 두고 사설을 발표했다고 생각하여 항의의 뜻으로 반박 기사를 낸 것이다.

> 春園 李光洙先生이 共産傀儡에게 被拉되어간지 어느덧 十二年이된다 우리 近代文學의 모든 基盤을 마련하였을뿐 아니라 半世紀에 걸쳐 誠實 하고 敏感한民族의 代辯者였던 春園先生의 功績은 새삼스레 論議할 필요도없지만 그에對한 民族의 報答은너무나도 소홀하고 또 冷酷하였다 (…) 필자의 春園先生에 대한 態度는 硏究對象으로 삼는 宋敎授와는 달리 血溫的인親近이요 條件없는 崇仰이라는 점이다[334]

여기서 곽학송은 "「市場의偶像化」를 念慮"하여 춘원의 전기 간행을 "時機尙早"라고 지적한 필자의 논리가 "春園先生에게의 새로운 迫害"라고 항변한다. 춘원이 '공산괴뢰'에게 피랍되었다는 사실을 고려할 때, 그에 대한 태도는 오히려 '혈온적인 친근이요, 조건 없는 숭앙'으로 대체되어야 한다는 것이다. "실제로 春園을 본 일

---

334 郭鶴松, 「그치지 않는 春園 迫害」, 『조선일보』, 1962.1.17.

도 만난일도 없는"[335] 곽학송이 춘원을 이렇듯 강경하게, 심정적인 논리로 변호하고 있다는 사실은 간과하기 어렵다. 결국 앞선 글의 필자가 여기에 대해 어떠한 대응도 하지 않으면서 논전은 일단락되었고, 곽학송은 예정대로 『춘원 전기』(삼중당, 1962)를 발간했다. 또 같은 해 이광수를 소재로 한 『사랑은 가시밭길』 (광문 출판사, 1962)을 써내고, 『춘원 전집』 출간에도 참여하였다.[336]

상기한 논쟁의 과정 및 결과에는 춘원의 생애를 공명정대하게 조명하는 대신 특정한 목적을 위해 활용하고자 했던 당대 정권의 진의가 기입되어 있다. 이는 곽학송의 발화를 통해 충분히 미루어 짐작할 수 있다. 요컨대 1960년대 춘원에 대한 재평가 작업은 반공주의를 국민통합의 기조로 삼았던 국가 정책과 분리불가분의 관계에 놓여있는 것이다.『사상계』가 1958년 기획했던 '춘원 특집'이 그 적절한 일례가 될 수 있을 것이다. 당시 기획 기사로 쓰인 「작가로서의 춘원」, 「춘원의 인간과 생애」 등은 '춘원이 공산군에게 강제 납치된' 사실 및 과정을 부각시켜 그의 '슬픈' 말로를 조명하고 있으며,[337] 그리고 이러한 논조는 1963년 같은 지면에 수록된 「슬픈 전성과 춘원 이광수」[338]에서 거의 동일하게 반복된다.

---

335 「春園映畵化에 할말있다—夫人 許英肅女史와의 인터뷰」, 『조선일보』, 1967.7.30.

336 사에구사 도시카쓰, 『사에구사 교수의 한국문학 연구』, 베틀북, 2000, 76면.

337 김팔봉, 「작가로서의 춘원」, 『사상계』, 1958. 2.
주요한, 「춘원의 인간과 생애」, 『사상계』, 1958. 2.

338 이철주, 「슬픈 전성과 춘원 이광수」, 『사상계』, 1963.11.

李光洙先生은 최악의 상황 속에서 강제 납치를 당하였다.

강제 납치를 당한 후 만약 思想的轉向을 했더라면 어떻게 되었을 것인가?

北韓共産政治家들은 李光洙先生을 전향시키기 위해 최대의 혜택과, 선심을 베풀어 갖은 수단을 다했지만 李光洙先生은 끝내 받아들이지 않고 죽음(死)으로 해답을 남기었으니 이 비보를 전해 들었을 때 思想을 초월하여 누구나가 다 같이 슬퍼했던 것이다.[339]

이광수의 일제강점기 및 해방 이후의 삶, 즉 근대 문학의 선구자에서 대일 협력자로 변모했다가 1949년 최남선 등과 함께 반민특위에 체포되어 고초를 겪고[340] 이듬 해 납북된 행적은 강력한 반공주의 슬로건을 주조 또는 강화하려는 당시의 텍스트들 안에서 취사 선택적으로 가감된다. 그의 비극적인 생애 안에서 특히 부각되었던 것은 춘원의 '강제 납치' 사실이다. 인용문은 춘원의 '비전향'(반공)적인 마지막 모습을 세밀하게 묘사하여 파토스를 고조시키고 있다.

이러한 문법은 이광수를 조명한 '전기 영화'에서도 동일하게 발견된다. 당시 제작된 춘원의 전기 영화에는 유독 '병치레 장면'과

339 위의 글, 312면.

340 「제이차 나의 고백, 이광수 이번만은 진실회참?」, 『경향신문』, 1949.2.11.

'괴뢰군에 시달리는 장면'이 반복적으로 등장하는데, 이 텍스트들은 그 경험을 반공주의를 강화하는 '수난의 과거'로 치환하는 한편 일제 말기 대일 협력 역시 '공백의 서사'로 비워둔다.[341] 여기 곽학송이 「그치지 않는 春園 迫害」를 통해 이광수의 "「親日派」라는 烙印"이 해소된 것처럼 언급하고 있다는 사실을 덧붙여도 좋을 것이다.

이 기념사업은 관 주도로 '민족론'을 새로이 천명하고자 했던 당대 문화 정책의 그늘 하에 놓여있다. 주지하듯 1960년대의 정권은 경제 개발을 통한 국민국가 건설을 위해, 무엇보다 정치적 정당성을 입증하기 위해 '조국 근대화'의 정신적 기반으로 '민족적 민주주의'를 강조했다. 1962년 국민홍보용으로 발행된 책자의 제목도 『우리민족이 나아갈 길』이었고 1963년의 대통령 선거 정변 발표에서도 '민족주의', '민족의식', '운명공동체로서의 민족적 자의식'이 공식적, 전면적으로 부각되어 있다.[342]

다만 그것은 국민 통합을 위한 정서적, 정신적 장치로 고안된 것이었던 만큼 몇 가지 맹점으로부터 자유로울 수 없었다. 먼저 거기에는 식민지를 경험했던 제 3세계 민족주의가 보편적으로 갖고 있었던 논리, 예컨대 외세의 침략, 예속의 강요 등을 경계하거나 거기

341 이광수의 전기 영화의 공통적인 문법에 대해서는 권명아, 『식민지 이후를 사유하다-탈식민화와 재식민화의 경계』, 책세상, 2009, 174-181면.

342 홍석률, 「1960년대 한국 민족주의의 분화」, 『한국의 근대화와 지식인』, 선인, 2004, 191면.

에 저항하는 담론이 누락되어 있었다. 가령 『국가와 혁명과 나』에 한국 근대화의 모델로 '메이지 유신'이 제시되었다는 사실도 그 연장선상에 놓인다. 그 안에서 메이지 유신이 조선의 식민지화로 연결되었다는 사실은 (의도적)으로 망각되어 있다.[343] 이렇듯 당대 정권의 현실 정책은 차라리 주장과 배치되는 노선위에 놓여 있었다. 1960년대 초 한일협정 반대운동 시위를 주도했던 학생들이, 과거에 대한 반성 없는 협정의 재개를 '민족적 민주주의의 장례식'이라 부르기도 했다는 사실은 유념해둘만하다.[344]

더욱이 국가적으로 공인된 '민족'의 개념도 종족적 표상이라기보다는 이념적 표상에 가깝게 위치 이동 중이었다. 당시 남과 북은 마찬가지로 '민족의 통일'을 주장하고 있었지만, 그 주장에는 반대 이데올로기 진영의 배척을 위해서라면 같은 민족도 제외시킬 수 있는 가능성이 또 매한가지 담보되어 있었다. '민족'이란 어디까지나 반공을 위한 수단으로서의 형상을 지닌 것이다. 이 두 가지 결락은, '자주성'을 바탕으로 '민족을 통일'하고 근대화를 이룩하자 천명했던 당대 정권의 '민족론'이 지녔던 텅 빈 본질을 짐작케 한다.

이 '허구의 민족주의'를 의도적으로나마 실체화하고자 했던 것이 1960년대 국가 주도의 문화 정책이었다. 당시 국가는 권력과 재

343 이준식, 「박정희 시대 지배이데올로기의 형성: 역사적 기원을 중심으로」, 한국정신문화연구원 편, 『박정희 시대 연구』, 백산서당, 2002, 202-203면.

344 홍석률, 앞의 책, 193면.

정적 지원을 바탕으로 관료와 지식인을 폭넓게 규합, 문화정책을 계획·실행하였으며 이는 당시 한국의 문화의 중요한 일부를 형성하게 되었다. 근대화 발전을 위한 운명 공동체로서의 '국민'을 만들기 위해, 국가, 민족, 역사를 재편하고 기억시키는 것이 그 골자였다.[345] 이광수에 대한 왜곡된 기념사업 역시 이러한 정책의 일환으로 간주할 수 있을 것이다.

다행한 것은, 당대 국가가 만들어 낸 주류적 민족 담론에 대한 안티테제로서 지식인들 또한 나름대로의 '민족 담론'을 만들어나갔다는 사실이다. 그것은 물론 저마다가 속한 입장과 사회적 맥락 안에서 윤색되며 다채로운 스펙트럼으로 뻗어나갔고 1960년대를 다양한 함의의 민족론으로 웅성거리게도 하였다. 1959년 문단에 나와 1960년대 및 70년대 왕성하게 활동했으며, 저널리즘으로 표방되는 당대 담론을 예민하게 의식했던 작가 최인훈에게도 이러한 상황은 무관한 일이 아니었다.

해방 직후에는 그런대로 '일본 제국주의'가 당분간 그런 증오의 표적 구실을 했지만 6.25 바람에 끝장이 나버렸어. 하기는 6.25 전에도 반일 감정은 이미 국민적 단합의 심벌로서의 효력을 잃고 있었어. 그 대신 '빨갱이'가 그 자리를 메웠어. 오늘의 불

345 오명석, 앞의 책, 123면.

행을 만들어준 나쁜 이웃에 대해서 이렇게 어물어물 감정 처리를 못 한 채 흘려버리는 것은 기막힌 일이야.[346]

인용문은 최인훈의 소설 『회색인』의 일부이다. 6.25 이전부터 그 효력이 상실되기 시작한 반일, 반제의 문제를 반공주의가 대체하였음을 예민하게 인식하고 있다. 그러니 소설을 현실 세계의 측심추로 활용하고자 했던 그가[347], 더군다나 제도적, 심정적으로 남한 사회에 온전히 정주하기 어려운 월남 작가였던 그가 1960년대 이광수에 관한 편향된 기념사업이나 민족 담론을 염두에 두지 않았을 리 없는 것이다.

4.19에서 5.16을 거쳐 한일협정에 이르는 기간은 근대화의 주체로서의 새로운 '국민 만들기' 기획이 이루어진 시기였다. 통일과 근대화라는 과제 하에서 개인들을 특정한 주체로 포섭하려는 시도는 역사 교육, 위인 기념사업 등을 통해 혹은 '민족'이라는 상징을 전유하면서 이루어졌다.[348] 해서 최인훈은 한일협정으로 반정권적인 감정이 고조되었을 때[349], 또 그것을 무마하기 위해 정부로부터

---

346 최인훈, 『회색인』, 앞의 책, 101면.

347 예컨대 최인훈 작가는 자신의 소설이 당대 언론매체의 주류적 담론들에 대한 안티테제로 작 성되었음을 여러 차례 피력한 바 있다.

348 신기욱, 이진준 역, 『한국 민족주의의 계보와 정치』, 창비, 2009, 167-168면.

349 최인훈은 자신이 '한일협정'의 문제에 지대한 관심을 가지고 있었다는 점을 피력한 바 있다. 최인훈, 「원시인이 되기 위한 문명한 의식」, 『길에 관한 명상』, 문학과지성사, 2010, 39면.

민족주의가 선포되고 그것을 위한 문화정책이 하나 둘 가시화될 때 『회색인』[350] 『서유기』[351] 『총독의 소리』[352] 등을 써냈다.

> 나는 「민족개조론」의 대강과 골자를 될수록 著者의 말을 그대로 인용해 가면서 설명하였다.
>
> 오늘날 우리는 근대화와 자립경제의 확립을 외치고 있다. 民主化와 工業化를 빨리 실현하여 부강하고 행복한 民族生活을 영위해 보려고 발버둥치고 있다. 그러나 이것은 민족의 정신적, 도덕적 기초 작업이 없이는 도저히 실현되지 않는다.
>
> 민족 번영의 기초 작업이란 무엇이냐, 민족성 改造運動이다. 우리 국민의 민족적 성격을 건전하게 만드는 일이다. (…) 이 民族改造思想과 運動은 우리 민족의 百年大計를 구성한 大 經綸으로서 길이길이 역사의 건설적 紙票가 될 것이다.[353]

헌병의 관점을 다시 짚어보자. 그에게 '허숭-이광수'는 '윤정선', '김갑진' 등을, 다시 말해 민족에 대한 헌신보다는 개인의 쾌락 추구에 몰두했던 불령선인들을 집단적 주체로 호명했다는 점에서 고

---

350 '회색의 의자'라는 제목으로『세대』1호(1963.6.)~13호(1964.6.)에 연재.

351 『문학』 1권 1호(1966.5.)~1권 6호(1966.10.)에 연재.

352 「총독의 소리」 1, 『신동아』, 1967.8, 「총독의 소리」 2, 『월간중앙』, 1968.4, 「총독의 소리」 3, 『창작과 비평』, 1968 겨울, 「총독의 소리」 4, 『한국문학』, 1976.8, 「주석의 소리」, 『월간중앙』, 1968.4.

353 안병욱, 「이광수의 「민족개조론」」, 『사상계』, 1967.1. 93면.

평된다. 그로인해 모든 인물은 자기희생을 거쳐 대주체로 수렴되었고 마침내 구원받았다는 것이다. 그는 이광수의 실제 삶도 그러한 과정을 거쳤다고 보고 있다. 물론 작가 최인훈이 이러한 언급을 통해 의도한 것이『흙』이나 이광수의 생애에 대한 맹목적인 비판은 아니었을 것이다.[354] 그는 국가 정책의 일환으로 부당하게 발화/침묵의 대상이 된 이광수의 목소리를 복원하고자 했고 그 과정에서 일제 강점기 이광수의 변모를 설명할 수 있는 이데올로기의 허상을 발견하였으며, 이를 통해 현실 세계의 문제 타진으로 나아간다.

"거기 젊은이, 내 말을 들어보시오. 이 헌병이 한 말을 행여 믿어서는 안 되오.내게 몇 가지 잘못이 있는데 그걸 말하기 전에 당시의 내 심정을 말하리다. (…) 2차대전후에는 미국과 소련의 대립으로 서양 제국주의에 대한 비난이 자리를 찾지 못했으나 보든 근본은 근세 이후의 서양 제국주의의 도덕적 악덕에서 비롯된 것이오. 그들 자신이 오늘날 세계의 어둠을 만들어 낸 범죄자라는 것을 뉘우쳐야 될 거요. 그들의 역사적 원죄는 식민지를 정복했다는 바로 그 사실이오. 이 큰 피비린내 나는 범죄에 대한 깨달음과 회개 없이는 그들은 스스로도 구원을 받지 못할뿐더러

354 오해를 불식시키기 위해 덧붙이자면, 최인훈은 스스로 자신이 이광수로부터 발원한 일제 강점기 서북 지역 문학인들의 정신사적 계보를 이어왔다고 자임한 바가 있다.

다른 나라에 계속해서 피해를 입힐 것임에 틀림없소. 또 해방된 아시아 국민도 자기들이 당한 일은 부당한 일이었다. 그들이 가한 일은 나쁜 일이었다는 걸 분명히 안 다음에 협조하면 할 일이지, 그래도 그들 덕분에 개화했지, 라든가, 우리 탓도 있었지, 하는 엉뚱한 생각을 하는 한 영혼의 독립을 영원히 찾지 못하고 말 것이오. (…) 나 자신을 변명할 생각에서가 아니라 그때의 내 마음이 움직인 모양을 정확하게 따라 가보고 싶은 것뿐이니 오해 마시오.[355]

작가는 소설 속에 '일제 말기 이광수의 고백'을 위한 자리를 마련한다. 춘원은 스스로 일제 말엽 자신의 내면을 추적, 분석, 자성한다. 그 과정에서 과거의 상황은 현실 정치에 견주어지고 그릇된 역사가 반복되고 있다는 사실이 명징해진다.[356] 비판적 성찰 없이 눈앞의 대아에 녹아들었을 때 맞닥뜨릴 수 있는 가망 없는 미래가 과거와 오버랩된다. 조선적 현실에 대한 이해 없이 받아든 대동아공영권(내지 아시아주의) 이데올로기가 허망한 파국을 몰고 왔음에도, 해방 이후 우리는 우리의 현실과 풍토를 고려하지 않은 냉전

---

355 최인훈, 『서유기』, 앞의 책, 196-198면.

356 실제로 당대 정권은 제도나 정책, 의식구조의 측면에서 파시즘적 성향을 다분히 지니고 있었다고 평가되어 왔다. (박한용, 「한국의 민족주의」, 『정신문화연구』 22-4, 한국학중앙연구원, 1999, 13면.) 냉전체제를 전시체제의 변형된 형태로 파악하면서 강력한 지도자를 중심으로 '총화'해야 한다는 논리는 민족주의를 국가주의화 했던 과거의 상황과 거의 흡사한 것이었다.

이데올로기를 무비판적으로 수용함으로써 분단의 비극에 이른 것이다.

> 유럽이 치른 르네상스와, 산업혁명과, 민족주의와, 실증과학의 시기와, 그리고 20세기, 이렇게 중요한 변화가 있었던 몇 세기를 한몫으로 치르지 않으면 안 될 시기였습니다. 만일 인간 세상에 있어서의 이 같은 혁명적인 변화들이 종족 집단의 정치적 이해라는 현실적 구심점을 가지지 못하고 순수 관념의 체계로 각기 받아들여질 때는, 그곳에 벌어지는 모습은 걷잡을 수 없는 뒤죽박죽뿐이며 그 집단은 집단으로서의 갈피를 잃어버리고 마는 것입니다. 대체로 20세기의 지난 부분에서의 반도인들의 마음의 찬장 속은 그와 같은 모습이었다고 할 수 있습니다.[357]

작가는 국가 담론에서 소거된 춘원의 일제 말기를 소설에 복원시키는 데 주력했지만 그것이 의도의 전부는 아니었다. 식민지의 대표적 지식인, 이광수의 삶을 추동해 간 사유의 노정을 추체험하는 것은 결국 현실 세계의 진단을 위한 한 과정이 되었으니 말이다. 이처럼 최인훈은 『회색인』과 『서유기』를 통해 과거 지식인의 식민지 경험과 그것을 역사로서 지니고 있는 현재 지식인의 경험을 연

357 최인훈, 「총독의 소리」 2, 『총독의 소리』, 문학과 지성사, 2010, 111면.

결시킨다. 그러니 『회색인』에서 『서유기』에 이르는 여정이란, 한반도 구성원들의 '자기'를 망실하게 한 역사와 이념에 대한 작가의 소설적 검수라고 해도 무방할 것이다.

4) 신채호를 경유한 자기 석방의 길 또는 선험적 이데올로기의 경험적 검토

이렇듯 『서유기』는 독고준이라는 월남민 개인의, 또 "우리 社會는 社會가 아니라 避難民 收容所"[358]를 살아가는 한반도의 거주자들의 '자기 찾기' 여정이 기입된 소설이다. 원작 『서유기』의 일행들이 죄인이었던 것처럼 독고준도 소설 안에서 수인囚人의 위치에 놓여있지만 엄밀히 말하자면 그는 이데올로기에 의해 죄인이 된 월남인—죄 없는 죄인이다.

따라서 속죄를 위해 요괴를 물리치는 『서유기』의 인물들과 달리 독고준은, 자신을 수인으로 만든 역사와 시대에 대한 탐찰을 행로 삼는다. '자기 자신이 무엇인지도 모르는' 그는 흡사 요괴처럼 걸음을 막아서는 존재들로부터 죄수로, 구원자로, 감찰관으로 호명되며 정체성을 강요받는다. 그러다 마침내 자신의 방 W시의 원체

358 김현, 최인훈 대담, 앞의 책, 85면.

험으로 돌아오는데, 이것은 정체성의 혼란을 거쳐 자신을 수인화한 역학들을 짚어 본 후 다시 자기 안으로 돌아오는 상상적 여정이라 할 수도 있을 것이다.

독고준은 방으로 돌아오기 전 'W시의 기억', 즉 자아 비판회라는 트라우마적 체험을 반복해서 겪어낸다. 자신을 피고로 세운 재판장에서였다. 다만 자아비판 종용에 그저 굴종했던 예전과 달리 그는 지도원과 맞선다. 그 항변의 근거가 되는 것이 바로 '문화형'이다. '문화형'의 개념이 소설 속에 처음 등장한 것은 사학자와의 만남이 이루어진 자리였다. 독고준은 대개 만나는 인물들에 대한 언급이나 평가를 아끼는데, 유독 '사학자'에 한해서는 '어느 정도 공명하는 지점이 있다'고 술회하기도 했다.

> **한마디로, 본인은 민족성이라는 실체實體의 존재를 부정하고 싶다는 것입니다. 이렇게 말할 때 저는 중요한 단서를 붙이고 싶습니다. 그것은 본인은 민족성의 논의를 생물학적 차원으로부터 문화사적 차원으로 옮기고 싶다는 것이 곧 그것입니다. 다시 말하지 않아도 분명한 일입니다만 나치스 학파의 이론이 비문화적이었다는 것은, 그들이 인간을 문화의 주체로 보지 않고 생물의 종자로 보았다는 데 있습니다. 이게 야만입니다. (…) 본인이 말하는 문화형이란 이 '생각하는 방식'을 뜻하는 것입니다.**[359]

359 최인훈, 『서유기』, 앞의 책, 130면.

'문화형'의 개념은, 그 대표적인 예로 소설에 제시된 신채호의 사관을 살펴볼 때 보다 자명해진다. 최인훈은 신채호가 인물이나 왕조, 또는 경제 사정이나 지리 자연에 앞서 인사(人事)의 법칙인 '생각하는 방식'에 역점을 두고 역사를 기술했다고 적었다. 위로부터 종용된 선험적 이데올로기가 아니라 아래로부터 자생 된 경험적인 것들에 의거해 주체를 정립했다는 것이다.

독고준은 어린 시절 토론회에서 유물변증법적 역사관 대신, 책을 통해 스스로 추체험한 야담식 역사를 추종한다는 이유로 비난을 받았다. 전자가 위로부터 규정 된 선험적인 것이라면 후자는 아래로부터 싹튼 경험적인 것에 가까울 것이다. 논개, 이순신, 이광수를 나오는 관념의 여행 끝에서 지도원과 재회한 '독고준'은 이제, 자신을 자아 비판대에 세웠던 지도원의 논리가 '허깨비'임을 알아차린다. 실은 당대 남과 북의 자본주의와 공산주의 모두가 허깨비나 다름없는 것이었다. 그것은 "개인을 공화국의 시민으로 구성"하기 위해 동원된 선험적 허구였다.

점령군이 데리고 들어 온 공산주의자들이 벼락치기로 군림함으로써 비롯된 정권, 박래품임에는 마찬가지다. 그럴 때, 그 당대를 사는 사람들에게는 그 박래품은 그들의 개인적 삶의 실감의 핵심에 들어오지 않고 겉도는 어떤 근질근질한 이물감으로 받아진다. 그 이념이 보편주의의 권위를 가지고 추상적이며 논리적은

> 절대적 복종을 요구하면서 그 이념 속에 섞여든 박래성을 에누리해 줄 아량도 슬기도 없을 때, 그처럼 불행한 사회도 없다.[360]

'독고준'은 "공화국 시민이 아닌 인간"이 되고자 했다. 그것은 이데올로기적으로 호명된 정체성이 아니라, 개인적 경험과 사유의 축적물, "거대한 손때 묻은 시간의 쌓임"[361]에서 도출되는 "경험적인 것"[362] 혹은 "즉물적 진실"[363]을 토대 삼을 때 가능한 일이었다. 기실 그것이야말로 작가 최인훈이, 일제 강점기 및 분단으로 이어지는 일련의 역사적 질곡 안에서 찾아내고자 했던 우리 민족의 '뿌리' 혹은 '정신적 고향'이었다. 그것을 찾고 회복하기 위한 노력은 따라서 '에고' 수립의 의지와도 맞닿아 있다. 『서유기』는 이를 위한 '독고준'의 여정이었고, 최인훈의 문학세계는 '그것'을 찾는 작가 자신의 여로였다. 이것은 분단 시대 남한의 수인으로 살아가야 했던 월남민 독고준-최인훈이 택한 자기 석방의 길이기도 했다. 그렇게 본다면 최인훈의 소설은 '관념의 허영'으로밖에 도피할 수 없었던 (무)의식의 발로[364]라기보다는 현실적 앙가주망을 넘어서는 미래적 선언으로서의 데가주망의 현현으로 보는 것이 옳을 것이다.

---

360 위의 책, 277면.

361 최인훈, 「크리스마스 캐럴」, 『크리스마스 캐럴/ 가면고』, 앞의 책, 117면.

362 위의 책, 같은 면.

363 최인훈, 『회색인』, 앞의 책, 206면.

364 김윤식, 「토착화의 문학과 망명화의 문학」, 앞의 책, 참고.

요컨대 「GREY俱樂部」에서 전말기」 출발해 『화두』에 도달했던 최인훈의 여정은, 자신의 삶 안에서 배태된 '라울' 혹은 '독고준'이라는 존재를 '바울'로 정립하게 하는 것이었다. 이는 소설로써 제국주의, (진영논리로서의) 자유주의와 사회주의와 단절하고 해체하는 과정에서 수행될 수 있었다. 그를 통해 최인훈은 미완으로 끝난 혁명의 반복이 아니라, 이전과 다른 혁명, 현실 외부에서 오는 혁명을 내내 기다렸던 것이다.

| 나가며 |

최인훈의 문학이 '되받아 쓴' 한국의 근현대사

최인훈의 문학이 '되받아 쓴' 한국의 근현대사

1970년대에 이르러 최인훈은 소설 쓰기를 중단하고 대안으로 희곡을 좌표 삼았다가 도미한다. 그후 주로 평론이나 에세이를 통해 문학에 대한 이상과 현실의 암담함에 대해 말했다. 날카로운 문학적 주체가 존재감을 과시하기에는 날로 잔인해지는 시대의 육박이 지나치게 엄혹했기 때문이다. 그러나 그의 사상은 텍스트의 더 안쪽으로 자리를 옮겨 여전히 조심스레 벼려지고 있었다.

그리하여 구 소련의 붕괴로 냉전 체제가 사실상 한반도를 제외한 세계 전역에서 와해 되었을 때, 최인훈은 기다렸다는 듯이 그 반향으로 쓴 소설 『화두』(1994)를 세상을 향해 펼쳐 놓는다. 길고 단단한 호흡의 이 책은, 최인훈의 기나긴 삶과 문학적 행로가 한반도의 고통스러운 '화두'들을 '월남민'으로서 아프게 통과한 주체들의 '사상 기행'이었다는 사실을 다시금 기억하게 하는 것이었다.

한국 현대 문학사는 여백과 투쟁하는 기록이다. 한반도의 근대

사는 제국주의, 분단 및 냉전 이데올로기에 장악당하고 저항하는 고투의 과정이었으며 그로 인해 공적 역사 안에서는 기입 될 수 있는 것들과 기입 될 수 없는 것들의 투쟁이 매 순간 벌어졌기 때문이다. 이는 냉전 체제가 사실상 종식된 현재의 한반도에서도 여전히 진행 중인 문제로, 우리가 우리 역사의 활자뿐만 아니라 행간에도 주의를 기울여야 하는 이유가 여기에 있다.

최인훈을 포함한 '월남 작가'라는 집단은 해방 이후 역사의 활자와 행간을 넘나들었던 균질적이지 않은 집단이다. 혹자는 이들에게서 '반공 전사'를 읽고[365] 혹자는 이들로부터 '버려진 한 핏줄'[366]을 떠올린다. 한반도를 잘라낸 물적, 심적 선이 완전히 사라지기 전까지 역사는 양쪽 모두를 답이자 답이 아닌 것으로 적을 수 밖에 없을 것이다.

그러한 까닭에 '월남 작가'의 문학 텍스트를 들여다 보는 일은 결코 쉽지 않다. 모든 창작된 텍스트가 그러하기는 하겠지만, 특히 '월남 작가'의 자의식을 지닌 채 글쓰기를 해온 이들의 작품에는 이 세계의 거시적인 역사가 작가의 미시적인 역사와 길항하는 과정에서 생겨난 '겹의 목소리'가 존재하기 때문이다.

최소한 이 책에서 다루거나 언급했던 '월남 작가'의 소설이나 시, 때로는 평론까지도 표면의 발화와 이면의 의미가 달라 분열적으로

---

365 김동춘, 『대한민국은 왜? 1945-2015』, 사계절, 2015, 119면.

366 이호철, 『우리네 문단골 이야기』, 자유문고, 2018,. 30면.

웅성거리는 경우가 많았다. '살아가기 위해' 그들이 자신을 억압하고 이용하는 체제에 나름대로 대응해가기로 마음 먹었을 때, 이들이 써내는 텍스트에는 거역하기 힘든 숙명처럼 의장 내지 균열이 생길 수 밖에 없었던 것이다.

또 그렇기 때문에 '월남 작가'의 논의는, 서론에서 제시했던 것처럼 '월남 작가'의 집단에 대한 해명과 거기 속한 개별 작가에 관한 치밀한 작가론이 동시에 수행될 때 보다 완성도 있게 진행될 수 있을 것이다. 하여 이 책에서는 이른바 분단 문학의 대표 작가인 최인훈의 문학 세계에 나타난 주체 형성 과정을 탐구하였다. 그 과정을 이렇게 요약한다.

최인훈(1934~2018)은 함경북도의 회령에서 태어나 각각 원산중학교와 원산고등학교에서 수학했다. 그의 문학 세계에서 마련된 주체들은, 이 원산 교실의 '자아비판회'에 끊임없이 회부되며 그것의 폭력성을 고발하거나 그것이 스스로에게 미친 영향력을 고구한다. 최인훈이 쓴 자전적 소설 『화두』의 '나'는 교실을 피해 도서관으로 갔고 거기에서 지배 이념의 외부에 놓여 그것의 문제를 사유하게 하는 책(문학)의 세계를 만난다.

원산 시절, 초기 이북의 사회주의 체제의 '말의 규율'에 부단히 시달려야 했던 그는 이렇게 규율 외부의 진리, 즉 책과 문학의 힘에 자연스럽게 빠져들게 된다. 최인훈이 훗날 '내가 문학 전공을 했으면 학업을 끝까지 마쳤을 것'이라고 술회한 것은 맥락에서 이해될 수 있겠다.

식민지 시대 평화롭고 안온한 삶을 영위했던, 부르주아지에 가까운 가족의 형편으로 인해 북한에서 정치적 핍박을 받고 월남한 최인훈은 대학에 진학하여 학문과 사유의 세계에서 삶을 보다 관념적인 차원에서 조망하게 된다. 즉 남북한의 이념과 법 등 사회 문제를 조감하며 개체로서 자신을 위상을 찾고자 했던 것이다.

한편 두 작가가 월남 하기 전, 그러니까 해방 직후에는 '월남 작가'라는 단위가 자임에 의해 생겨났다. 남한 사회에서 '월남 작가'는 추상적인 개념이 아니라 해방 직후인 1948년의 문학장에 등장하였던 실체였다. 즉 '월남 작가'란 후대에 소급적으로 생겨난 개념이 아니며 월남민의 정체성을 적극적으로 내세워 문학 활동을 해 나가고자 했던 문인들의 강력한 의식이 담긴 용어인 것이다. 이 집단에 소속된 작가들은 그런 차원에서 그저 월남의 이력을 지닌 작가들과 구분되어 명명될 필요가 있어 보인다. 이를테면 전자를 '월남 작가'로 후자를 월남한 작가로 다르게 불러도 좋겠다.

이때 이들의 활동은, 체제에 동조하거나 비판하는 방향으로 나아갔는데 그렇다고 이들이 그 과정에서 주조한 텍스트를 체제 영합적/반영합적이라는 이분법적 도식으로 단순 구분할 수는 없다. 해방기 황순원을 비롯한 '월남 작가'의 소설들이 말해주듯 이들의 텍스트에서는 '그래야만 하는 마음'과 '그럴 수 없는 마음'이 부딪혀 내는 파열음이 울리고 있기 때문이다.

해방기의 선배 '월남 작가'들을 의식하며 작가의 길로 접어든 최인훈의 소설도 전대(前代)의 작품들처럼 양가적인 면모를 보인다. 이는 물론 그가 남한 사회에서 온전히 자유로울 수 없는 '월남 작가'였다는 사실 및 그들의 생애사적 행보에서 기인한 것이었다.

최인훈 초기 소설들에서 주체의 형상은 라울/바울이라는 등단 완료작의 인물들을 그 원형으로 하고 있다. 이들은 『화두』에서 자아비판회를 거친 '나'와 정확히 겹쳐진다는 점에서 흥미롭다. '나'가 지도원 선생의 심문에 답을 하는 과정에서, 근대 이후 한반도의 통치 이념이 되어 온 제국주의와 분단 이데올로기를 아무 회의 없이—소설의 말을 빌리자면 '자각의 고리' 없이 통과해온 자신을 비판적으로 성찰하게 된 것처럼, 「라울전」에서 라울도 노예제를 승인하는 히브리 및 유대교의 경전과 교리를 신봉하다가 막상 메시아 예수의 존재를 놓친 자신을 자책한다.

반대로 라울의 라이벌인 바울은 지배 이념으로 군림한 히브리와 유대교의 지식과 단절하고 그것을 비판적으로 검토할 수 있는 주체였다. 그러니 이렇게 옮겨도 좋을 것이다. 「라울전」에서 패배하는 라울과 승리하는 바울은 『화두』의 '나'의 내면의 변화를 투사하는 존재이기도 하다.

이미 「라울전」에서 바울을 사도로 앞세운 혁명적 세계를 꿈꾸었던 최인훈은, 한반도에 그와 비슷한 맥락으로 도래한 4.19를 환희 속에서 맞이하며『광장』을 쓴다. 이는 그가 발자크식 리얼리즘에 입각해 쓴 유일한 소설이라 할 수 있다.

그러나 5.16으로 혁명의 의미가 퇴색되자 최인훈은 미디어의 담론들과 접속하는 소설 텍스트들을 써내어 당대인들과의 '야합'하기로 결정한다. 이것이 『광장』 이후의 『열하일기』, 『크리스마스 캐럴』 연작, 『회색인』, 『서유기』 등의 많은 작품 속에서 작가가 사실주의를 지켜내며 현실을 견디는 소설적 방식이었음은 물론이다.

최인훈은 4.19가 내건 자유, 민주, 통일의 가치가 흡사 프랑스혁명처럼 후대에도 이어져 다음 혁명의 씨앗이 되기를 바라며 '그날'을 작중에 지속적으로 재맥락화 했지만, 그렇다고 공산주의로 자유민주주의를 전복하거나 그 반대가 되는 혁명을 기다린 것은 결코 아니었다.

오히려 다음 혁명이 이 세계의 내부가 아니라 외부에서 도래할 것이라 여겼던 그는 『구운몽』과 『서유기』를 통해 역사를 정지시켜 그것과 단절하고 의미를 재검토하는 역사철학적 방법론을 보여준다. 이것이 1959년부터 1970년대까지 최인훈이 지켜냈던 문학적 주체와 세계의 핵심인 것이다.

이렇듯 이 책에서는 최인훈의 문학적 주체가 정립되는 과정을 각각 살펴보았다. 최인훈은 등단작과 등단완료작을 통해 데뷔 당시 작가가 소설 안에 세웠던 주체의 형상을 살펴보았으며, 4.19를 거치며 그것이 공고해지거나 변화하는 양상을 고찰하였다. 또한 5.16 이후의 정세 안에서 작가들이 어떻게 검열을 우회하여 현실과 긴밀히 접속하였는지를, 즉 그들이 표방했던 문학론을 작품과 엮어 함께 고찰하였다.

두 작가는 매한가지로 월남민이라는 존재론적 위상을, 남북한의 정치사회적 질곡의 표지로 삼았다. 이 같은 문학적 궤적은 이른바 월남 작가라 불리는 작가군의 행보 안에서도 특기할 만한 것인데 말년에 이르기까지 지속적으로 소설을 써낸 한 작가가 드물기도 하거니와 한국 현대사의 현장들을 성찰하려했던 시도 또한 흔치 않은 것이기 때문이다. 최인훈의 문학은 그것이 생산된 당대라는 구체적 시공간의 역사적 경험 속에서 수행적으로 형성된 텍스트, 월남 작가의 정체성을 도구 삼아 '되받아 쓴'(write-back) 한국 현대사라 할 만 하다.

참고문헌

1. 기본 자료

최인훈, 『광장』, 문학과지성사, 2010.

최인훈, 『구운몽』, 문학과 지성사, 2009.

최인훈, 『길에 관한 명상 』, 문학과지성사, 2010.

최인훈, 『문학을 찾아서』, 현암사, 2008.

최인훈, 『서유기』, 문학과 지성사, 2008.

최인훈, 『웃음소리』, 문학과 지성사, 2009.

최인훈, 『유토피아의 꿈』, 문학과 지성사, 1980.

최인훈, 『총독의 소리』, 문학과 지성사, 2010.

최인훈, 『최인훈 전집』 1-15, 문학과 지성사, 2009.

최인훈, 『크리스마스캐럴/가면고』, 문학과 지성 사, 2010.

최인훈, 『하늘의 다리/두만강』, 문학과 지성사, 2009.

최인훈, 『화두』 1, 민음사, 2009.

최인훈, 『화두 2』, 문학과 지성사, 2008.

최인훈, 『회색인』, 문학과 지성사, 2010.

최인훈, 장용학 외, 『한국전후문제작품집』, 신구문화사, 1960.

『개벽』

『경향신문』

『대학신문』

『대한일보』

『동아일보』

『문예』

『문학』

『미군정청 관보』

『민성』

『사상계』

『삼천리』

『새가정』

『새벽』

『서울신문』

『세대』

『신동아』

『신천지』

『어문논총』

『월간중앙』

『자료대한민국사』

『자유문학』

『전선문학』

『조선문단』

『조선일보』

『중앙시사매거진』
『창작과 비평』
『편년 대한민국사2』
『한겨레』
『한국문단이면사』
『한국문학』

2. 단행본 및 논문

(1) 국내 단행본

강진호 편, 『원융의 삶과 곧은 지향의 문학』, 글누림, 2010.
강진호 편, 『한국문단이면사』, 깊은샘, 1999.
공임순, 『스캔들과 반공국가주의』, 앨피, 2010.
권명아, 『식민지 이후를 사유하다-탈식민화와 재식민화의 경계』, 책세상, 2009.
권영민, 『한국현대문학사』 2, 민음사, 2002.
김귀옥, 『월남민의 생활 경험과 정체성』, 서울대학교출판부, 1999.
김기진, 『나는 살어 있다-인민 재판 당한 자의 수기』, 청구출판사, 1951.
김병익, 김현 편, 『최인훈』, 도서출판 은애, 1979.
김병익, 김현 편, 『최인훈』, 도서출판 은애, 1979.
김윤식, 『문학사의 라이벌 의식 3』, 그린비, 2017.

김윤식, 정호웅, 『한국소설사』, 문학동네, 2000.

김인호, 『해체와 저항의 서사』, 문학과 지성사, 2004.

김인호, 『해체와 저항의 서사』, 문학과 지성사, 2004.

김정남, 『4.19 혁명』, 민주화운동기념사업회, 2003.

김재영, 『한설야 문학의 재인식』, 소명출판, 2004.

김종욱, 『한국 현대문학과 경계의 상상력』, 2012.

김치수, 최인훈 대담, 『4.19와 모더니티』, 문학과 지성사, 2010.

김학준, 『북한의 역사 2 (미소냉전과 소련군 아래서의 조선민주주의 인민 공화국 건국, 1946년 1월 - 1948년 9월)』, 서울대학교출판문화원, 2013.

김현, 『최인훈 전집 1 - 광장』, 1976, 문학과 지성사.

노명식, 『프랑스 혁명에서 파리 코뮌까지, 1789~1871』, 책과 함께, 2011.

류동규, 『전후 월남 작가와 자아정체성 서사』, 역락, 2009.

문제안 외, 『8.15의 기억-해방공간의 풍경, 40인의 역사체험』, 한길사, 2005.

방민호 편, 『최인훈, 오딧세우스의 항해』, 에피파니, 2018.

백낙청, 『흔들리는 분단체제』, 창작과 비평사, 1998.

신기욱, 이진준 역, 『한국 민족주의의 계보와 정치』, 창비, 2009.

신범순, 『이상의 무한정원 삼차각 나비-역사시대의 종말과 제4세대 문명의 꿈』, 현암사, 2007.

신영덕, 『한국전쟁과 종군작가』, 국학자료원, 2002.

연남경, 『최인훈 소설의 자기 반영적 글쓰기』, 혜안, 2012.

염무웅, 『최인훈』, 신구문화사, 1968,

염무웅, 『최인훈집』, 신구문화사, 1968.

오미일, 『제국의 관문 – 개항장도시의 식민지 근대』, 선인, 2017.

오현주, 『1960년대 문학연구』, 깊은샘, 1998.

이동원, 조성남, 『미군정기의 사회 이동』, 이화여대출판부, 1997.

이동하, 『한국 소설과 기독교』, 국학자료원, 2002.

이선미, 『반공주의와 한국 문학』, 깊은 샘, 2005.

이연숙, 『흰 겉옷 검은 속살』, 한국학술정보, 2008.

이영록, 『우리 헌법의 탄생 – 헌법으로 본 대한민국 건국사』, 서해문집, 2006.

이준식, 『박정희 시대 연구』, 백산서당, 2002.

임규찬, 『한국소설문학대계』 39, 동아출판사, 1995.

장현숙, 『한국현대문학사에서 본 황순원 문학연구』, 푸른사상, 2014.

전진성, 『역사가 기억을 말하다』, 휴머니스트, 2005.

정영진, 『문학사의 길찾기』, 국학자료원, 1993.

정영훈, 『최인훈 소설의 주체성과 글쓰기』, 태학사, 2008.

정한숙, 『현대한국문학사』, 고려대학교 출판부, 1982.

정호웅, 『1960년대 문학연구』, 예하, 1993.

조동일, 『현대한국문학전집 8』, 신구문화사, 1965.

최강민, 『한국 문학의 권력 계보』, 한국출판마케팅 연구소, 2004.

최인훈, 한상철 대담, 『문학과 이데올로기』, 문학과 지성사, 1980.

편집부, 『실토–한국대표작가 사생활공개』, 한국정경사, 1966.

홍석률, 『한국의 근대화와 지식인』, 선인, 2004.

강인철, 『한국의 개신교와 반공주의』, 중심, 2007.

김윤성, 「六·二五와 文壇」, 『해방문학 20년』, 정음사, 1966.

김윤식, 「다섯 가지의 유형론」, 『문학사의 라이벌 의식 1』, 그린비, 2013.
김종문, 「序라 題하여」, 『전시한국문학선』, 국방부 정훈국, 1954.
양명문, 「월남문인」, 『해방문학 20년』, 한국문인협회, 1996.

(2) 국내 논문

강헌국, 「감시와 위장-최인훈의 「크리스마스 캐럴」론」, 『우리어문연구』 32, 2008.
강호정, 「월남 시인의 삶의 두 방향」, 『한국시학연구』 50, 2017.
고승희, 「조선 후기 함경도 內地鎭堡의 변화」, 『한국문화』 36, 2005.
고승희, 『조선 후기 함경도 지역의 상업 연구』, 이화여자대학교 박사학위 논문, 2011.
곽도연, 「『무너지는 소리』 3부작의 창작동기 연구」, 『우리말 글』, Vol. 71, 2016.
구재진, 「최인훈 소설에 나타난 '기억하기'와 탈식민성 -『서유기』를 중심으로」, 『한국현대문학연구』 15, 한국현대문학회, 2004.
권보드래, 「최인훈의 『회색인』연구」, 『민족문학사연구』 10-1, 1997.
권영민, 「닫힘과 열림의 변증법」, 『문학사상』, 문학사상사, 1989.
권철호, 「해방기 '월남 작가'의 지위와 개념의 형성」, 『제 31회 한국근대문학 회 정기학술대회 자료집』, 2014.12.3.
김경일, 「1929년 원 산총파업에 대하여 : 60주년에 즈음한 역사적 성격의 재평가」, 『창작과 비평』, 17(1), 1989.3.
김광운, 「1945년 '8.15'에 대한 인식의 변화과정」, 『내일을 여는 역사』 8, 2002, 7.

김기림 외, 「關北, 滿洲出身作家의 '鄕土文化'를말하는座談會」, 『삼천리』, 1940.9.

김기우, 「최인훈 단편소설에 나타난 주체의 세 영역」, 『한국문학이론과 비평』 76, 2017.

김미영, 「최인훈 소설의 환상성 연구」, 한양대학교 박사학위논문, 2000.

김성렬, 「최인훈의 『크리스마스 캐럴』 연구」, 『국제어문』 42집, 2008.

김수자, 「한국전쟁과 월남 여성들의 전쟁 경험과 인식」, 『여성과 역사』 10, 2009.

김영삼, 「4·19 혁명이 지속되는 방법, '사랑'이라는 통로」, 『한국비평문학회』 68, 2018.

김예림, 「국가와 시민의 밤 -경찰국가의 야경, 시민의 야행」, 『현대문학의 연구』 49, 2013.

김용규, 「주체와 윤리적 지평 - 바디우와 아감벤의 '바울론'을 중심으로」, 『새한영어영문학』, 51(3). 2009.8.

김주연, 「새 시대 문학의 성립: 인식의 출발로서 60년대」, 『아세아』, 1969.

김준현, 「반공주의의 내면화와 1960년대 풍자 소설의 한 경향」, 『상허학보』 21, 2007.10.

김춘식, 「소시민적 체험과 분단인식의 문학」, 『한국문학연구』 19, 동국 대학교 한국문학연구소, 1996.

김현, 「풍속적 인간: 「크리스마스 캐럴」을 중심으로」, 『한국문학』, 1966.

김현종, 「「응향」사건에 대하여」, 『문예시학』 7권 1호, 1996.

김효석, 「전후 월남 작가 연구 : 월남민의식과 작품과의 상관관계를 중심으로」, 중앙대학교 박사학위논문, 2006.

김홍식, 「조명희의 문학과 아나키 즘 체험」, 『중앙어문학회 어문론집』 26, 1998.12.

김희진, 「최인훈의 「구운몽」 연구 -시대 상황을 중심으로」, 『현대문학이론학회』 64, 2016.

남원진, 「역사를 문학으로 번역하기 그리고 반공 내셔널리즘」, 『상허학보』 21집, 2007.

박진, 「새로운 주체성과 "혁명"의 가능성을 위한 모색 -최인훈의 「구운몽」 다시읽기」, 『현대문학이론학회』 62, 2015.

박진영, 「되돌아오는 제국, 되돌아가는 주체- 최인훈의 『태풍』을 중심으로」, 『현대소설연구』 15, 현대소설학회, 2001.

박한용, 「한국의 민족주의」, 『정신문화연구』 22-4, 한국학중앙연구원, 1999.

박훈하, 「이방인 의식과 분단극복의지」, 『국어국문학』 33, 1996.

방민호, 「'데가주망'의 논리」, 『어문논총』 67, 한국문학언어학회, 2016.

방원일, 「한국 크리스마스 전사(前史), 1884-1945」, 『종교문화연구』 11, 2008.12.

배지연, 「최인훈 소설의 메타적 글쓰기 연구」, 경북대학교 박사학위논문, 2016.

배지연, 「최인훈 초기 소설에 나타난 근대의 양가성」, 『한국현대문학연구』 52, 2017.

백철, 「1960년도 작단 (하) - 우리 문학의 도표는 세워지다」, 『동아일보』, 1960.12.11.

서세림, 「월남문학의 유형- '경계인'의 몇 가지 가능 성」, 『한국근대문학연구』 제31호, 2015.4.

서세림, 『월남 작가 소설 연구 : '고향'의 의미를 중심으로』, 서울대학교 대학원 박사학위 논문, 2016.

서은주, 「'한국적 근대'의 풍속- 최인훈의 「크리스마스 캐럴」연작 연구」, 『상허학보』 19, 상허학회, 2007.

서은주, 「최인훈 소설 연구 – 인식 태도와 서술 방식의 상관성을 중심으로」, 연세대학교 박사학위 논문, 2000.

서은주, 「한국적 근대의 풍속—최인훈의 「크리스마스 캐럴」 연작 연구」, 『상허학보』 19, 2007.2.

서호철, 「루멀랜드의 신기료 장수, 누니옥(NOOHNIIOHC)씨」, 『실천문학』, vol. 107, 2012.

설혜경, 「최인훈 소설에 나타난 법과 위반의 욕망」, 『현대소설연구』 45, 2010.

신익호, 「신학적 신정론의 관점에서 본 문학」, 『국어문학』 53, 국어문학회, 2012.

신효숙, 「소련군정기 북한의 교육개혁」, 『현대북한연구』 Vol.2 No.1, 1999.

심경호, 「관서, 관북 지역의 인문지리학적 의의와 문학」, 『한국고전연구』 24집, 한국고전연구학회, 2011.

안서현, 「최인훈 소설과 보안법」, 『한국현대문학연구』 55, 2018.8.

양윤모, 「서구 문화의 수용과 혼란에 대한 연구」, 《우리어문연구》, 2000.

연남경, 「최인훈 소설의 자기 반영적 글쓰기 연구」, 이화여자대학교 박사학위논문, 2009.

오윤호, 「탈식민 문화의 양상과 근대 시민의식의 형성- 최인훈의 『회색인』」, 『한민족문화연구』 48, 한민족문학학회, 2006.

유임하, 「이데올로기의 억압과 공포」, 『현대소설연구』 25, 2005.

이기호, 「냉전체제, 분단체제, 전후체제의 복합성과 '한반도 문제'에 대한 재성찰」, 『민주사 회와 정책연구』 29권, 2016.

이민영, 「최인훈의 『소설가 구보씨의 일일』연구--구보의 서명과 '후진국민'의 정체성」, 『현대소설연구』 58, 현대소설학회, 2015.

이보영, 「소시민적 일상과 증언의 문학」, 『현대문학』, 1980.8.

이선엽, 「경범죄처벌법의 역사적 변천」, 『한국행정사학회』, 2009.

이수형, 「신과 대면한 인간의 한계와 가능성」, 『인문과학연구논총』 31, 명지대학교 인문과학연구소, 2010.

이인숙, 「최인훈 소설의 담론 특성 연구」, 고려대학교 박사학위논문, 1998.

이택광, 「신성한 유물론: 발터 벤야민의 정치신학에 대하여」, 『비평과 이론』 17(2), 2012.

이행선, 「1945-1982년 야간통행금 지, 안전과 자유 그리고 재난」, 『민주주의와 인권』 18, 2018.3.

임진영, 「일반논문 : 월남 작가의 자의식과 권력의 알레고리 - 황순원의 「차라리 내목을」과 "신라 담론"의 문화사적 맥락」, 『한국문학의 연구』 58, 2016.

임헌영, 「분단의식의 문학적 전개」, 『세계의 문학』, 1977년 가을.

장성규, 「좌절 된 혁명의 기억 -4.19의 호명과 환타지 미학」, 『한민족문화연구』, Vol.54, 2016.

장유승, 「서북 지역 한문학 연구의 현황과 과제」, 『한국고전연구』 24집, 한국고전연구학회, 2011.

장유승, 「조선 후기 변경 지역 인식의 변모 양상」, 『한문학보』 20집, 2009.

전소영, 「월남 작가의 정체성, 그 존재태로서의 전유」, 『한국근대문학연구』 32, 2015.

정명환, 「실향민의 문학」, 『창작과비평』, 1967.6.

정우봉, 「조선후기 풍속지리 문헌에 나타난 관북 지역과 그 인식의 차이」, 『고전과 해석』, Vol. 19, 2015.

정주아, 「'정치적 난민'의 공간 감각, 월남 작가와 월경의 체험」, 『한국근대문학연구』 31, 2015.

정태헌, 김경일, 유승렬, 임경석, 양상현, 「1920~30년대 노 동운동과 원산총파업」, 『역사와 현실』 2, 1989.12.

조경덕, 「운명과 자유 최인훈의 라울전 론」, 『한국문학이론과 비평』 77, 한국문학이론과 비평학회, 2017.

조영일, 「시민문학, 민족문학, 세계문학 : '시민-소시민 논쟁'과 「시민문학론」에 대하여」, 서강대학교 인문과학연구소, 『서강인문논총』 35, 2012.12.

조현일, 「권태와 혁명」, 『비평문학』 제 37 호, 2010.

주창윤, 「해방 공간, 유행어로 표출된 정서의 담론」, 『한국언론학보』 53권 5호, 한국언론학회, 2009, 376면.

진선영, 「식민지 시대 '북청'의 지역성과 함경도적 기질성」, 『한국문학이론과 비평』, 2014.12.

차미령, 「최인훈 소설에 나타난 정치성의 의미 연구」, 서울대학교 박사학위논문, 2010.

천이두, 「피해자의 윤리」, 『현대한국문학전집 8』, 신구문화사, 1968.

최성은, 「쿠오 바디스에 나타난 애국적 알레고리 연구」, 『동유럽발칸학』 7-2, 한국동유럽발칸학회, 2005.

최연식, 「박정희의 '민족' 창조와 동원된 국민통합」, 『한국정치외교사논총』 28-2, 한국정치외교 사학회, 2007.

최유경, 「미켈란젤로의 피에타에 나타난 죽음의 의미」, 『종교와 문화』 9, 2003.6.

최윤경, 임환모, 「혁명에 대한 알레고리로서의 「구운몽」」, 『국어문학회』 65, 2017.

최재남, 「관서, 관북 지역의 시가 향유 양상」, 『한국고전연구』 24집, 한국고전연구학회, 2011.

칸 앞잘 아흐메드, 「최인훈 소설의 유토피아 의식 연구」, 경북대학교 박사학위논문, 2017.

탁원정, 「고소설 속 관서, 관북 지역의 형상화와 그 의미」, 『한국고전연구』 24집, 한국고전연구학회, 2011.

함석헌, 「생각하는 백성이라야 산다: 6.25 싸움이 주는 역사적 교훈」, 『사상계』, 1958.8.

허영주, 「최인훈 소설의 정신분석학적 연구」, 계명대학교 박사학위논문, 1995.

황병주, 「미군정기 전재민구호운동과 '민족담론'」, 『역사와 현실』 35, 한국역사연구회, 2000.

(3) 번역서 및 국외 논저

권터 보른캄, 『바울』, 허혁 역, 이화여대출판부, 2006,

노스롭 프라이, 김영철 역, 『성서와 문학』, 숭실대학교 출판부, 1993.

린다 허천, 『패러디 이론』, 김상구 · 윤여복 역, 문예출판사, 1992.

미하일 바흐친, 『장편소설과 민중언어』, 전승희 역, 창작과 비평사, 1998.

발터 벤야민, 「'역사의 개념에 대하여' 관련 노트들」, 『발터 벤야민 선집 5』, 최성만 역, 길, 2008.

발터 벤야민, 『아케이드 프로젝트 1』, 조형준 옮김, 새물결, 2005.

사에구사 도시카쓰, 『사에구사 교수의 한국문학 연구』, 베틀북, 2000.

에드워드 사이드, 『지식인의 표상』, 최유준 역, 마티, 2012.

에른스트 폰 헤세-바르텍, 『조선 1894년 여름』, 정현규 역, 책과 함께, 2012.

이푸—투안, 『공간과 장소』, 심승희 외 역, 대윤, 2007.

조르조 아감벤, 『목적없는 수단』, 김상운 외 역, 난장, 2009.

조르조 아감벤, 『호모 사케르』, 박진우 역, 새물결, 2008.

카를 마르크스, 프리드리히 엥겔 공저, 『공산당선언 + 유대인 문제에 대하여 (마르크스 탄생 200주년 특별판)』, 이진우 외 역, 책세상, 2018.

칼맑스, 「헤겔 법철학 비판을 위하여 – 서설」, 『칼맑스 프리드리히엥겔스 저작선집』 1권, 박종철출판사, 1997.

Kenneth Osgood, "Words and Deeds", The Eisenhower Administration, the Third World, and the Globalization of the Cold War, Kathryn C. Statler and Andrew L. Johns edited, Rowman & Littlefield publishers INC, 2006.

Kenneth Osgood, Total Cold War: Eisenhower's Secret Propaganda Battle at Home and Abroad, University Press of Kansas, 2006.

Lynne Pearce, 'Bakhtin and the dialogic principle', Literary Theory and Criticism, ed Patricia Waugh, Oxford University Press, 2006.

최인훈이 대학 시절에 쓴 수필
「인생의 충실」과 「실존 - 계절의 위치」 전문 (발굴 자료)[367]

隨想

人生의 忠實 (《서울대학교 대학신문》 79호, 1954.6.2., 4면.)

一

어느 時代이고 不安이라는 그것이 없은 때는 없지만 그것이 일반화되고 있다는 점과 또 單純한 文化現상에 그치지 않고 生의 흐름에 直接 深刻히 關係하고있다는 것은 現代의 特徵일 것이다. 理성에 對한 絕代의 信任과 그 追求로 말미암은 神(統一)의 否定의 結果가 이같은 不安을 가져온 것이다.

오늘 모든 사람은 벌서 어떻한 사상도 겸遜한 마음으로 받아 드

367 대학 신문에 실린 기사 원문을 그대로 입력했으며 편의를 위해 마침표만 추가하였음을 밝혀둔다.

리지 않는다. 英雄에 對해서는 치기란 점으로밖에 視察하지 않는다. 모든사람은 저마다 하나의 MONAD이다. 그러므로 다른 사람이 쓴 시나 그림을 전혀 理解할수없다는 경우도 의심스러운 것이 아니며 어떻게 생각하면 어떤시나 그림에 全的으로 感應되어 버린다면 오히려 現代人으로 수치일는지 모른다.

多양한횡으로의 分化, 이것이 오늘의 情神現상이 나타내고 있는 모습이다. 絕代를 誠實을 잃은 時代이다.

二

콤뮤니즘은 이러한 現代情神의 방황에 對한 政治的 解決策이었다고 볼 수 있을 것이다. 卽統一의 實現이다. 그러나 콤뮤니즘은 사람이란 生命體며 論理를 초越한 非合理的 具體的 存在임을 忘却했다. 또 콤뮤니즘이 嚴格한 唯理主義인만큼 그것이한번 理성의 信任을 상失한 境우 아무러한 生存權도 主張치못하는 것이다. 個人이 歷史의 創造的 契因으로서의 資格을 거좀당할 때, 그 生活意慾에 對한 壓迫感을 느끼며 또 當然히 그 生活意慾에 支장을 느끼게 된다. 콤뮤니즘的 社會는 不滿과 憂울에 찬 停滯의 곳이다.

知性의 分明한 懷疑와 不信을 無視하고 熱광的 革命的 愛情代身에 權力으로서 그 體制의 唯持를 企圖할 때 그곳에는 恐포가 支配하고 最小限的 抵抗으로서의 輕멸과 非協力이 있게된다.

콤뮤니즘이 現在 어떻한 政治的 現實勢力을 維持하고 있더라도 그 內的面으로선 이러한 段계에 있는 것이다.

그러므로 우리는 우리의 精神的 위機에 對한 光明을 論할 때 콤뮤니즘은 매力이 없다.

지난 時代에는 知識人일수록 콤뮤니즘에 對한 被 誘惑度가 컸으나 지금은 그 逆이다.

그러면 우리는 다시 혼돈 속에서 刹那的으로 살아야 하는가?

여기에 문제가 있다.

어떻한 體계的 理論乃至 哲學의 對立이라는 것과 具體的 生活論理는 반드시 同時的은 아닐 것이다. 知識과 知혜의 區別이라고나할까 탐구는 繼續되어야한다.

四

연愛의 本質이 時代마다 달라지는 것은 아니겠지만 現代人 은 새로운 自覺과 意圖로 이를 認識하여볼 必要가 있지 않을까? 한 人間이 한 人間을 尊敬하고 사랑한다는 것은 重要한 일이다.

왜냐하면 現代人에게ㄴ 尊敬의 感情이 없기 때문이다. 연愛에 있어선 一方이 一方을 理想化하며 至純한 情서가 支配한다.

人間은 戀愛에서 理想과 美를 創造한다. 優秀한 사랑의 紀錄이 그대로 藝術이 될 수 있음도 首긍된다.

이런 意味에선 戀愛는 藝術과 一致한다.

또 戀愛는 그 情意性으로 말미아마 全人格的 傾向性을 가졌으므로 誠實을 가르친다.

理想, 純, 創造, 美, 誠實 등은 모다 人生의 充實을 위한 高貴한 要소들이다. 戀愛가 示현하는 이같은 樣相은 우리에게 무슨 暗示를 주지 않을까? 戀愛의 이같은 動的 힘은? 戀愛의 本源的 姿態인 情意의 生에 있어서의 價値의 再考慮를 暗示하는 것은 아닐까? 더구나 現代의 破滅이 理性 絶對權을 認定한 條件 下에서의 結果임을 想起할 때… 또 이같은 探究的態度 自體만도 지慧있는 試圖가 아닐까?

四二八七

季節-實存의 位置 (《서울대학교 대학신문》 92호, 1954.10.15., 4면.)

○

무심코 내다본 창밖에 부스럭대며 굴러가는 나뭇잎을 눈으로보내며 나는 부지중 가을!하고 뇌어 버렸다. 그러면서 季節에 대한 아늑한 觀照만 享樂할 수 없는 사실 漠然한 不安을 지니고 남의 收穫高에 초조하는 나를 도리켜보았다.

文化에 남긴 先人들의 偉業에對해 알레산들大王의 그것같은 不平은 사실 無用할런지 모르겠다.

그들은 다만 MARCHEN을 남겼을 뿐이며 우리分까지의 生의 版圖를 先占해버린 것은 아닌까닭에

우리는 거기에 깃들인 象徵을 吸收하고 自身의 열매와 꽃을가질 수있을 것이다.

○

實存이란 概念은 分에 넘치는 悲劇的제스츄어를 가져서는 아니된다.

實存이란 휴매니즘을 合理性의 路線에서 追求해온 人間探求의 結果가 드디어 부닥친生의 根源으로서의 不合理性 非合理性이다.

이것은 分明히 重大한 事實임에는 틀림없다. 왜냐하면 그것은 모든 眞을 嘲笑하고 眞摯한 情神의 姿勢를 無意味하게 만드는상 싶기 때문이다.

實存할 때 虛無를 聯想하는것도 이러한 所以일 것이다.

그러나 이것은 오늘의 現實의 不安感이라는 外勢的效果의 援軍은 無意識中에 끌어들인 非哲學的續斷이 아닐 수 없다. 實存그自體는 生의 本質의 全體的象徵으로서 出發的인것이기 때문이다.

그것은 全體的確定乃至 固定이아니라 展開되고 具現되고 充實을 向해 飛躍하는 것이다.

그러나 實存은 그 自體로는 無內容이며 非 對象的인 象徵的 全體 卽絶對無이다. 無인 實存이 어찌하여 豐富하고 華麗한 生의 充

實을 이룰수있는가?

『生의 嚴肅感』과 『사랑』이 그것을 可能케하는것이라고 나는 생각한다.

『生의 嚴肅感』이란 無內容 非合理의 生이 어째ㅅ던 存在한다는 事實에對한 驚異와使命感의 宗敎的絕對의 확신이다.

이는 努力의참된 意味의 依據點이다.

그러나 이 生의 嚴肅感은 어디까지나 하나의 決意에 不過하다.

生의 嚴肅感의 必然的 要請으로서 또한 生의 實現 充實의 形成的要因으로서 거기에 『사랑』이 있는 것이다.

實存에서 虛無와 그 不安을 끌어내는 대신 存在에對한 敬虔과 그 敬虔을 行爲에까지 發展시키는 『사랑』을 發見하지않으면 아니된다.

生의 具體的 形成은 『사랑』의 接觸面에서 일어나는 것이다. 사랑은 또實存의 本質的 性格인 個別感의 굳은 國境을 허물어주는 唯一한힘을가지고 있다. 사랑은 實存의孤獨이 實存自身을救하기 위해 낳은어린이로그의 必然的發展體다. 이제까지의 考察이 縱的生活關係를 說明하는 것이 될것이고 따라서사랑의 交際性을말하는 것이다. 그러나 사랑의 視野는 넓은것이아니다. 사랑은 集中性이기 때문이다. 그러므로 純수하고 創造的인 것이다. 交流的이면서도 閉鎖的 普遍的이면서도 個性的인 이사랑의 二律배反성은 個인實存을 唯特하면서 生의 嚴肅感의 必然的要請으로서의 生을 充實

하는 使命을지지않으면 안되는그自身의 辨證法的階段性에 依하는 것이다. 나는 實存의意味를以上같이 把握한다. 生이란實存의 孤獨 生의 嚴禱感을通해 사랑에依해서救濟되는 科程이아날까?

○

이렇게생각할때 人間의 가장本質的 定義는 『사랑하는動物』이라는 것이 가장 適切할것이다

人間探求의手段인 藝術이 그最大의主題로서 戀愛를 줄곧 固守하여온것은 興味의 促進濟로서도 그밖에 아무런意味에서도아니었으며 바로戀愛가 人間存在의 本質로서의 『사랑』의 最純의狀態임을 藝術特有의 直感으로서 哲學以前에 把握하였기 때문인것이 首肯된다.

藝術을 安易와無定見으로 嘲笑하고 自己도 쉽사리 궤테가 될수있다고 생각하는人間에게 呪咀가 있으라!

○

불쌍한 아리사

사실 제롬을 敬遠할 必要는 조곰도없었는데 좁은門은 두사람의 어깨 폭을합친 넓이었음을몰랐다. 그러나 그몰음이아니었던걸 아리사는 그렇게도 아름답게 그려지지지는 못했을것이다.

○

人間이 걸어온 精神史의 傾向을 한마디로規定한다면 그것은自覺의歷史 또는神으로 부터의人間自身의 奪還이라할수있을것이다. 그리하여 오늘 열려진 戰利品의函에서 實存의 幽靈이나온것이다.

다시금 敬虔을 찾아야할때가 왔다. 그러나 神이아니고 生自體에 對하여

○

呼不好를超越하여 나라는 實存이있다 그것은커다란 驚異인同時에 무거운 使命感을 隨伴한 事實이기도하다.

푸라타나스의 잎이굴르기시작한 이季節에 느끼는 焦燥는小女의 센치같은 性質의것은아닌상싶다.

「부록 2」

최인훈의 생애 및 서지 관련 보완 사항[368]

1. 작가 스스로 '첫 평론'이라고 명시한 작품은 「문학 활동은 현실 비판이다」(『사상계』, 1965.10.)였으나 가장 먼저 발표된 평론은 「EYE · 가치 · 신학 · 앙가쥬망 : 작가의 자기성찰」(『자유문학』, 1960.10)이었다. 만약 『서울대학교 대학 신문』에 수록했던 「인생의 충실」(1954.6.2.)과 「계절-실존의 위치」(1954.10.15.)도 평론으로 여길 수 있다면 최인훈이 처음 쓴 평론은 「인생의 충실」인 셈이다.
2. 1967년 「가면 이야기」(『자유공론』 9월호)라는 작품이 발표되었다. 이 작품은 「가면고」 가운데 다문고 왕자에 관한 이야기

368 방민호 편, 『최인훈, 오딧세우스의 항해』에 기록된 연보를 기준 삼아 수정 사항을 부기하였다. 홍익대학교의 정호웅 교수님께서 최인훈의 출생연도가 1936년이 아니라 1934년일 수 있다고 처음 말씀해 주셔서 연보 작성 시 관련 조사를 할 수 있었다. 또한 경상대학교의 정영훈 교수님께서 조언해 주신 바를 바탕으로 서지를 다시 정돈하였다. 두 분 선생님께 고개 숙여 깊이 감사드린다.

만 발췌해서 실은 것이다.

3. 『귀성』은 1967년 8월 22일(2일로 되어 있음)에서 9월 1일까지 연재되었다.

4. 「공명」의 발표 일자는 1968년 8월이다.

5. 『문학을 찾아서』는 1970년 12월에 간행되었다.

6. 「전사 연구」는 『웃음소리』(1989)에 실리기 이전 『문학사상』 1979년 10월호에 수록되었다. 이때 제목이 「전사에서」로 바뀌었다.

「부록 3」

최인훈 작가와의 인터뷰

태양이 동쪽에서 뜬다는 것을 스스로 알기에, 우리는 살아간다

삶이 기억 속에 인화해 둔 어떤 장면들은, 시간에 바래지 않고 도리어 조금씩 형형한 빛으로 채색되기도 한다. 이 또한 어느 가을이 빚어낸 지난날의 한 조각. 자택의 문을 열면 거실은 늦은 오후의 빛(가끔은 황혼을 닮은 주황 불빛)에 감싸여 있곤 했다. 문 앞까지 마중을 나와계셨던 최인훈 선생님과 사모님의 다정한 뒷모습을 따라 거실 왼편으로 들어간다. 다인용 소파에 짐을 내리고 앉아 노트북을 꺼낸다. 베레모를 쓰신(때로는 쓰시지 않은) 선생님은 왼편의 창가를 등지고 의자에 앉아 나를, 기다리신다.

전소영 - 선생님, 학술대회[369] 사진을 가지고 왔는데 보여드릴까요? 그날 학회가 굉장히 이른 시간에 시작이 되었는데 청중이 무척

369 2015년에 서울대학교에서 개최되었던 〈최인훈 문학을 다시 읽다〉 학술대회 의미.

많이 왔어요. 그 현장을 사진으로 남겨왔습니다.

노트북을 선생님 쪽으로 돌려 사진을 보여드린다.

최인훈 선생님 - 이런 행사가 왜 보도가 안 됐을까. 아쉽네.

전소영 - 행사를 하루만 해서 보도가 잘 안 이루어졌던 것 같아요. 대신 선생님 관련 영상을 가져왔습니다.

최인훈 선생님 - 그래요?

노트북으로 영상이 재생되고 최인훈 선생님의 영어 내레이션이 흘러나온다.[370]

---

370 첨부된 QR 코드를 통해 영상을 시청할 수 있다. 영상 제목은 〈Community of the Imagination (1973)〉이며 Gerald Krell이 디렉터를 맡았다. University of Iowa의 유튜브에 업로드가 되어있다. 유튜브에 게시된 영상에 관한 설명을 옮겨둔다.
This hour-long documentary was commissioned by the United States Information Agency, one of the early funders of the International Writing Program. Its producer and director Gerald Krell and his crew came to Iowa City in winter of 1973, shot for about a week, then completed the production at the USIA facilities in Washington DC. The film was then shipped to US Embassies world-wide and shown locally, at screenings or via broadcast media. After years in the vaults it has surfaced. The video provides a rich trove of IWP history and an ingenious perspective on the writers.

〈그림〉 the International Writing Program (1973)

최인훈 선생님 - 이게 무엇이지요?

전소영 - 선생님께서 옛날에 미국 아이오와 작가 프로그램에 참여하셨을 때 거기서 다큐멘터리를 만들었더라고요.

최인훈 선생님 - 거기서?

전소영 - 네. 거기서요. 그래서 이 영상에 선생님이 나옵니다. 지금 나오는 목소리가 선생님의 것이에요.

사모님 - 그래요? 목소리만 나오나요?

전소영 - 얼굴도 나옵니다.

The writers in the 1973 residency:
CHOE, In-hoon - South Korea

최인훈 선생님 - 이건 어디서 구했어요? 우리에게도 없는 영상인데.

전소영 – 한 연구자가 논문을 쓰다가 우연히 영상을 발견해서 지난 학회 때 정보를 알려줬어요. 그 영상을 다운을 받아서 저장을 해왔습니다, 선생님.

영상을 함께 잠시 시청한다.

사모님 - 당신 생각나세요? 이때 장면들.

최인훈 선생님 – 이때 일은 전혀 생각이 안 나. 그 연구자가 귀한 것을 찾아줬네.

전소영 – 왼쪽에서 걸어오시는 바로 이분이 선생님이세요.

웃음소리.

사모님 - 윤구가 세 살. 늦가을에서 초겨울, 이럴 때네요.

전소영 - 전체 영상은 1시간 정도 되는데 여기에는 선생님이 나오는 부분만 담겨 있어요.

사모님 - 보물 찾았다. 다행이죠.

사모님께서 최인훈 선생님께 차와 다과를 권하신다.

사모님 - 선생님이 쿠키 같은 거 잘 드시는데 지금은 못 드실 거예요. 열중하셔서. 열중하시면 아무것도 못 드시거든.

전소영 - 선생님께서 1973년도에 미국에 가셨을 때 해외 공보처에서 이 다큐멘터리를 제작을 했다고 해요.

최인훈 선생님 - 어쩌면 미국 대사관에도 있을 것 같은데.

전소영 - 네. 대사관에도 있을 것 같아요. 사실 유튜브가 공개된 플랫폼이라 다들 볼 수 있는데, 일부러 검색을 해보지 않으면 영상에 접근하기가 쉽지 않더라고요. 선생님 이 촬영 당시가 기억나세요?

최인훈 - 그래요. 지금 생각하니깐 그런 촬영 기획을 해서 내가 그에 참여한 생각이 나네. 그 결과가 어떻게 나왔는지를 내가 본 적은 없어요. 영상을 보니까 인터넷이라는 것이 위력이 새삼스럽게 느껴지네. 지구상의 사람들을 공동의 집단으로 만드는 일이, 옛날에는 생각지도 못한 그런 것이지.

최인훈 선생님이 연구자들의 논문을 살펴보신다.

최인훈 선생님 – 전소영 씨가 쓴 논문에서 '전유와 투쟁하는 전유'라는 것은 어떤 의미를 지니고 있지요?

전소영 – 선생님께서 역사라든가 시대의 담론을 다루시는 방식이, 당대 국가 이데올로기와 길항하는 부분에 주목이 되어서 그에 관해 연구를 해봤습니다. 이를테면 1960-70년대 국가에서 저널리즘을 통해 역사를 전유하는데, 같은 역사를 전유하신 선생님의 소설이 마치 투쟁을 하는 것처럼 느껴져서요.[371]

최인훈 선생님 – 연구의 각도가 다양해지고 넓어지는 일이 중요하다고 생각해요. 방민호 교수의 논문도 읽어봤어요. 그것도 상당히 새로운 각도를 보여주고.

전소영 – 논문 이야기를 하니 생각이 났는데요, 지난번에 선생님의 문학 세계 관련해서 추천해 주셨던 책, 제인 해리슨의 『고대 예술과 제의(Ancient Art and Ritual)』[372]도 도움이 많이 되었습니다. 선생

---

371 이 책의 5장에 담긴 내용.

372 이전에 찾아뵈었을 때 최인훈 선생님께서, 당신의 독서 이력에 관한 질문을 들으시고 제인 해리슨의 『고대 예술과 제의』(오병남 역, 예전사, 1996.)를 추천해 주셨다. 책을 처음 추천받았던 날 선생님을 함께 찾아뵈었던 이행미 학형이 「부활

님 문학의 정신사적 맥락을 생각하게 하는 부분이 많더라고요.

최인훈 선생님 – 그래요. 1세기나 지난 책이지만 납득되는 부분이 많았어요. 예술에 대한 예술 원론이랄까? 즉 예술이란 무엇인가, 또 문학이란 무엇인가를 문명 속에서 보려고 했던 저술이지. 사실 영국 사람들이 정치적인 부분을 제쳐두더라도, 인류 문명사에서 넓은 관점을 가지고 일을 많이 도모 했어요. 토인비 같은 역사가도 그렇고.

전소영 – 선생님, 혹시 토인비도 많이 보셨어요?

최인훈 선생님 – 특별하게 참고한 것은 아니지만, 어떤 사람이라는 건 알고 있을 정도로는 저서를 읽어봤지요.

전소영 – 여담이지만 이번에 연구자들이 선생님 책 읽고 소논문도 쓰고 하면서 선생님 문학의 팬이 되었다고들 해요. 선생님 소설에는 확실히 시간에 닳지 않는 세련됨이 있는 것 같아요.

최인훈 선생님 - 혹시 「바다의 편지」 읽어본 적 있어요? 우리 문

과 혁명의 문학으로서의 '시'의 힘 -최인훈의 연작소설 「총독의 소리」를 중심으로-」(『한국학연구』 39, 2015.11.)에서 그 내용의 일부를 활용하기도 했다.

학사에 그런 형식의 작품이 있어요?

한 개인이 관념적으로가 아니라, 작품상으로 기억까지도 완전히 물질로 다 변해버려서 우주와 나가 하나가 되어버린 그런 소설이.

전소영 – 제가 아는 한은 잘 없는 것 같습니다, 선생님.

최인훈 선생님 – 이 작품을 생각하면, 우리 연구자들이나 비평가들이 바쁘더라도 자기의 동시대인들에 대해서는 충분히 주목을 해주면 좋겠다는 생각이 들어요.

전소영 – 네. 맞습니다, 선생님. 저도 더 열심히 하겠습니다. 그리고 혹시 선생님 작품 중 소와 관련된 것이 있나요? 관련 기록만 발견을 했는데 그에 관해 기억이 나시는지 여쭙고 싶습니다.

최인훈 선생님 - 소에 대해서 쓴 것은 기억이 나는데. 소에게 물을 먹여서 무게를 늘리고 한다는 신문 보도가 있었어요. 요즘 우리식으로 말한다면 인간이 자기 중심적으로 동물을 학대해도 되나? 하는 생각으로 쓴 것이고. 소가 물을 먹고서 토하는 얘기가 나와요. 1960년대 언젠가 한국일보에 실었던 것 같은데.

전소영 – 소설인가요?

최인훈 선생님 – 소설이에요. 그 원숭이에 대해 쓴 작품은 조선일보에 실었고.

전소영 – 네. 그 소설이 1960년대에 발표하신 「동물원」인 것 같습니다. 선생님 「공명」이라는 글 기억하시나요? 그 작품이 전집에는 수필로 분류되어 있는데 그것을 소설로 봐야 할지, 아니면 수필로 봐야 할지 조금 애매한 부분이 있더라고요.

최인훈 선생님 - 좀 애매하지요. 어느 쪽으로 보든지 안 될 건 없지.

전소영 – 소설로 봐도, 수필로 봐도 의미 있는 연구가 나올 수 있을 것 같습니다. 조언해 주셔서 감사합니다, 선생님.

갑자기 든 생각인데, 이런 대담이나 인터뷰를 영상 등으로 남겨도 좋을 것 같습니다. 학술대회에서 바바라 선생님[373]과 선생님이 함께 한 영상을 봤는데, 그것처럼 선생님이 나오시는 영상을 학회나 상영회에 활용하면 어떨까 싶어서요.

---

373 독일 함부르크대 교수이자 전문번역가인 바바라 왈(Barbara Wall). 독일 하이델베르크 대학을 졸업하고 성균관대에서 석사과정을 마쳤으며, 독일 보훔 루르 대학교에서 "Transformations of Xiyouji in Korean Intertexts and Hypertexts"로 박사학위 취득.

최인훈 선생님 – 바바라 씨 영상을 봤어요? 거기 그런 발언이 있었던 것 같은데. 독일의 오컴 대학이라는 데서 바바라 씨가 북한에서 유럽 쪽으로 온 학자를 만났는데 그 학자가 자기한테 『화두』를 봤느냐, 그래서 아직 못 봤다고 했더니 1권을 보면 도움이 될 거라고 그랬대요.

『화두』를 생각하면 구소련 사태, 특히 마지막에 한 2–3년 동안 아주 성급하고 황황하게 한 제국이 몰락한 과정에 대해서는 생각을 해봐야 하지 않을까 싶어요. 우리나라에도 그렇고 외국에서도 그저 냉전의 한쪽 편이 없어진 것 정도로 보도되고 비교적 빨리 잊힌 듯한데, 북한이 소련과 연관되어 있었으니 쉬이 간과될 문제는 아니지요. 방민호 교수가 논문에 쓴 것처럼 북한에서 살다가 넘어온 사람들이 있었고, 지금도 있으니까. 한국 작가로서 나는 아무래도 그런 부분에 관심이 많았어요.

참, 방민호 교수가 난민 작가라고 썼던 것을 영어식으로 표현하는 말이 있지요? 유대인들 관련해서.

전소영 – 디아스포라 말씀이시지요?

최인훈 선생님 – 그래, 내 문학 전체를 디아스포라라고 하는 그 개념으로 간단하고 보편성 있게 명명할 수 있을 것 같아요. 특히 외국에 작품을 소개할 때. 말하자면 한국의 20세기의 운명을 디아스포라로 파악한 문학이라는 것이지요. 꼭 북한에서 넘어온 사람만이 아니라, 한국 민족의 20세기 역사가 마치 조국의 땅에서 추방되어 방랑하면서 생존을 유지한 유대인의 역사적인 운명을 닮지 않았어요?

그 사람 얘기를 아는지 모르겠네. 이회영[374]이라고 하는 사람이 아마 수백 명이겠지, 자기 가족들, 친척들을 데리고 만주로 이주를 했어요. 경술 국치 이후에. 거족(巨族)이었고 재산이 많았기 때문에 그것을 다 처분해서 연길 근처로 가서, 그 돈으로 땅을 사 가지고 신흥무관학교를 만들었다고. 무력투쟁을 하기 위한 인재를 양성하는 일종의 독립사관학교였지. 그 후에는 물론 일본이 만주를 점령하는 바람에 방해 공작이나 압박이 생겨 학교가 그런 형식으로 남아있지 못했지만, 이회영 가족의 집단 망명도 그야말로 디아스포라 아니겠어요.

이렇게 해방 전의 한국 사람들은 자기 나라에 앉은 채 디아스포라가 된 사람들이었지. 실제로 본국 밖에서 방랑 생활을 하며 만주에 가거나 세계로 퍼져나가기도 했고. 물론 본국 바깥으로 나갔다고 해서 다 정치가나 혁명가는 아니었어요.

한 작가가 창작 활동을 통해 비유적으로나 사회학적 언어로 디아스포라를 말해서가 아니라, 디아스포라가 그 자체로 한국인의

374 우당(友堂) 이회영(李會榮). 1867년(고종 4) ~ 1932년. 서울 출생의 독립운동가.

삶의 형식이었다는 거지. 내 문학도 그런 민족사의 일부로서 디아스포라 문학이고. 그렇게 설명하면 뉴욕이나 파리나 런던에서도 내 문학이 이해가 되겠지.

전소영 – 말씀을 듣고 보니, 한국인의 방랑과 관련된 문학이 세계 문학의 관점에서 다시 생각될 필요도 있을 것 같아요.

제가 선생님 문학에 대한 공부를 하면서 인상 깊게 본 산문이, 선생님께서 우리 민족의 20세기 이후 운명을 유대인의 방랑에 비유하신 글이었습니다. 디아스포라는 본래 그리스 헬레니즘에서 민족들이 여러 갈래로 분포되는 것을 지칭했다가 나중에 기독교적 의미로 전유가 되어서 유대인이 원래 자기가 있었던 땅을 잃어버리고 방랑하게 된 것을 뜻하는 것으로 알고 있습니다. 이 용어가 선생님 문학의 정신사적 맥락이 그런 종교적인, 대의적인 맥락과도 연결이 되어 있다고 얘기해 주는 것 같아요.

최인훈 선생님 – 그런 차원에서도 제인 해리슨의 책을 보면 좋겠다고 이야기를 한 거예요. 그 사람의 입장은 사회과학 용어로 말하자면, 정교일치랄까 제정일치라고 하는 것 위에서 성립을 했지. 원시 사회에는 종교라고 하는 것하고 정치와 분리가 안 되어 있었잖아요? 그래서 그 사람이 제정일치의 원칙 위에서 예술을 생각했어요. 예술 원론 중에서는 내 마음에 제일 들었고.

전소영 – 그 책 외에 저희가 선생님 문학을 공부하고자 할 때 또 참고할 만한 것이 있을까요?

최인훈 선생님 – 나로서는 그 이후에도 루카치를 비롯하여 여러 학자들, 예술가들의 이론을 봤지만 그들은 다 서양 사람들, 그러니까 서양의 역사적 맥락을 고향 삼은 사람들이니 그들의 말이 아주 마음에 와닿지는 않았어요. 예를 들어 바벨탑 이야기를 들어도, 서양의 학생들은 그저 예술에 대한 비유가 아니라 자신의 조상의 세상과 당대인을 생각했을 거예요. 부모가 자식을 교육할 때도 곧 조상을 끌어다 말할 수 있었겠고. 서양 이론가가 서양 사람들에게는 아무 뿌리도 없고 족보도 없이 이론가가 아니었다는 것이지.

그런데 우리는 고상한 말을 하려면 이광수, 최남선에서 시작하는 것이 아니라 칸트니 누구니 이렇게 말하지요. 그래서 여기 (필자의 논문 제목 중) 최인훈의 춘원이라는 말이 눈에 보이는데.

전소영 – 네 선생님. 논문에서 제가 『회색인』하고 『서유기』를 엮어서 다루었는데 선생님께서 춘원과 춘원이 지닌 정신사적 맥락을 어떻게 작품에 활용하셨는지 살펴보고자 했습니다. 그러고 보면 선생님 작품에 춘원도 있고 이광수도 있고 구보도 있고, 일제강점기 문인들이 자주 환기되네요.

최인훈 – 조명희를 한국 문학 안에서 특별히 호명한 사람은 아마 내가 유일할 거예요. 조명희 가족도 옛 소련의 카자흐스탄 등지로 흘러갔지. 『화두』라는 작품은 그 조명희 별전(別電)이라고 할까. 『화두』에서, 문학사에서 조명희를 딱 붙잡으니까 어떤 환희 같은 것이 있더라고. 마치 지하자원을 찾아서 산속을 헤매고 땅을 파던 사람이 어떤 맥을 짚은 것 같은. 조명희를 찾으니까 나를 조명희에게 감정 이입하는 것 같은.

화학에서 시약이라는 게 있지요? 어떤 물질인지 분석하기 위해 그 약을 투입해서, 나타나는 변화를 보고 거기 무슨 성분이 있는지 알아내는데. 그런 모양으로, 나는 그동안에 내가 공부하고 글 쓰는 가운데서 얻어낸 괜찮은 시약이 조명희였다고 생각해. 조명희라는 이름을 불러내서, 조명희라는 엑스레이를 가지고 투시해 보니까 한국의 20세기와 한국 현대문학사가 보였고. 그로써 나 자신을 분석해 볼 때도, 아까 말한 디아스포라라는 공식을 만들어 볼 수 있고.

하지만 조명희라는 사람이 한국 문학사에서는 별로 취급되지 않는 것 같아요. 1920-30년대 프로문학가의 한 사람으로 알려진 정도이지, 그 이상으로 상징화해서 그 사람의 생애와 문학을 가지고 한국 현대사나 현대 문학사를 보는 일은 없는 듯한데. 『화두』라는 작품에서 나는 조명희라는 개인과 그 사람의 문학, 문학 세계가 가지는 당대에서의 의미, 현재까지 살아있는 의미를 본 거예요. 그래서 누군가가 내 문학에 '조명희의 발견'이라는 이름을 붙이더라도,

나는 그가 감각이 있다고 생각할 것 같아.

일제 36년 동안에 이육사도 망명한 사람 중에 한 사람이었고 『노마 만리』를 쓴 김사량도 있고 이광수도 말하자면 망명 중퇴자지. 그리고 조명희. 『화두』를 읽었다고 하니 알겠지만, 화자가 러시아 여행을 할 때 환상을 통해 그의 입장을 이해하게 돼요. 조명희는 당시 혁명의 나라라고 불렸던 소련에 들어간 것인데, 막상 거기서 자기를 일본 스파이라고 몰아세워 처형해 버렸으니까. 재판도 없이 처형당한 조명희를, 내가 『화두』로 불러내고 싶었던 거지.

많은 훌륭한 작가들이 선배 작가들이 많이 있지만 결국 적이 점령하고 있는 땅에서 문학이라는 것을 했으니 기대만큼 되었겠어요. 글쎄, 언어를 통하지 않는 음악이나 무용이나 미술은 그런대로 점령자가 누구든 저항을 담아볼 수 있었겠지만, 문학이란 건 마지막의 마지막엔 정치와 떨어질 수 없으니 말예요. 아무튼 내가 몇십 년 동안 이렇게 문학 작가로서 있으면서 주목하게 된 선배가 조명희였고 또 『낙동강』이었어요.

전소영 – 말씀 듣고 보니 한국의 현대문학사 자체가 일종의 디아스포라 문학사네요.

최인훈 선생님 – 이 안(한반도-필자 주)에 있는 것이 괴로워서 외국에 나갔다가 거기까지 뻗어있는 권력의 손에 잡혀서 죽은 사람이 한둘이 아니었지. 아까 이육사도 그렇고 안중근, 신채호.

전소영 - 단재에 대해서는 소설에도 쓰셨잖아요. 그 부분이 참 인상에 오래 남았는데요.

최인훈 선생님 - 그런 사람들한테서, 그런 사람들이 있었다는 것에서 위안을 찾았다고 할까. 온 민족이 그렇게 살 수는 없었겠지만 그래도 노예로 살지 않기 위해 망명한 사람들은 했으니까. 정치 지도자들, 예술가들, 과학자들. 아까 이회영만 해도 고향을 등지고 외국에 가서 무력 투쟁을 하다가 거기서 세상을 떠났지요. 그런 훌륭한 사람들을 우리가 가지고 있지.

우리가 현대사를 어떻게 쓰는 것이 옳은가에 대해 아직 압도적인 정론을 마련하지 못한 채로 해방 후 50년이 지나가고 있고, 시대마다 권력은 자기에게 유리한 텍스트를 만드는 것을 쟁점 삼는 듯 하지만, 자기 나라를 빼앗겼으면 저항하는 것이 마땅하지요. 물론 저항이 무엇이냐에 대해서는 의견의 차이가 있을 수가 있겠지.

그러나 당대의 위협이 누구이고 무엇이었는지, 그에 몸을 굽히고 협력한 사람들은 어떤 사람들이고 협력을 안 하거나 저항한 사람들이 누구였는지, 그런 것을 스스로 확실하게 인식할 수 없으면, 내 의견이지만 소설을 쓸 수가 없어요.

태양은 저쪽 저 뒷산의 저 동쪽에서 올라와서 서쪽으로 간다하는 명명백백한 천문학적인 진리를 알기 때문에 우리가 생활을 하는 것이지, 그것조차 스스로 알지 못한다면 생활이 될까. 태양은 분명히 존재하지만 그 사실이 인간의 의식으로 옮겨질 때 사고(思考)가 가능한 거예요.

노트북 자판을 타이핑하는 소리.

최인훈 선생님 – 생각이 난 김에, 내 대학 생활을 이렇게 돌이켜 보면 그때의 나는, 정신상의 디아스포라라는 말을 붙이기는 좀 고상할 것 같고, 정신적으로 좀 배회를 했지. 여기서 공부한 걸 가지고 나는 어떤 사람이 되어야 할까, 내가 어떤 세상에 살고 있는가, 말하자면 자기 자신을 파악하는 힘이 약했어요.[375]

내가 생각하기에 그때 나는 문학적 생활을 하는 사람들과는 달랐는데, 나는 누구인지도 모르면서 춘향전을 쓸 수 있겠느냐, 어렵다 이거야. 내가 나를 모르는데 어떤 주인공을 내세워 어떻게 플롯을 짤 수 있겠어. 학교를 졸업한 다음에야 내 머리로 역사학자 노릇도 하고 사회학자 노릇도 하고 예술 철학자 공부도 하고 그러면서 소설을 썼지요.

375 대학교 때의 이야기는 이 지면에 다 옮기지 못했으나 선생님의 생애와 〈부록 2〉의 「인생의 충실」과 「계절 – 실존의 위치」를 보면 이 언급의 인과를 이해할 수 있게 된다.

다만 내가 사회적인 활동을 하려다 보니 밥 벌어 먹는 것 포함해서 뭔가 전부 길이 막혀 있는 것 같더라, 그 속에서 문화적인 활동을 어찌 쉬이 하겠나. 그와중에 이래저래 비슷한 작품만 쓰다 보니 우리를 비판하는 평론가들은 저항을 못하는 비겁자요, 역사를 똑바로 보지 못하는 관념적 몽환적인 자라고 했는데. 그렇지만 북방의 이육사와 동경의 이상이나 마찬가지이고 생각이 달랐을 뿐인 것이지.

전소영 – 맞습니다, 선생님.

최인훈 선생님 – 아무튼 대학 다닐 적에는, 그 일부는 『화두』에 나와 있지만 내가 읽고 싶었던 책, 그때 그때마다 손에 들어오는 책을 읽으면서 학교에 부지런히 출석을 하지는 않았어요. 그리고 마지막 학년에 나는 휴학을 했어. 휴학하는 1년 동안에 그럼 영어 공부나 할까하는 생각을 해서 영어 공부를 한 거야. 그래서 군대에 병사로, 사병으로 들어간 다음에 통역장교 시험을 응시해서 통역장교가 된 거야.

다시 복학해서는 학교를 마치지 않고 군대에 복무했는데 그 기간이 끝난 후에 지금 같으면 다시 학교에 찾아갔어야 옳았다고 생각해. 그동안 군대에 가 있었는데 어떻습니까? 이런 경우에는 복학이 가능합니까?라고 물어봤어야 해. 학칙이 어땠을지는 모르겠지

필자가 2017년 3월 서울대학교 법과대학 학위수여식에 참석하시어 명예졸업장을 받으신 최인훈 선생님과 사모님을 찍은 사진.

만 복학이 아마 가능했으리라고 생각해.

더군다나 나는 그때 일반 병사도 아니고 장교로 근무하다가 제대한 건데, 그건 일종의 무슨 공무원이었거든. 국가의 부름에 의해 의무를 다하고 나와, 한 학기밖에 안 남은 상황에서 복학하겠다는데 그걸 하지 말라는 행정은 없었을 것이라고.[376]

지금의 대학생들은 그런대로 우리보다는 나은 것 같은데, 또 대학에서 일하는 교수들 얘기를 들으면 요즘 학생들도 자기가 선택한 전공에 대한 학문적인 열정보다는 어떻게 취직할까, 그런 의미

376 최인훈 선생님은 1952년 4월에 서울대학교 법과대학에 입학하여 3학년까지 학업을 마치고(3학년이었던 1954년 6월과 10월에 각각 「인생의 충실」 3학년 2학기 「계절의 실존」을 발표.) 휴학한 후 복학 대신 군입대를 택했다.

의 장래 문제가 더 시급한 모양이라고. 그런 것을 이해하긴 하고, 한국의 교육 제도 안에서 학생들 생각을 하면, 도리가 없다고 느끼는 것을 그냥 비판만 할 수도 없고. 그러나 (자기 삶을-필자 주) 이상적으로도 생각할 필요는 있겠지.

전소영 - 선생님 정말 감사합니다. 저 같은 후배들까지도 염려해 주셔서요.

최인훈 선생님 - 우리는 생물학적인 차이, 세상에 출현한 시간적 차이 때문에 각기 다른 생애를 헤쳐서 지금까지 살아왔는데. 부디 더 그럴듯하고 좋은 생활을 해요. 더 학자 답게, 보고 싶은 것 다 보고. 우리 때보다 훨씬 편리한 문명의 기기나 제도가 있는 사회에서. 그렇게 해서 논문 같은 것 하고는 또 다른 멋있는 성과도 내고. 무언가 시도할 만하고 필요하다고 생각해서 내게 요청하면 나도 적극적으로 도와줄 테니. 그래도 지금에 와서 나는 행복하게 생각해요. 자기 문학에 대한 연구나 사업에 대해 잘 알지 못했던 작가들이 훨씬 더 많을 텐데, 그 평생이 얼마나 허망했겠어.

(2015. 10. 3.)

| 부기 |

필자는 박사학위논문을 준비하는 과정에서 2015년부터 일산의 최인훈 선생님의 자택을 홀로, 또 동료들과 여러 차례 찾아뵙고 선생님께 큰 배움을 얻었다. 선생님께서는 나를 포함한 연구자들의 논문을 하나하나 읽어보시고 일부 내용에 관해서는 귀중한 첨언을 해주시기도 했다. 한없이 자상하셨던 선생님과 사모님과 함께 했던 저녁 식사의 풍경을, 나의 기억은 아직도 틈날 때마다 다정하게 매만지곤 한다.

연구자로서도 최인훈의 문학 세계를 더없이 존경하지만, 한 인간으로서 최인훈 선생님과 사모님, 또 아드님이신 최윤구 선생님 부부께 받은 것이 헤아릴 수 없이 많다. 평생 성실한 연구자로 살아가며 선생님의 삶과 문학을 잊지 않는 것이, 그분들께 보답할 수 있는 길이라 믿는다. 그 다짐이 나를, 박사학위를 취득한 이후에도 최인훈 선생님의 문학 세계 쪽으로 밀어가는 중이다.

이 대담은 선생님께 허락을 받고 녹음한 대화 내용으로 꾸려졌다.[377] 이 지면을 빌려 필자가 최인훈 선생님과 인연을 맺을 수 있도록 도와주신 방민호 교수님께 마음 깊이 감사드리며, 최인훈 선생님을 실제로 뵙고 싶다는 마음만으로 일산 가는 길에 동행해 주었던 이행미 학형, 김민수 학형께도 감사의 마음을 전한다.

377 선생님께서 공유해도 좋다고 하셨던 이야기들 위주로, 비슷한 내용이 다시 등장할 경우 그것만 재배치하여 원고를 만들었다. 최대한 선생님의 육성이 느껴질 수 있도록 썼다.

작품, 인명 색인

ㄱ

ㄴ

ㄷ

ㄹ

ㅁ

ㅂ

ㅅ

ㅇ

ㅈ

ㅋ

ㅍ

ㅎ

화두와 여정
—최인훈 문학의 형성 경로

초판 1쇄 인쇄 2024년 3월 18일
초판 1쇄 발행 2024년 3월 25일

지은이 | 전소영

펴낸곳 | 예옥
펴낸이 | 방준식
등록 | 2005년 12월 20일 제2021-000021호
주소 | 서울시 은평구 불광로 122-10, 3403동 1102호
전화 | 02)325-4805
팩스 | 02)325-4806
이메일 | yeokpub@hanmail.net

ISBN 978-89-93241-84-6 (93810)

* 값은 뒤표지(커버)에 있습니다.
* 잘못된 책은 교환해 드립니다.